Julian Barnes

后人文主义视角下朱利安·巴恩斯作品中的局限与和解

李尼 著

WUHAN UNIVERSITY PRESS
武汉大学出版社

图书在版编目(CIP)数据

后人文主义视角下朱利安·巴恩斯作品中的局限与和解／
李尼著. -- 武汉：武汉大学出版社，2024. 11. -- ISBN 978-7-
307-24538-9

Ⅰ.I561.06
中国国家版本馆 CIP 数据核字第 2024PQ0736 号

责任编辑:邓　喆　　责任校对:鄢春梅　　版式设计:韩闻锦

出版发行:**武汉大学出版社**　(430072　武昌　珞珈山)
　　　　(电子邮箱:cbs22@whu.edu.cn 网址:www.wdp.com.cn)
印刷:湖北金海印务有限公司
开本:850×1168　1/32　印张:9.75　字数:208 千字
版次:2024 年 11 月第 1 版　　2024 年 11 月第 1 次印刷
ISBN 978-7-307-24538-9　　定价:59.00 元

前　　言

英国当代作家朱利安·巴恩斯(Julian Barnes，1946—　)笔耕不辍，独树一帜，因其作品形式的先锋性和主题的多变性而被称为英国文坛"变色龙"。迄今，朱利安·巴恩斯已发表 17 部小说、3 部短篇小说集、6 部散文集以及以"丹·卡瓦纳"(Dan Kavanagh)为笔名出版了侦探小说四部曲，创作时间从 20 世纪 80 年代持续至今。他的主要作品有《福楼拜的鹦鹉》(1984)、《10½章世界史》(1989)、《英格兰，英格兰》(1998)、《亚瑟与乔治》(2005)与《终结的感觉》(2011)等，其中，《终结的感觉》获得了 2011 年的布克奖。

朱利安·巴恩斯是后现代主义怀疑论的坚定拥趸者。他的写作以英国式冷淡自持的悲观主义讽刺见长。结合对法国艺术文化的狂热，巴恩斯形成了在现实与实验主义之间摇摆不定、带有折中特征的独特风格。在长达 40 年的创作生涯中，巴恩斯的创作特点与风格经历了数次转变：20 世纪 80 年代以实验派技巧为主，90 年代侧重对身份的探寻，千禧年后初十年开始尝试散文、自传体等非虚构文类，近十年则对人性困境有了更幽微的体察。然而，贯穿于所有这些不同主题与类型之中的是巴恩斯对稳定可靠价值的追寻。在信仰丢失、一切皆可的后现代主义社会，一切坚固的东西都烟消云散了。传统的客观真理被解构为人为的建构，以真实、宗教和艺术为代表的传统绝对价值遭遇了相对主义的虚无。在自相矛盾、只破不立的后现代主义混沌景观下，巴恩斯揭示了一系列人们在追寻确定价值过程中所面临的局限，如历史的建构性与记忆的不可靠性、二元对立的边界、生存的限度等，并在后现代主义解构了传统人文主义价值后留下的废墟上提出了和解的策略。

　　国内外关于朱利安·巴恩斯的现存文献多从"历史""真实""英格兰性""艺术""叙事手法"等角度切入，而本书拟从后人文主义的视角对巴恩斯的重要作品进行梳理。结合后人文主义去人类中心化、反对僵化二元对立及主体性质疑等批判性观点，本书从历史、边界与生存三个层面探讨了巴恩斯的后人文主义之思，即消解传统人文主义崇尚的价值，但又不落入极端虚无主义的窠臼，提倡以和解重拾价值之锚的中间道路。

　　除"绪论"与"结语"外，本书主要分为三个章节。"绪论"部分主要包括选题背景、国内外文献综述、理论背景以及研究思路。

　　第一章"'我们能抓住过去吗?'——历史的局限与和解"分析以历史为代表的人类知识是社会建构的非绝对性真实这一后人文主义观点在巴恩斯作品中的体现。首先探讨了巴恩斯作品中关于历史建构性的问题，即历史是被干预的真实，同时人们认识历史的手段也是值得怀疑的；其次探讨巴恩斯作品中的怀旧情节，分为个人的怀旧与集体的怀旧两个层面；最后分析巴恩斯作品根据记忆不可靠的特性，采取叙事与遗忘的记忆修正手段，重塑个人的伦理身份、履行集体的伦理责任，以达成与过往的和解。

第二章"'他们被分为洁净的和不洁的'——边界的局限与和解"阐释去中心化与多元化的后人文主义特征，以及在巴恩斯作品中如何通过边界的局限与和解体现出来。这一章首先分析巴恩斯作品里中心与边缘的强制边界，即物种、性别与种族层面的二元对立，然后探讨巴恩斯对文类边界的理解，最后指出：针对上述局限，巴恩斯通过合二为一的一元观和碎片化"小叙事"解构了二元对立和宏大叙事，通过视角越界与文类混杂等文学手段消解了绝对单一的视角中心，促进了文本内外多元平行世界共存，从而达成与边界层面局限的和解。

第三章"'人的终结'——生存的局限与和解"关注后人文主义对具体的个人作为有限存在的生存局限的审视。这一章首先讨论巴恩斯作品中有关衰老的叙事与人类末世危机的描写；其次，揭示巴恩斯作品中所描绘的死亡因其作为终极限度的必然性与未知性所带来的恐惧、来世救赎的希望如何幻灭；最后指出，巴恩斯以不可知论的宗教观、美与崇高的超越性作为解决生存危机的和解方法。

"结语"总结了巴恩斯作品中的人类认识局限、边界局限与生存局限及其分别对应的和解手段。这些局限与和解体现了后人文主义思潮对绝对客观真实、人类中心主义、宗教救赎等人文主义传统价值以及宗教真理的质疑。本书认为，巴恩斯深刻认识到了人类与个体所面临的种种局限，并竭力寻求达成和解的手段。在后人文主义思想观照下，巴恩斯并未完全抛弃人文主义理想，而是致力提倡通过和解的中间道路解决人类的困惑与焦虑，在有限的框架内与人类作为非统一、多元化存在的现实达成和解。

李尼

2024 年 8 月

目　　录

绪　论

第一节　选题背景

朱利安·巴恩斯(Julian Barnes，1946—　)是英国后现代主义的代表人物，素有英国文坛"变色龙"之称。拉美后现代主义作家富恩特斯(Fuentes)称赞他为"最文学化、最机智、最国际化的现当代英国作家"。他与马丁·艾米斯(Martin Amis)、伊恩·麦克尤恩(Ian McEwan)并称为英国20世纪80年代文坛"三剑客"。巴恩斯的主要作品包括《福楼拜的鹦鹉》(1984)、《10½章世界史》(1989)、《英格兰，英格兰》(1998)、《亚瑟与乔治》(2005)与《终结的感觉》(2011)等。《福楼拜的鹦鹉》是巴恩斯的成名作，被奉为英国后现代主义圭臬，并且与《英格兰，英格兰》(1998)和《亚瑟与乔治》(2005)等小说都曾获得过布克奖的提名。最终，《终结的感觉》(2011)荣获了当年的布克奖。此外，巴恩斯还获得过法国梅第奇奖、费米娜奖，以及法国文学艺术骑士勋章，堪称在法国最受欢迎的英国作家之一。

巴恩斯出生于英国莱斯特郡，成长于伦敦郊区的中产阶级家庭。他的父母皆为法语教师，他和哥哥先后进入牛津大学学习，后来哥哥成为日内瓦大学的哲学教授。巴恩斯的家庭和成长背景对他的多部作品产生了影响，如处女作《伦敦郊区》和半自传回忆录《没什么好怕的》等。巴恩斯大学就读于牛津大学莫德林学院现代语言专业，主攻法语，兼修俄语文化。他把对东欧政治与文化的兴趣与理解也写进了《豪猪》以及《时间的噪音》。毕业后，巴恩斯曾任《牛津英语辞典》的编辑、《新政治家》和《星期日泰晤士报》的撰稿人、《观察家》杂志评论员等。在此期间，他曾在马丁·艾米斯手下工作，在创作上一度也受其影响。同时，他还与麦克尤恩过从甚密，二人经常有创作上的切磋与比较。1979 年，33 岁的巴恩斯与自己的文学经纪人帕特·卡瓦纳(Pat Kavanagh)结婚，婚后两人感情甚笃。虽然卡瓦纳曾与著名小说家珍妮·温特森有过一段同性恋情并短暂离开，但最终她回到了巴恩斯身边。不幸的是，卡瓦纳于 2008 年因脑瘤去世。巴恩斯对妻子怀有深厚的感情，有多部作品题献给她。

自 20 世纪 80 年代起，巴恩斯成为职业作家，伴随着个人生活以及社会层面世事的更迭，他一直笔耕不辍。迄今为止，朱利安·巴恩斯已发表 17 部小说、3 部短篇小说集、6 部散文集，以及以"丹·卡瓦纳"(Dan Kavanagh)为笔名出版了侦探小说四部曲。巴恩斯的作品视野广阔，富有人文关怀，关注普遍人性。他始终关注的重大命题有历史与真相的追寻、虚构与现实的边界、艺术与生活的联系、记忆与叙述的可靠性，以及成长、衰老、死亡、信仰和婚姻爱情等。

除却主题特色,朱利安·巴恩斯更为人称道的是形式上的创新。他是一位致力于小说实验的"小说革新家",他认为小说的"生命"就在于小说会"变异",而正因为小说会"变异",小说的"寿命"将比上帝还长。[①] 蔡尔兹(Childs)认为,"他以杂糅小说和其他如历史、回忆录和议论文等文类的自反性写作闻名"[②],而《福楼拜的鹦鹉》和《10½章世界史》这两部上乘之作"融合了诸如自传、史记、散文等其他文类,形成了一个在欧陆很常见(这在一定程度上解释了他在欧陆的热度),但在英国传统中罕有的集合品"[③]。

在朱利安·巴恩斯长达40年的创作生涯中,他的创作特点与风格也经历了数次转变:20世纪80年代的创作,如《福楼拜的鹦鹉》《10½章世界史》等,以实验派技巧展示为主;90年代的创作,如《英格兰,英格兰》则侧重对身份的探寻;千禧年后第一个十年开始对散文、自传体等非虚构文类进行尝试,如《柠檬桌子》《没什么好怕的》;近十年则对人性困境有更幽微的体察,如《脉搏》《终结的感觉》等。巴恩斯在写作风格上具有独特性、复杂性和多变性,然而,始终贯穿如一的是他对稳定可靠价值的追寻。在信仰丢失、一切皆可的后现代主义社会,一切坚固的东西都烟消云散了。在自相矛盾、只破不立的后现代

---

① 刘文荣:《当代英国小说史》,上海:文汇出版社,2010年,第389页。

② Peter Childs. *Contemporary Novelists British Fiction Since* 1970. New York:Palgrave Macmillan,2005:81.

③ Nick Rennison. *Contemporary British Novelists*. Oxford:Routledge,2005:24.

主义混沌景观下，巴恩斯揭示了一系列人们在追寻确定价值过程中所面临的局限，如历史的建构性与不可靠性、二元对立的强制边界、生存的限度等，并在后现代主义对绝对价值完全解构的废墟上提出了和解的策略，体现了后人文主义的特征。

一、巴恩斯创作生涯的时代背景

两次世界大战后，英国作为曾经的世界强国经济破产。1939 年，英国还是世界上最庞大的帝国，而到了 1945 年，它却成了夹在美苏两大超级巨头间艰难求生的弱者。1947 年印度宣布独立后，英国迫切地想要守住自己所剩无几的殖民阵营。其后的苏伊士运河危机和加入欧共体更加深了战后英国的忧郁情绪。哲学上的经验主义、绘画上的喻象派、小说中的现实主义、诗歌中的个体声音以及影视中的喜剧和家庭元素，明确体现了英国对战后美国和欧洲艺术型现代主义的抗拒。战后的英国小说家们失去了信心与抱负，转向虚构、寓言和自反性写作，这也标志着充满帝国式自信的历史叙述走向终结。①

20 世纪 60 年代，英国进入了相对经济繁荣期，但精神空虚和信仰危机却日益加深，后现代主义潮流及反文化运动开始席卷欧美，英国小说的主流也逐渐由现实主义转向后现代主义。② 以研究人的"存在"为中心，研究人的忧虑、悲伤、死亡

---

① Alistair Davies & Alan Sinfield, eds. *British Culture of the Postwar*: *An Introduction to Literature and Society* 1945-1999. London: Routledge, 2000: 1-5.

② 刘文荣:《当代英国小说史》，上海：文汇出版社，2010 年，第 36 页。

等经验为对象的存在主义哲学风靡一时。存在主义哲学家认为，世界是无结构的，存在是无秩序的，历史是无规律的，人生是虚无的，它不过是一连串的偶然和失败的记录而已。① 而 20 世纪 70 年代的英国则更像是"摇摆的 60 年代"与"商业的 80 年代"之间的微小插曲。② 经历了全球衰败与北爱尔兰恐袭之后的英国也笼罩在伯贡齐（Bergonzi）所说的"小说之死"的焦虑之中。

　　到了 20 世纪 80 年代，文学创作的氛围开始复苏。朱利安·巴恩斯的小说创作也是从这一时期开始一直持续至今。占据着战后英国 80 年代政治文化舞台的一位重要人物就是 1979 年上任成为首相的撒切尔夫人。许多艺术家和小说家质疑她的金钱主义经济政策及其带来的阶级分化与失业问题。此时的英国文学充满了商业化气息，小说变成了出版商运作的商品，而不单纯是作家的创作。后现代主义也颠覆了森严文化层级，大众传媒相应崛起。③ 后结构主义者与后现代知识分子挑战启蒙的理性根基，偏好复调与嬉戏，推崇拼贴与碎片化。福山的著作也带来了历史转向，历史政治背景成为文学批评的重点。④

　　20 世纪 90 年代则通常被认为是和平而乐观的。1990 年撒

---

① 刘文荣：《当代英国小说史》，上海：文汇出版社，2010 年，第 83 页。

② Malcolm Bradbury. *The Modern British Novel*. London：Penguin，1993：379.

③ Alan Sinfield. *Literature，Politics，and Culture in Postwar Britain*. Berkeley：University of California Press，1989：291.

④ Emily Horton & Philip Tew et al. *The 1980s：A Decade of Contemporary British Fiction*. London：Bloomsbury，2015：1-16.

切尔推行"人头税"（poll tax）政策，引起民众情绪反弹，她辞职卸任后由保守党议员约翰·梅杰继任。苏联在解体之后国民经济遭受重创，于是代表英美干预主义的美国例外论（American Exceptionalism）和英国新殖民主义（Neocolonialism）盛行一时。尽管 1997 年当选的首相布莱尔打出"酷不列颠"（Cool Britania）的口号，号召年轻人对未来抱有希望，但数字时代迷惘的人们对未来仍然信心不足，此时对往昔的返古式迷恋开启序幕。社会商业化与"历史终结论"盛行，而人们又暂时找不到出路，于是便陷入了"时间僵局"（temporal stasis），也即永恒的当下，这也就不难理解为什么特纳文学奖显示，历史小说成为这一时期最受欢迎的文学种类。①

　　进入 21 世纪，全球范围内发生了一系列重大事件，如 2001 年北约针对"基地"组织出兵阿富汗的军事行动、2007 年的全球金融危机，以及"9·11"恐怖袭击等。此时的世界想要理解真实，已经离不开虚构的助力。整个西方思潮在这一时期更突出的特色是后现代主义的终结。"9·11"事件之后，文学范式也发生了改变，后现代主义失势之后，奇幻文学等新的文学样式发展迅速。21 世纪的作家们开始超越后现代主义怀疑一切总体性叙事的文化主流。当下文学领域的历史建构主义转向表明，虽然过去是被文本调解干预过的存在，但仍然能落脚或契合到某种现实。

　　不难看出，千禧年后的英国作家已经进入了后现代之后，

---

①　Nick Hubble & Philip Tew et al. *The 1990s: A Decade of Contemporary British Fiction*. London: Bloomsbury, 2015: 2-25.

即一种后人文主义的创作氛围之中。他们对已然成为主流文化的后现代主义批判主要表现为：引入伦理立场，回归现实主义，以及重拾现代主义的创作技艺等。以大卫·米切尔的《云图》为代表的英国当代小说就抛弃了后现代特有的怀疑主义，尝试寻找某种人类价值，并认为价值追寻是有意义的努力。这些小说提倡远离后现代式的消极主义，主张缝合起碎片，不让它们肆意漂浮。在这种意义上，后现代主义本身成为自己戏仿的对象。① 这也正是后人文主义与后现代主义的不同之处。除否定与质疑外，后人文主义逐渐由解构性转向建构性。后人文主义通过对人文主义传统绝对价值与后现代主义极端相对主义的反思与批判，迎来了后现代主义之后的新世纪批评范式，即"反人类本质主义的调解经验哲学，并以其最宽广的意义提供了一种存在的和谐"②。

二、风格流变与巴恩斯的折中主义

从 20 世纪 80 年代创作至今，巴恩斯经历了文学文化思潮的数次转向，这些文学文化思潮也与巴恩斯自己的创作风格转向同频共振，彼此呼应。自 1980 年发表小说处女作《伦敦郊区》开始，巴恩斯在八九十年代的创作风格就受到现代主义、实验主义与后现代主义的影响，表现出显著的实验性特征，如

---

① Nick Bently & Nick Hubble et al. *The 2000s：A Decade of Contemporary British Fiction*. London：Bloomsbury，2015：2-18.

② 陈世丹：《后人文主义：反思人在世界中的地位》，《新华文摘》，2021 年第 7 期，第 37 页。

《福楼拜的鹦鹉》(1984)、《10½章世界史》(1989)等。千禧年以后,以《亚瑟与乔治》(2005)和《终结的感觉》(2011)为代表的小说逐渐抛弃了后现代主义的消极倾向,积极探寻并试图重建可供依赖的道德价值,力图进行一种更多元化、折中的后人文主义理想重构。

总体来看,20世纪后半叶的英国小说呈现出两种倾向:一是现实主义的回归,一是现代主义的转向。这两种倾向都是对20世纪前半叶的主流文学(即实验性的现代派文学)的背离:前者倾向于回归19世纪的现实主义传统,而后者则倾向于更为极端的文学实验。一为"复旧",一为"继续创新"。前者的主要代表有"愤怒的青年"小说、女性小说和"长河小说",后者则在詹姆斯·乔伊斯的《芬尼根的守灵夜》(1939)等作品里表现出后现代倾向,如关注小说本身,词语自治,作家主动地介入小说,暴露其虚构性等,其中典型的小说包括"荒诞小说""重奏小说""极端形式主义小说"和"超小说"等。① 在英国小说发展史上,现实主义和实验主义是两个绵延不绝的传统。在"严肃"的50年代,现实主义占了上风,而到了"动荡的60年代",实验主义倾向又逐渐增强。②

小说批评家大卫·洛奇则把小说分为反现代主义、现代主义、后现代主义三大类型。所谓反现代主义,就是20世纪语境

---

① 刘文荣:《当代英国小说史》,上海:文汇出版社,2010年,第5-9页。

② 刘文荣:《当代英国小说史》,上海:文汇出版社,2010年,第72页。

中的当代现实主义。这种小说观念尊重古典现实主义传统，认为艺术来源于生活，艺术是现实生活的模仿和记叙，它追求历史境界，重内容而轻形式，它所表达的意义是确定而清晰的，它所采取的叙事方式是转喻的、散文的。现代主义小说则扬弃古典现实主义传统，认为艺术来源于艺术，艺术是创造性虚构，它向往音乐境界，注重形式结构（连贯、封闭的形式），它所表达的意义是确定而又隐晦的，它所采取的叙事方式是隐喻而诗化的。后现代主义小说观念，把现代主义的先锋性、否定性、颠覆性发展到极端，一方面它和现代主义一样否定古典现实主义传统，另一方面它又否定现代主义贵族化、学院派风格和强烈的主体意识，它宣布主体已经死亡，蔑视和怀疑一切传统。这种小说观念认为生活即艺术，采取一种反创造、解构的态度，向往虚无境界，反对艺术形式（使用分裂、开放的形式），它所表达的意义是不确定的，它所采用的叙事方式是荒诞的（悖论、并置、断裂、偶合、戏拟、短路）。洛奇还指出，20世纪的英国文学在现代主义和反现代主义之间交替更迭、轮流支配，就像钟摆运动一样，以每十年为期，有规律地在两极之间摇摆。[①]

现实主义与现代主义之后的后现代主义小说与"二战"之后的后现代主义思潮密不可分。作为西方社会进入后工业化时代的文化现象，后现代主义文化思潮正式出现于20世纪五六十年代初期，七八十年代达到鼎盛，并于90年代声势大减，渐渐分

---

① 翟世镜、任一鸣：《当代英国小说史》，上海：上海译文出版社，2008年，第514页。

化、沉寂。后现代主义并无概念统一的定义，它实际上是知识界对社会现象的一种解释，而且是一种批判性的解释，一种在彷徨中寻求出路的实验，也继承了现代主义对传统价值的怀疑，带来了真理、价值以及各种信念的怀疑性危机。自利奥塔1979年出版《后现代状况》以来，知识的性质、研究都发生了根本性变化，元叙事和科学技术也都产生了"合法化危机"。正如利奥塔所指出的，后现代主义认为科学真理的本质与人文话语都不过是一种叙事方式，不再具有"绝对真理"的元叙事价值。① 哲学家们有关后现代主义的争论也一直未曾间断，例如罗蒂相信局部的统一性，利奥塔反对任何方面的统一性，哈贝马斯认为后现代主义是超现实主义的继续，有可能使艺术失去独立自治的合法性。但普遍得到承认的是，后现代主义的核心之一是解构逻各斯中心主义（logocentrism）的传统。就其解构传统而言，后现代主义是革命性和批判性的，但后现代主义"只破不立"，缺乏明确的建构目标，在客观效应上又具有某些破坏性：它怀疑一切叙述的表现，强调不确定性和非连续性，指证语言的表征危机，因此还具有强烈的颠覆性。同时，后现代与过去的分裂被看作一种失落：文学和艺术中的真理和人性价值主张似乎已经耗尽，对现代想象具有构建力量的信念成为另一种妄想。② 后现代主义本质上是矛盾的，并且无可救药地是历史化和政治

---

① ［法］让·弗朗索瓦·利奥塔，岛子译，《后现代状况》，长沙：湖南美术出版社，1996年，第215页。

② ［美］安德烈亚斯·胡伊森，周韵译，《大分野之后：现代主义、大众文化、后现代主义》，南京：南京大学出版社，2010年，第198页。

化的。它是批判性地重写，而不是怀旧的"回归"。即便是造成了极大的挑战，后现代主义也并未取代自由人文主义，它们的关系是充满矛盾的。后现代主义不完全否定后者，而是从自由人文主义框架内部发出质疑。①

与后现代思潮类似，后现代主义小说也不是一个内涵确定清晰的概念，它包括许多不同的小说流派，诸如新小说、黑色幽默、垮掉的一代、元小说、魔幻现实主义小说等。后现代主义文学很大程度上受到两次世界大战、科技迅速发展和后结构主义思潮的影响，这一点从后现代主义小说与现实主义小说、现代主义小说在写作主因上的明显区别可以看出。现代主义写作主因是认识论的(epistemological)，也就是说，现代主义写作旨在提出此类问题：要知道什么？谁知道？他们怎么知道，且具有多大程度的确定性？后现代主义的写作主因是本体论的(ontological)，旨在提出以下问题：什么是世界？有些什么类型的世界？它们是如何构成的，又有怎样的区别？什么是文本的存在模式，什么又是文本所投射的世界的存在模式？现实主义写作的主因应当是价值论的(axiological)，旨在提出以下问题：世界的意义是什么？人生的意义是什么？如何改造这个社会，并使人民过上幸福的生活？②

纽宁(Nünning)在《跨越边界与文类混杂：60年代以降英

---

① Linda Hutcheon. *A Poetics of Postmodernism*：*History*，*Theory*，*Fiction*. London：Routledge，1988：4，6.

② 曾艳兵，《西方后现代主义文学研究》，北京：中国社会科学出版社，2006年，第106页。

国后现代主义历史小说类型与诗学》一文中总结了英国后现代主义小说的三个主要特点：首先，英国后现代主义小说，尤其是历史小说与其他国家的后现代主义小说的不同在于其明显地回归故事讲述(story-telling)本身；其次，英国后现代主义小说并不局限于历史元小说，而是温和派与激进派并存；最后，后现代主义学者麦克黑尔(McHale)认为后现代主义小说关注的焦点已经从认识论转向了本体论①，而战后英国的后现代主义历史小说所关注的与他所提出的"主体的改变"有所不同。彼得·艾克罗伊德(Peter Ackroyd)、朱利安·巴恩斯、拜厄特、福尔斯、佩内洛普·莱芙利(Penelope Lively)和格雷厄姆·斯威夫特(Graham Swift)等英国后现代主义作家主要关注的还是我们如何能够知晓过去。②

著名文学批评家兰道尔(Randall)说道，"但凡研究英国20世纪后期的文学，就一定会体察到稳定性的遗失"③。战后由萨特和加缪引领的存在主义哲学极大地影响了英法的文学气候。艾克罗伊德(Ackroyd)、巴恩斯、拜厄特、格雷厄姆·斯威夫特和劳伦斯·诺福克(Lawrence Norfolk)都强调语言表征的暂时性(provisional)，以及由它所构成的叙述、文本或历史的不可靠性

---

① Brian McHale. *Postmodernist Fiction*. London：Routledge，1987：8-10.

② Ansgar Nünning. "Crossing Borders and Blurring Genres：Towards a Typology and Poetics of Postmodernist Historical Fiction in England Since the 1960s". *European Journal of English Studies*, vol. 1, no. 2, 1997, pp. 217-238.

③ Randall Stevenson. 1960-2000：*The Last of England?* Oxford：Oxford University Press，2007：1.

与不透明性。① 70 年代以后，英国小说家们表现出了对历史叙述及其线性时间线的怀疑，如《洼地》(1983)认为历史是不可能真实的事，而时间也被碎片化了。②

然而，现代主义文学、后现代主义文学中的创新都不太符合英国自由主义、经验主义的文学传统。洛奇在《十字路口的小说家》中指出，"现实主义小说正面临审美与认识论上的怀疑主义的挑战，小说家们的创作之路出现了一个二岔路口，一条路通往非虚构小说 (non-fictional novel)，另一条通往虚构 (fabulation)"③。这里的虚构道路就是指放弃写实传统的实验小说。英国虚构派小说挑战现实主义小说的传统自 18 世纪元小说《项狄传》(*Tristam Shanty*)便已有之，而朱利安·巴恩斯则为虚构派的现当代典型代表。英国 50 年代小说那种充满自信的地方主义和现实主义，在动荡不安的国际环境中，在法国新小说和美国黑色幽默小说等革新浪潮冲击下，开始逐渐崩溃。于是，实验主义思潮势头加强，英国小说创作的重心和情绪有了明显转变。戈尔丁、默多克、莱辛、斯帕克、福尔斯、伯吉斯、威尔逊和约翰逊等小说家，在不同程度上都进行了形式技巧的实验和创新。然而，活跃于今日文坛的英国小说家，并不像一般后现代主义作家那样把小说看作纯粹的艺术形式，而是表现出

---

① Randall Stevenson. 1960-2000：*The Last of England*？Oxford：Oxford University Press，2007：123.

② Randall Stevenson. 1960-2000：*The Last of England*？Oxford：Oxford University Press，2007：435.

③ David Lodge. "The Novelist at the Crossroads". *Critical Quarterly*, vol. 11, 1971, pp. 105-132.

了对社会问题更大的兴趣。但他们又不像 19 世纪现实主义作家
或 50 年代的那批作家那样直接反映社会现实，而是带有更大的
实验性和幻想性。总之，当代英国小说既非传统现实主义，又
非现代主义，它体现了一种折中主义的文化思潮与兼收并蓄的
艺术风格。①

　　从 20 世纪 70 年代末至 80、90 年代，调和折中的新保守主
义成为强大的国际性社会思潮，过于激进的思想和标新立异的
态度均不受欢迎。如果说英国 20 世纪 20 年代的文学主流是革
命性的，30 至 50 年代是保守的，80 至 90 年代的作者则折中地
从一系列文学技巧中按需而取，并不会将天平偏向某一端。②
在这样的大气候下，英国小说界自然而然就出现了把现实主义
和实验主义（包括现代和后现代的各种实验）兼收并蓄的折中主
义潮流。③《当代英国小说史》中评述 20 世纪 90 年代以后的小
说创作时，将朱利安·巴恩斯与伊恩·麦克尤恩列为顾及英国
文学的"伟大传统"，即强调文学的社会性和道德感的"新社会
小说"代表。④ 这也体现了朱利安·巴恩斯在吸纳欧陆创新派思
潮的同时，对英国小说传统的兼顾与和解。

---

　　① 刘文荣：《当代英国小说史》，上海：文汇出版社，2010 年，第
26-27 页。

　　② Randall Stevenson. 1960-2000：*The Last of England?* Oxford：Oxford
University Press，2007：85.

　　③ 翟世镜、任一鸣：《当代英国小说史》，上海：上海译文出版社，
2008 年，第 512 页。

　　④ 刘文荣：《当代英国小说史》，上海：文汇出版社，2010 年，第
357 页。

　　所以，实际上在巴恩斯的实验派写作技巧之下，藏匿着他对社会现实与政治的人文关怀。卡西瑞(Gąsiorek)在《战后英国小说家：现实主义及其后》中指出，"传统现实主义"虽然受到了种种挑战，但它仍占据战后小说的核心地位。他认为现实主义/实验主义的二元对立是僵化的，现实主义本身应该是一种异质性(heterogeneous)现象，并且他关注在巴特"可读文本"与"可写文本"缝隙间重塑(reconceptualize)现实主义的可能。[①]　许多早期创作生涯与后现代主义相联系的作家都退出了极端的哲学相对主义的阵营，如艾米斯、麦克尤恩、拉什迪等，这其中当然也包括朱利安·巴恩斯。20世纪90年代后，就连曾经先锋、叛逆的后现代主义也逐渐成为了一种主流思想，丢失了批判的锋芒，而日渐沦为它曾批判的"宏大叙事"。

第二节　文献综述

一、国外文献综述

　　巴恩斯的第一部小说《伦敦郊区》于1980年出版，并在一年后获得"毛姆文学奖"。待至巴恩斯的第三部小说《福楼拜的鹦鹉》(1989)出版之后，英语学界才逐渐对这位作家及其作品有更多的关注和探讨。国外学界的巴恩斯研究从20世纪90年代末开始，一直延续至今。目前已有多部讨论巴恩斯作品的综

---

　　① 　Andrzej Gąsiorek. *Post-War British Fiction：Realism and After*, London：Edward Arnold, 1994：preface.

合性专著及论文集，其中包括梅利特·摩斯利（Merritt Moseley）的《理解朱利安·巴恩斯》（1997）、马修·佩特曼（Matthew Pateman）的《朱利安·巴恩斯》（2002）、法国里昂高等师范学院教授瓦妮莎·吉奈瑞（Vanessa Guignery）的《朱利安·巴恩斯的小说》（2006）、弗雷德里克·M·霍尔姆斯（Frederick M. Holmes）的《朱利安·巴恩斯》（2009）、彼得·蔡尔兹（Peter Childs）的《朱利安·巴恩斯》（2011）、塞巴斯蒂安·格勒斯（Sebastian Groes）与彼得·蔡尔兹共同主编的论文集《朱利安·巴恩斯：当代批评视角》（2011）、匈牙利布达佩斯罗兰大学埃斯特·托里（Eszter Tory）和雅妮娜·威斯特贡（Janina Vesztergom）主编的《不确定的惊奇：朱利安·巴恩斯小说论文集》（2014）、瓦妮莎·吉奈瑞的《文稿中的朱利安·巴恩斯：探寻作家档案》（2020）等。这些研究著述大多对朱利安·巴恩斯的主要作品按照发表顺序逐一进行了介绍及阐释，且大多止步于《亚瑟与乔治》（2005）。巴恩斯在此之后发表的数部重要作品，如《终结的感觉》（2011）等，则受创作时间的限制未被纳入其中，因而较少讨论。

专事英国现当代作家研究的法国学者瓦妮莎·吉奈瑞教授是研究巴恩斯最多产也相对前沿的学者，除上述英语作品外，她还以法语出版了如 *Julian Barnes：L'art du mélange*，*Postmodernisme et effets de brouillage dans la fiction de Julian Barnes* 等专著，同时撰写了大量英文和法文学术论文、访谈材料等。她关于巴恩斯研究的最新著作《文稿中的朱利安·巴恩斯：探寻作家档案》（2020）是基于她在德克萨斯大学奥斯汀分校哈

利·兰塞姆中心（Harry Ransom Center）对巴恩斯创作手稿进行
的分析研究，也是目前国外有关巴恩斯研究所出版的最新专著。

这些著作对读者进一步了解巴恩斯作品所起到的重要作用
毋庸置疑，但通过梳理发现，它们的组织结构较为雷同，即大
多依照作品发表的时间顺序对文本进行细读，归纳性及理论整
合度不强。相较而言，有关巴恩斯的硕博论文则多以话题或理
论为脉络，对作品进行了更深入的剖析。相关的期刊文章则多
集中于探讨巴恩斯的几部获得过布克奖提名的小说。以下以研
究主题为线索，结合国外研究的代表性文献进行具体梳理。

（一）"历史"

1. 历史的建构性

詹姆斯·马丁（James. E. Martin）的《构建真相：历史理论与
朱利安·巴恩斯小说》（2001）聚焦朱利安·巴恩斯小说中的历
史话题；杰基·巴克斯顿（Jackie Buxton）的《朱利安·巴恩斯的
历史主题〈10½章世界史〉》（2000）结合沃尔特·本杰明的"政治
弥赛亚主义"与末日理论，认为两者在历史终结之际，皆对古
典历史观的进步主义提出了愤世嫉俗的挑战。布莱恩·芬尼
（Brian Finney）的《虫眼看世界：朱利安·巴恩斯的〈10½章世界
史〉》（2003）关注作品通过拼贴、并置和多叙述者等手法表达作
为叙事的历史中严重意识形态渗透对非主流他者的湮没，而这
即为当时社会面临历史终结的混乱情况。

国外研究者在谈到巴恩斯作品的历史建构问题时，主要从
历史版本的多样性、历史的虚构特征等方面入手。梅利特·摩

斯利(Merritt Moseley)指出，"《10½章世界史》的标题是'一个'
(a)历史，而非'那个'(the)历史。没人确保那是正确的一个，
读者很快会发现小说的主题之一就是要说明，没有'那个'
(the)历史，只有'很多个历史'(histories)。法语中的 histoire 有
历史和故事的双重含义，而历史就是胜利者讲述的故事"①。蔡
尔兹称："摇摆(oscillation)和视差(parallax)比发展
(development)和假设(supposition)更适合描述历史，而且不只
有一个真理，而是有很多个。作为消费品的历史被重写，以迎
合传媒时代的游客需求。博物馆和主题公园里的'生动历史'不
仅将过去作为奇景，而且还从教育功能偏向了娱乐功能。"②瓦
妮莎·吉奈瑞指出，"《10½章世界史》解构了理性、恒定与连
贯的历史进程，用具有不稳定、不连贯及武断特征的熵来替代
它。线性与目的论式的历史被循环的历史所代替。历史的可塑
性使得怀特岛的主题公园建造者们可以重写、简化和夸大国家
历史，以满足游客的需求"③。

　　关于历史的虚构性，摩斯利认为，"虚构在每个历史、传
记或自传中都存在，主要通过对信息进行排序、筛选，运用修
辞与阐释等手段。历史成为小叙事(petits récits)，后现代主义
将历史视为另一种小说文本，因为其依赖修辞而'不可读'或
'不确定'。所以，历史作为'真实生活'中'实际'发生的事物参

---

①　Merritt Moseley. *Understanding Julian Barnes*. South Carolina：
University of South Carolina Press, 1997：109, 120.

②　Peter Childs. *Julian Barnes*. Manchester：Manchester University Press,
2011：58, 116, 118.

③　Vanessa Guignery. *The Fiction of Julian Barnes*. New York：Palgrave
Macmillan, 2006：71, 106.

考是不可靠的"①。艾奇逊(Acheson)等也指出，"后现代主义历史理论与文学技巧的综合，使得像巴恩斯与斯威夫特这样的作者专注于历史记录的随机性、历史事件的阐释与建构性，回望过去不再是一个客观的过程。巴恩斯的这种后现代主义历史观主要通过展现私人传记历史中证据的不可靠性、历史事件的随机重排、国家历史的戏仿与拟像体现出来"②。布莱恩·芬利(Brian Finney)也指出："历史是过去混杂现实中建构的单一叙事。这种选择是强制(arbitrary)的，从而历史成为一种虚构(fabulation)。历史是基于当下、带有侧重与偏好的建构。历史是集体的梦境。"③

鲁宾逊说："人类置身于残暴的历史洪流之中，有些通过机敏与智谋幸存，如方舟上的木蠹；有些则不太光彩地通过合谋毁灭他人，如救生中的弗兰克林·休斯。《世界史》似乎是一系列灾难的列表：洪水、恐袭、核战、船难、地震、谋杀和大屠杀。这是与黑格尔所说的历史理性地展开相悖的。"④本雅明将历史形容为一场不断堆积残骸的灾难，而巴恩斯则将历史

---

① Merritt Moseley. *Understanding Julian Barnes*. South Carolina: University of South Carolina Press, 1997: 88, 111.

② James Acheson & Sarah C. E. Ross. *The Contemporary British Novel Since* 1980. New York: Palgrave Macmillan, 2007: 203, 211.

③ Brian Finney. *English Fiction Since* 1984: *Narrating a Nation*. New York: Palgrave Macmillan, 2006: 34, 35, 49, 50.

④ Gregory J Rubinson. *The Fiction of Rushdie, Barnes, Winterson and Carter: Breaking Cultural and Literary Boundaries in the Work of Four Postmodernists*. London: McFarland & Company Inc., 2005: 97-99.

形容为一场人们乘船寻求拯救、避开灾难的旅程。如果我们能够认识真实的历史，那也是观点化的、相对的和变幻莫测的。①

　　所以，面对不可靠的历史，我们要采取两种态度，一种是承认历史的虚构性，另一种就是像相信客观真理一样相信，爱是解决历史问题的解药，同时也可以对抗不确定的相对主义历史观。可见，巴恩斯是一个人文主义者，强调艺术的道德功效和善恶分明。② 蔡尔兹称，"人类趋向于自我陶醉和自我幻象。我们的痛苦和恐惧只能通过安慰性的虚构缓解；而我们将这虚构称为历史"③。拉什迪说："小说更像是历史的脚注，对现有的颠覆和在已知边缘的涂鸦。"④而没有爱的历史是没有人性的，它把最人性化的元素，如信仰、艺术和爱排除在外。⑤ 巴恩斯小说《10½章世界史》"插曲"（Parenthesis）这一特殊的半章节主要就是在讨论爱的话题。它站在历史与正统的对立面，因为关于爱的故事是个人与私密的。爱可能处于边缘地位，但它也可以成为一股迎头而上、振奋人心的力量，阻止历

　　① Frederick M. Holmes. *Julian Barnes*. New York：Palgrave Macmillan，2009：69，87.

　　② Merritt Moseley. *Understanding Julian Barnes*. South Carolina：University of South Carolina Press，1997：122，124.

　　③ Peter Childs. *Contemporary Novelists British Fiction Since* 1970（2nd edition）. New York：Palgrave Macmillan，2005：96.

　　④ Salman Rushdie. *Imaginary Homelands：Essays and Criticism* 1981-1991. London：Granta & Penguin Books，1991：241.

　　⑤ Peter Childs. *Contemporary Novelists British Fiction Since* 1970（2nd edition）. New York：Palgrave Macmillan，2005：91.

史偏向荒谬。①

2. 过去的不可知

摩斯利以《福楼拜的鹦鹉》为例，认为虽然主人公自己发表的过去不可知言论、三种完全不同的编年史表和鹦鹉标本本身似乎预示着弄清过往在认识论上的死胡同，但是巴恩斯并不认为过去是完全不可知的，只是寻找意义的过程充满困难、事物的关联脆弱不堪。② 鹦鹉象征着过去的真实性。③ 寻找真实鹦鹉的过程及其失败，象征着重建过去的困难。④ 布拉斯韦特的难题隐喻了历史元小说的中心难题：人类知晓过去的限度。我们不能直接回到过去，而是只有文本文件，它们可能让人靠近过去的真实，但也可能起到相反作用。⑤ 后现代主义时期对传统认识论的质疑导向了人们对如何认识历史与周遭世界的不确定性。⑥ 历史不是我们能拥有或知晓的实体。它只是一个过程，可望而不可即，因为历史遗迹与文本本质上不可靠，让过去成

---

① Peter Childs. *Julian Barnes*. Manchester：Manchester University Press，2011：58，116，71.

② Brian W. Shaffer. *A Companion to The British and Irish Novel*：1945-2000. London：Blackwell，2005：481-491.

③ Brian Finney. *English Fiction Since* 1984：*Narrating a Nation*. New York：Palgrave Macmillan，2006：34.

④ Vanessa Guignery. *The Fiction of Julian Barnes*. New York：Palgrave Macmillan，2006：83.

⑤ Brian Nicol. *The Cambridge Introduction to Postmodern Fiction*. Cambridge：Cambridge University Press，2009：117.

⑥ Vanessa Guignery. *The Fiction of Julian Barnes*. New York：Palgrave Macmillan，2006：81.

为可疑的虚构，甚至全然不可被知晓。①

(二)"国家""英国性"

巴恩斯作品中的另一个重要主题是"国家"和"英国性"。对于该主题的研究著述较多，包括莎拉·亨斯特拉（Sarah Henstra）的博士论文《书写失落：英国20世纪小说中的国家与核武主义》(2002)、金永柱（Youngjoo Kim）的《重访绝妙之地：英国20世纪小说中的村舍、风景与英国性》(2002)、艾莉森·克罗尔(Allison Elizabeth Adler Kroll)的《国家信仰：从丁尼生到拜厄特的遗产文化与英国身份》(2004)、米歇尔·奥斯特(Michelle Denise Auster)的《"英格兰，我的英格兰"——现当代小说中英国性的再想象》(2005)、克里斯汀·D·普里斯塔(Christine D. Pristash)的《英国性：朱利安·巴恩斯、安吉拉·卡特、约翰·福尔斯与简妮特·温特森小说中英国国家身份的传统与别样概念》(2011)、杰弗里·K·吉布森(Jeffrey K. Gibson)的《戏仿历史小说：往事表征的批判》(2004)等皆是关于英国性的讨论。金钟锡(Jong-Seok Kim)在《"歪曲历史"：〈英格兰，英格兰〉中的遗产/企业对句》(2017)中认为小说表达了对将国家遗产文化商业化的时代的不满情绪。菲雷特·阿拉古克(M. Fikret Arargüç)在《〈英格兰，英格兰〉中闲置的拟像》(2005)中也表达了类似的观点，结合鲍德里亚的理论阐述其反乌托邦式的讽刺。埃德·多布森(Ed Dobson)的《〈亚瑟与乔治〉

---

① Sebastian Groes & Peter Childs. *Julian Barnes*: *Contemporary Critical Perspectives*. New York：Continuum, 2011：17.

中的局部后殖民主义》(2018)认为乔治所代表的少数族裔与亚瑟所代表的爱德华时期帝国白人形象表达了作者对英国现当代社会多元化进程的焦虑与反思。凯瑟琳·魏斯(Katherine Weese)在《朱利安·巴恩斯〈亚瑟与乔治〉中的终结感:"侦察""殖民"与"后殖民"》(2015)中探讨了叙事的结构、文类的混杂以及针对殖民主义的多元化象征等问题。

关于巴恩斯小说中的"英国性"讨论主要集中在《英格兰,英格兰》《亚瑟与乔治》以及《豪猪》这几部作品中。本特利(Bentley)指出,"《英格兰,英格兰》关注国家身份是如何在文化层面进行建构与繁殖的、国家固有印象的传播、国家商业化,以及个人与国家身份的关联"①。特里姆(Trimm)认为,"《英格兰,英格兰》对遗产文化持批判的态度,将国家塑造成旅游胜地,以讽刺遗产文化产业,同时关注了过往是如何被用于构建现时身份的。小说也反映了后现代主义的霸权式消费特性,将过往商品化,把遗产打造成国家品牌,将国家变成市场导向复古主题的旅游陷阱。遗产文化一方面复制过往的样貌(而不是保留它真实的模样),另一方面过往真实遗迹也被迫消除"②。霍尔姆斯(Holmes)则提出,《英格兰,英格兰》是暴露撒切尔商业资本主义空洞化的小说。英国性的形成对于利润可观的旅游业来

---

① Nick Bentley. *Contemporary British Fiction*. Edinburgh:Edinburgh University Press, 2008:161.

② Ryan Trimm. *Heritage and the Legacy of the Past in Contemporary Britain*. New York:Routledge, 2018:29, 209, 211.

说，至关重要。小说中的"英格兰的五十条精华"就是用于构建虚假现实的符号。整个乐园就是用来代替现实的拟像。而《豪猪》是一部讲述了经典政治话题——"真实"的政治小说，即在认为自己拥有所有答案的稳定体制面前，自由主义的弱势。①

（三）"艺术"

艺术与生活的关系议题并不只属于后现代主义，从 19 世纪的波德莱尔到乔伊斯等现代主义作家都对此十分关心。对巴恩斯来说，艺术是贯穿作品的重要主题，它因为赋予生活意义从而具有智性价值。《伦敦郊区》里的主人公认为艺术是具有道德教化功能的有益存在。他们试图找到证据证明，观看画作能够以某种方式改变人。他们奉行人文主义观点，即"好的艺术"能让人们变得更好。文中有两个借助望远镜的情节，巴恩斯想要借此说明，人们观看的时候需要"辅助"——文学。在《另眼看艺术》中，他也提到观看与说明是密不可分的。②

同时，巴恩斯认为艺术具有神圣性，或者至少在一个科学世俗的时代里具有来世的神圣。对于《伦敦郊区》里的主人公克里斯来说，艺术已经成为宗教的替代，帮助那些抛弃了基督教与神的主人公减轻对死亡的恐惧。③ 艺术的首要地位也可以从

---

① Frederick M. Holmes. *Julian Barnes*. New York：Palgrave Macmillan，2009：41，93-95.

② Nick Hubble & Philip Tew. *London in Contemporary British Fiction：The City Beyond the City*. London：Bloomsbury，2016：99-100.

③ Frederick M. Holmes. *Julian Barnes*. New York：Palgrave Macmillan，2009：26，57.

布拉斯韦特引用福楼拜的"艺术优于所有事物"看出。《伦敦郊区》里的主人公认为，艺术是人类韧性与超越性的体现，能让我们置身历史之外，从而更好地理解它，甚至宽恕它。①

"如何将灾难变成艺术"，以及如何将人类历史的灾难变为富有意义的虚构形态也是巴恩斯一直在思考的。每个艺术家都不由自主地想要对事实重新安排，从而让自己的叙事有意义。不然格里柯为什么要清理木筏，把幸存者们恢复到健美的形态呢？② 这就涉及后现代文学中的一个话题："文字成像"（Ekphrasis）。"文字成像"有多种译名，有人称之为白描，也有人称之为语象叙事。它意指在文学作品中，文字对视图的再现。哈勃与图（Hubble & Tew）认为，"文字成像"强调展览中的参展作品，但更重要的是关注参观画廊的人和他们的体验。博物馆从而成为一个异空间，成为思考与自我发现的私人空间，同时也成为社会聚焦与交往的公共空间。在这样一个参观者"操演"所见的艺术品从而形成的阈限空间里，"文字成像"的三足鼎立便出现了（客体、演讲者、读者），这也是米切尔在《图像理论》里所提到的。"文字成像"所特有的讽刺与自反性质，让人重新审视维多利亚时期的通俗摹仿文学，同时也引起对文字表征限度的关注，让读者和参观者反思自己观看的方式。③

---

① Matthew Pateman. *Julian Barnes*. London：Northcote House Publishers Ltd.，2002：48.

② Brian Finney. *English Fiction Since* 1984：*Narrating a Nation*. New York：Palgrave Macmillan，2006：48.

③ Nick Hubble & Philip Tew. *London in Contemporary British Fiction*：*The City Beyond the City*. London：Bloomsbury，2016：96-97.

（四）"叙事手法"

1. 文类混杂

塞缪尔·C·库维特（Samuel C. Kulvete）在《〈终结的感觉〉中作为叙事的法律、历史和文学》（2014）中结合海登·怀特和弗兰克·克莫德等学者的理论，认为巴恩斯创造了一个从法律、历史和文学角度来审视叙事的汇合点，指出上述文类的建构性与人类复杂的困境。而《福楼拜的鹦鹉》里叙事的文类有：伪经、自传、动物寓言集、传记、编年史、批评、对话、字典条目、散文、考试题、指南和宣言等。①《亚瑟与乔治》就融合了传记、律政剧和侦探小说的文类风格。②

2. 不可靠叙事

大卫·莱昂·希格顿（David Leon Higdon）的《"不坦白的自白"：格雷厄姆·斯威弗特与朱利安·巴恩斯小说中的叙述者》（1991）主要讨论了"迟疑的叙述者"（hesitant narrator）这一现象。丹妮尔·莉（Daniel Lea）的《朱利安·巴恩斯〈10½章世界史〉中的"插曲"与不可靠作者》（2007）中关注爱的超越性力量与诺亚不可靠作者身份等问题，并提出了在价值与目的皆空的社会中，叙事成为秩序与形式替代的重要观点。《福楼拜的鹦鹉》类似福特·马多克斯·福特的现代主义小说《好兵》，布拉斯韦特和

①　Peter Childs. *Contemporary Novelists British Fiction Since* 1970 (2nd edition), New York：Palgrave Macmillan, 2005：91.

②　Frederick M. Holmes. *Julian Barnes*. New York：Palgrave Macmillan, 2009：47.

多维尔的内心活动都很重要，因为他们是小说的"叙述者"，也是作者的声音与修辞手段，而不是文本的"作者"。布拉斯韦特对福楼拜的兴趣是他延迟或者避免谈论自己生活，特别是他妻子的一种方式。小说主人公不擅长表达悲伤和情感，他将此转换成一种强迫型的欲望，企图告诉读者所有有关福楼拜的事。相较于自己的妻子，福楼拜反而是他生活中一个更可靠的存在。① 虽然布拉斯韦特一直强调自己是诚实的，但他明显是一个时常暴露其故事的虚构性和文学性的不可靠叙述者。②

3. 事实与虚构的边界

朱利安·巴恩斯提出小说为我们提供一些美丽的、有条理的谎言，它包含着坚实的、确切的真理。这条小说定义，显然是在调和虚构和真实之间的矛盾。③ 科妮莉亚·斯托特（Cornelia Stott）在《"真实的声音"——自〈福楼拜的鹦鹉〉后英国小说中的建构与重构人生》（2005）中以后现代主义自传小说为主题，以《福楼拜的鹦鹉》《伦敦郊区》与马丁·艾米斯、A·S·拜厄特和威廉·博伊德等作家的小说为例，考察了后现代主义传记元小说（biographical metafiction）和虚构小说与自传边界等问题。佩特曼（Pateman）也认为《她过去的爱情》里的格雷厄姆愈

①　Peter Childs. *Contemporary Novelists British Fiction Since* 1970（2nd edition）. New York：Palgrave Macmillan，2005：91.

②　Andrzej Gąsiorek. *Post-War British Fiction*：*Realism and After*. London：Edward Arnold，1995：21.

③　翟世镜、任一鸣：《当代英国小说史》，上海：上海译文出版社，2008年，第525页。

发不能分清现实与虚构的边界。他执着于寻找女主人公不忠的例证或者说她的艳遇档案，并为自己的过于情节化（over-emplotment）和过于武断而内疚。他的痴迷已经到达了无法分清事实与想象边界的地步。①

4. 拼贴、戏仿、互文、历史元小说

布鲁斯·塞斯托（Bruce Sesto）的博士论文《朱利安·巴恩斯小说中的语言、历史和元叙事》（2001）以后现代主义元叙事为焦点展开具体作品的文本分析；尼尔·布鲁克斯（Neil Brooks）的《埋葬的文本：〈好兵〉与〈福楼拜的鹦鹉〉》（1999）认为现代主义小说《好兵》是《福楼拜的鹦鹉》中潜藏的互文文本。这是两部研究巴恩斯创作技巧特点的代表性作品。格勒斯与蔡尔兹（Groes & Childs）认为，后现代主义文学处理历史的手法主要有以下几种特点：强调小说与历史共同的发散性、建构性和叙事性；刻意将想象与史料结合，颠覆稳固的历史知识；质疑过去是否可以被知晓；认为既然没有"中立价值"的历史话语，那么类似客观与透明表征这样的实证主义概念也就成了无根之木；认识到历史知识的临时性；相信真理不可获得，但能成为对抗虚无与被动的柏拉图式理想；明确认识到官方版本历史与政治权力的关联；抗拒历史模式化的理论，用反映历史无连贯性与复杂性的熵概念取而代之。②《福楼拜的鹦鹉》里布拉斯韦特创

---

① Matthew Pateman. *Julian Barnes*. London：Northcote House Publishers Ltd., 2002：17-18.

② Sebastian Groes & Peter Childs. *Julian Barnes：Contemporary Critical Perspectives*. New York：Continuum, 2011：52.

造了一个揭示自己思考过程的历史拼贴，通过戏仿福楼拜的记录与重排，体现了后现代主义的随机性，同时质疑了被筛选出的"正确"以及"真实"的历史版本。① 《她过去的爱情》里格雷厄姆的历史叙述是不同形式的蒙太奇，他自身就是自动生成的自我满足拼贴。② 《10½章世界史》抛弃传统的目的论式结构，通过并列、平行、对比和讽刺、随机事件建立起联系。"方舟""清洁"和"不洁"这三个主题词寓意深厚。本应该是灾难庇护所的方舟成了他者的监狱。犹太人在船上漂泊了"40天与40夜"，正如《圣经》所说的，大雨下了"40天与40夜"。这些讽刺与互文说明人类始终想要欺压那些被选定为"不洁"的群体，以合理化自己的身份和地位。同时，借助某种有组织的权威，强化这类行为。③

　　综上所述，国外学界的研究类别和主题呈现出多样化特征，但大部分研究的切入点集中在"历史""英国性"以及"真实"等后现代主义话题以及"艺术""爱情"等人文主义话题，也有学者④指出巴恩斯的作品在后现代写作中融入了人文主义的审美原则和伦理关切，但从后人文主义的视角去探讨他的研究尚付阙如。

---

　　① 　James Acheson & Sarah C. E. Ross. *The Contemporary British Novel Since 1980*. New York：Palgrave Macmillan, 2007：211.

　　② 　Matthew Pateman. *Julian Barnes*. London：Northcote House Publishers Ltd., 2002：19.

　　③ 　Brian Finney. *English Fiction Since 1984：Narrating a Nation*. New York：Palgrave Macmillan, 2006：43.

　　④ 　Liu Lixia. *Truth in Between：Postmodern Humanism in the Fiction of Julian Barnes*. PhD Dissertation, Sydney：Macquarie University, 2018：10.

二、国内文献综述

与国外研究相比，国内的朱利安·巴恩斯研究起步相对较晚。以"朱利安·巴恩斯"为关键词查阅中国知网，主要梳理其中期刊论文及硕博论文，可发现国内巴恩斯研究的发展轨迹。以下将从研究年份、研究作者及研究内容三个方面进行详细说明。

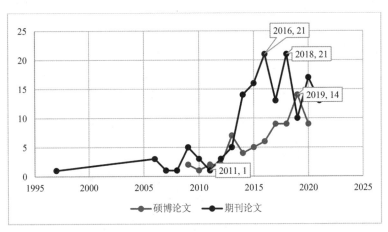

图 1　国内文献逐年发展图(标签数字为年份、当年文献数)

(一)研究年份

通过统计自 1997 年以来国内发表的文献数量绘制成的国内文献年份增长情况如图 2 所示。根据数据峰值及发展走势，历时来看，国内的朱利安·巴恩斯研究大致可分为三个主要阶段：

1)初始阶段(1997—2011)：阮炜于 1997 年发表于《外国文学评论》的论文《巴恩斯和他的〈福楼拜的鹦鹉〉》开启了国内巴

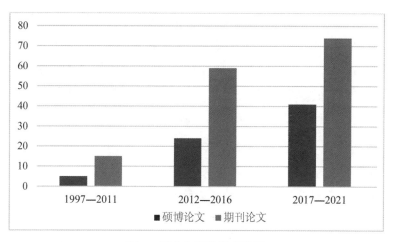

图 2 国内文献阶段递增图

恩斯研究的先河。这篇具有开拓意义的文章分析了作品的非故
事性、多叙述视角，指出了巴恩斯对福楼拜的混杂文类创作特
点的评价，论文认为，艺术与生活虽然没有界限，但想要抓住
它们的本质，就好像找寻福楼拜的鹦鹉一样，往往无功而返。

在此初始阶段，统计发表的硕士论文 5 篇，期刊论文 15
篇。其中，有 6 篇期刊论文讲述《福楼拜的鹦鹉》（1984）相关话
题，7 篇关于《10½ 章世界史》（1989）；硕士论文也多围绕这两
部作品。其中，殷企平的《质疑"进步"话语：三部英国小说简
析》（2006）分析了约翰·韦恩的《山里的冬天》、格雷厄姆·斯
威夫特的《洼地》和巴恩斯的《福楼拜的鹦鹉》三部作品中对英国
进步传统的质疑；罗媛的《追寻真实——解读朱利安·巴恩斯
的〈福楼拜的鹦鹉〉》（2006）与《历史反思与身份追寻——论〈英
格兰，英格兰〉的主题意蕴》（2010）较早提及认识论的历史怀疑

主义与后现代主义拟像理论，后者也是此阶段为数不多的关于《英格兰，英格兰》（1998）的论文；杨金才、王育平的《诘问历史，探寻真实——从〈10½章人的历史〉看后现代主义小说中真实性的隐遁》（2006）探讨了艺术、历史、真实的关系，认为在后现代条件下，历史不再是对真实的记录，艺术所再现的并非本真的真实，真实和虚构之间的界限已经模糊，而真实性的存在主要取决于话语权力的操作者和话语的阐释者；张和龙的《鹦鹉、梅杜萨之筏与画像师的画》（2009）从"元小说"理论出发，认为巴恩斯的两部作品是对批评过程的批评，同时较早提及"文学描绘"（ekphrasis）手法的自反性特征；张莉的《直面死亡、消解虚无——解读〈没有什么好怕的〉中的死亡观》（2010）分析了巴恩斯的"死亡"观，即他面对人类虚无困境时提倡的直面死亡的"入世"态度。

　　这一阶段还未产生关于巴恩斯的博士论文，较早研究巴恩斯的硕士论文有：蓝可染的《〈福楼拜的鹦鹉〉中的虚构叙事》（2009），文章关注真相的相对性及其对权威叙事的颠覆；赵璧的《在真实与虚构、隐秘与公开之间——从〈福楼拜的鹦鹉〉与〈作者，作者〉看传记写作》（2009），联动了大卫·洛奇的作品，关注传记与小说的建构性；翟亚妮的《诘问历史 颠覆叙述——从历史元小说的角度解读〈十又二分之一卷人的历史〉》（2011），分析了小说中的戏仿、拼贴以及消解历史元叙事；刘蔚的《警钟为英格兰人而鸣——巴恩斯〈英格兰，英格兰〉的文化解读》（2011）为较早关注小说中体现的"英国性"热及文化遗产与身份焦虑问题的作品；倪蕴佳的《巴恩斯小说历史观研究》

（2010）是较早的综合性主题研究论文，通过选取三部文本，关注了历史的追寻、解构与还原。

2）发展阶段（2012—2016）：自《终结的感觉》（2011）获得当年英国文学布克奖后，我国国内巴恩斯研究开始快速发展，并在2016年达到了第一个高峰。此阶段的硕博论文共计24篇（包含2篇博士论文），期刊论文59篇。在综合性专著中，也开始出现朱利安·巴恩斯的身影，如刘爱琴在《英国当代编史元小说》（2015）中论及了"《终结感》：时间、记忆与个人历史反思"等。

国内的首篇巴恩斯研究博士论文——厦门大学何朝辉博士的《"对已知的颠覆"：朱利安·巴恩斯小说中的后现代历史书写》（2013），主要围绕"后现代主义历史"这一主题，从历史与真实、历史与元叙事以及历史与意识形态三个方面分析指出，朱利安·巴恩斯对历史的处理方式体现了他后现代主义作家的本质。第二篇博士论文——上海外国语大学毛卫强博士的《生存危机中的自我与他者——朱利安·巴恩斯小说研究》（2015），结合危机叙事理论、叙事身份理论和现代身份理论，从婚姻危机、信仰危机、道德危机三个层面分析巴恩斯的小说叙事在发展自我身份、认识生活方面所起的中介作用。这篇论文后来也成为国内首部关于巴恩斯的学术专著。

硕士论文的研究视角相较于初始阶段有了新的补充和发展，如蔡静（2012）从读者反应理论视角分析《福楼拜的鹦鹉》作为阅读过程的隐喻，宋来根（2013）从迷失的主体解读《10½章世界史》等。期刊论文方面，李颖的《论〈10½章世界史〉对现代文明的反思》(2012)、赵胜杰的《边缘叙事策略及其表征的历史——朱利安·巴恩斯〈10½章世界史〉之新解》(2015)也是对初始阶段两部经典作品的新拓展。

但除此之外，这一阶段的研究热点开始逐渐转向小说《英格兰，英格兰》(1998)及其引发的"英国性"讨论，如王一平的论文《〈英格兰，英格兰〉的另类主题——论怀特岛"英格兰"的民族国家建构》(2014)、《朱利安·巴恩斯小说的当代"英国性"建构与书写模式》(2015)和赵胜杰的《〈英格兰，英格兰〉的寓言叙事与虚幻的英国性》(2016)等。

同时，有关《终结的感觉》(2011)这部获得了布克奖的新热点作品的研究开始呈现井喷态势。毛卫强发表于《外国文学研究》杂志的《小说范式与道德批判：评朱利安·巴恩斯的〈结局的意义〉》(2012)结合弗兰克·克莫德的理论，探讨了记忆、结局与道德的关系。聂宝玉的《不可靠叙述和多主线叙事——朱利安·巴恩斯小说〈终结感〉叙事策略探析》(2013)与张连桥的《"恍然大悟"：论小说〈终结的感觉〉中的伦理反思》(2015)，刘智欢、杨金才的《论〈终结的感觉〉中的记忆书写特征》(2016)，许文茹、申富英的《论朱利安·巴恩斯〈终结的感觉〉中的记忆、历史与生存焦虑》(2016)，王一平的《朱利安·巴恩斯与新历史主义——兼论曼布克奖获奖小说〈终结的感觉〉》(2015)，皆为这一阶段的代表性论文。

而此发展阶段的另一个优点是，人们开始关注朱利安·巴恩斯其他被研究较少的文本，不少实现了零的突破，如何朝辉(2015)关注了《豪猪》中的历史书写；谭敏(2016)的三篇论文分别关注了《伦敦郊区》的电影改编，触及了《跨越海峡》中的一个故事以及《亚瑟与乔治》中的主题分析；李颖的《论〈亚瑟与乔治〉中的东方主义》（2016）关注了种族的议题；张莉的《哀悼的意义——评巴恩斯新作〈生命的层级〉》（2014）及白雪花、杨金才《论巴恩斯〈生命的层级〉中爱之本质》（2015）关注了《生命的层级》中爱的本质；侯志勇的《"懦弱的英雄"——简评朱利安·巴恩斯新作〈时代的喧嚣〉》（2016）关注了巴恩斯同年发表的新作《时间的噪音》等。

3）逐步增长阶段（2017—2021）：这一阶段的硕博论文共计41篇（包括2篇博士论文），期刊论文74篇，相较上一阶段，硕博论文的数量几乎翻了一倍，期刊论文的数量也达到了新高。同时，这一阶段国内新增2部巴恩斯研究学术专著，分别为：黄莉莉著《朱利安·巴恩斯的历史书写研究》（2020）、李颖著《论朱利安·巴恩斯小说的身份主题》（2020）。同时，在聚焦当代先锋文学的综合性专著中，朱利安·巴恩斯也越来越多地被提及，如肖锦龙在《文化洗牌与文学重建：英国当代先锋小说的后现代性》（2018）中的"论《10½章世界史》的解域化书写"章节、王桃花等在《英国后现代主义小说论》（2019）中的"朱利安·巴恩斯小说中的后现代类像与历史"章节等。

这一阶段的2篇博士论文分别为：南京大学陈博博士的《解构与伦理——朱利安·巴恩斯的碎片化书写研究》（2017）与北京外国语大学李朝晖博士的《朱利安·巴恩斯小说中的历史书写》（2017）。陈博将朱利安·巴恩斯的创作生涯划分为三个阶段，即从早期历史关注到中期的英国性，再到近期的记忆主题，并认为碎片化书写是其中贯穿始终的不变特征。通过选取的六部文本，她分析了作品蕴含的解构性与伦理功能，着重分析拼贴、清单等手法所构成的碎片化书写的解构特征，以及打破宏大叙事所体现的结合列维纳斯他者之脸、欲望与言说等理论的超越性伦理意蕴。李朝晖从新历史主义与历史元小说理论出发，围绕朱利安·巴恩斯对权威历史的消解、对多元历史的重建以及作家追寻历史真实的目的展开了论述，关注作家历史意识的发展与演变。

这一阶段仍有对两部最初阶段经典小说的新论，如赵胜杰的《〈福楼拜的鹦鹉〉的自反叙事策略》（2018）、《〈10½章世界史〉的非自然叙事美学》（2020），李婧璇、胡强的《朱利安·巴恩斯〈10½章世界史〉中历史记忆的伦理关怀》（2019），雷武锋的《在过去与未来之间：〈10½章世界史〉中的历史话语》（2020），肖辰罡的《〈10½章世界史〉中的契约母题和文学律法》（2020）等。

除此之外，上一阶段开始获得关注的《英格兰，英格兰》《亚瑟与乔治》《没什么好怕的》《终结的感觉》等作品的研究也有所增长，如李婧璇的《论朱利安·巴恩斯〈英格兰，英格兰〉中的历史记忆展演》（2018）、赵胜杰的《〈亚瑟与乔治〉的叙事艺术》（2018）、黄莉莉的《自传中的死亡书写与自我确立——评朱利安·巴恩斯〈无可畏惧〉》（2018）、陈博的《论〈终结的感觉〉中的记忆叙事伦理》（2018），等等。

当然，这一阶段又有一些文本研究实现了零的突破，如汤轶丽发表于《外国文学跨学科研究》杂志的两篇论文，其一为关于小说《她过去的爱情》的文章《嫉妒的伦理阐释：论朱利安·巴恩斯〈她过去的爱情〉中的脑文本与伦理选择》(2020)；其二为关于小说《唯一的故事》的文章《过去与当下的自我协商：成长小说与巴恩斯〈伦敦郊区〉和〈唯一的故事〉的人物叙述》(2018)。赵胜杰、任娜的《朱利安·巴恩斯短篇小说的衰老与死亡叙事分析》(2020)关注两部短篇小说集《柠檬桌子》与《脉搏》，等等。

这一阶段也产生了新的文献特点，即跳出以单一文本为对象，转向以某一话题综合串联数个文本，其中代表性作品有，关注"地域问题"的王一平的《作为"他者"的"自我"——"他者"观照下朱利安·巴恩斯小说的"英国性"书写》(2018)与李颖、李会芳的《论朱利安·巴恩斯的法国情结与英格兰性反思》(2020)，关于"历史与真相"话题的李洪青的《朱利安·巴恩斯小说中的"历史哲学论纲"》(2018)与黄莉莉的《关于"真相"的质疑与信念——论朱利安·巴恩斯的历史观》(2020)，关于"人物叙述"的汤轶丽的《"二我"的分裂与合一：朱利安·巴恩斯小说的人物叙述研究》(2020)，关注"记忆"话题的李尼、王爱菊的《后现代主义文学的一个艺术特征——基于巴恩斯作品中"记忆即身份"主题的分析》(2020)与李婧璇、胡强的《论朱利安·巴恩斯小说中的媒介记忆》(2021)等。

(二) 研究作者

通过知网可视化数据透视分析工具，对全文包含关键词"朱利安·巴恩斯"进行搜索，发现全部时间段内，发文量靠前

的作者分别为：王一平，赵胜杰，何朝辉等。其中，王一平在
2008—2018 年共发表 7 篇相关论文，偏重"英国性"相关话题的
研究，对国内朱利安·巴恩斯研究作出了重要贡献；赵胜杰在
2015—2020 年共发表 7 篇论文，研究侧重点在于"叙事学"方
面；何朝辉在 2015—2021 年共发表包括博士论文在内 7 篇作
品，关注"历史"相关的话题。在知网中搜索全文包含"朱利
安·巴恩斯"的文献，并按引用率排序，发现最高引文章为罗
媛的《追寻真实——解读朱利安·巴恩斯的〈福楼拜的鹦鹉〉》
(2006)一文，共引 48 次；其他高引作者包括杨金才、阮炜、毛
卫强、张和龙、刘成科等。在知网中搜索全文包含"朱利安·
巴恩斯"的文献，并按下载频次排序，发现最高下载频次文章
为王一平的《朱利安·巴恩斯与新历史主义——兼论曼布克奖
获奖小说〈终结的感觉〉》(2015)。

(三)研究内容

1. 研究对象

国内现有研究聚拢于少数几个文本，分别是《福楼拜的鹦
鹉》(1984)、《10½ 章世界史》(1989)、《英格兰，英格兰》
(1998)、《亚瑟与乔治》(2005)与《终结的感觉》(2011)这 5 本
小说，具体数量如图 3 所示：

可以看到，最受关注的文本为布克奖获奖小说《终结的感
觉》(2011)。同时有关《福楼拜的鹦鹉》(1984)、《10½ 章世界
史》(1989)这两个经典文本的研究在重要作品里也占比较高，
可以看出是重中之重。

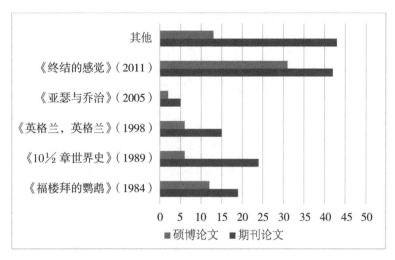

图 3　重要作品发表数量统计图

2. 研究话题

国内现有文献多集中关注下列话题，如"历史""历史元小说""新历史主义""解构""建构真实""英国性""个人身份与主体性""创伤""记忆""伦理""互文性"或"叙述策略"。其中题名包含"历史"的有 56 篇文献，包含"叙事"的有 37 篇，包含"记忆"的有 25 篇，包含"真实"的有 15 篇。

3. 研究视角

大部分文献从后现代主义历史元小说的理论视角对文本进行了剖析，如反对宏大历史、后现代主义真实观、主体性、戏仿拼贴的形式等切入点。另有一些专注于叙事学层面的技巧，如自反叙事、不可靠叙事、叙事判断、边缘叙事、非自然叙事等。还有一些从文化研究的视角出发，如记忆、伦理、荒诞与反抗、性别、生存焦虑、种族主义等进行研究。最后还有一些跨学科切入视角，如弗洛伊德人格、老年与死亡、影视改编等层面的研究。

　　总体来看，国内研究的初始阶段（1997—2011）正与巴恩斯创作的黄金时期，即20世纪八九十年代相重合。2011年以前，他已陆续推出15部小说，虽然直到《终结的感觉》（2011）才首次获得布克奖，但在此之前他已有数部作品获得了布克奖提名，并在英国内外打开了知名度。然而，国内的相关文献在此阶段数量较少，体现了相关领域研究的相对滞后性、对潜在热点关注度不高的问题。仅有的文献也集中在15部作品中的2部小说，话题具有高度集中性。这一阶段国内研究朱利安·巴恩斯的先驱学者有罗媛、杨金才、阮炜、毛卫强、张和龙等。在此之后，国内的巴恩斯研究进入了快速发展阶段（2012—2016）。此阶段文献数量倍增，并表现出了对巴恩斯小众文本的关注，打破了文本垄断的僵局。随着国内综合性学术著作将朱利安·巴恩斯纳入英国现当代作家的研究之中，专攻巴恩斯的学术专著、博士论文相继出现，核心期刊论文增多，朱利安·巴恩斯在此阶段俨然已成为国内研究英国现当代文学必不可少的经典人物。这一阶段比较活跃的相关学者有王一平等。现在正处于国内巴恩斯研究逐步增长的阶段（2017—2021），除了20世纪八九十年代创作的黄金期，巴恩斯在千禧年后又发表了11部新作，这也为广大国内研究者提供了充足的文本素材。这一阶段的研究对象选择明显呈现出多样化姿态，视角也有所创新，并展现出了从文本导向往话题导向转移的趋势。这一时期也出现了多篇优秀的综述类文章，如刘丽霞（2017）的《后现代语境中的西方朱利安·巴恩斯研究评述》、何朝辉（2021）的《朱利安·巴恩斯在中国的研究述评》等。

然而，国内朱利安·巴恩斯研究起步相对国外较晚，文献数量还远远不够，尤其是与"三剑客"中的另一位作家伊恩·麦克尤恩相比。主要在以下几个方面还有可供继续发展研究的空间：1）还有一些小说文本未实现研究零的突破，如巴恩斯的爱情续曲——《尚待商榷的爱情》（1991，又译《谈谈爱情》）、《爱，以及其他》（2000），《凝视太阳》（1986）；2）文本的选择不均衡，有扎堆现象，如处女作《伦敦郊区》（1980）、《她过去的爱情》（1982）、《豪猪》（1992）、《生命的层级》（2013）等虽有零星文献，但相较上述的 5 部还是略显单薄；3）非正统小说类文本未引起足够重视，有些还处于无人研究的状态，如巴恩斯以化名丹·卡瓦纳（Dan Kavanagh）创作的侦探通俗文学四部曲（《达菲》（*Duffy*，1980）、《小偷之城》（*Fiddle City*，1981）、《穿上靴子》（*Putting the Boot In*，1985）《堕落》（*Going to the Dogs*，1987）），政治散文集《伦敦来信》（1995）、短篇小说集《跨越海峡》（1996）、《柠檬桌子》（2004）、《脉搏》（2011），艺术散文集《另眼看艺术》（2015），文学评论集《透过窗子：17 个散文》（2012）等；4）部分新作还缺乏足够的文献，如《时间的噪音》（2016）、《唯一的故事》（2018）以及《穿红色大衣的男人》（2019）；5）研究话题相互之间以及与国外文献重合度较高，研究的跨学科性还有可提升的空间。上述研究空缺受到国内中译本推出时间的客观限制，相信随着更多中译本推出，国内的巴恩斯研究将发展得更加蓬勃。

　　近年来，部分论文已表现出从哲学跨学科的角度分析巴恩斯作品的倾向，如刘倩在《时间、记忆和真相——〈终结的感觉〉时间问题研究》(2015)中结合伯格森的理论讨论了作品中时间与真相的关系，贺宥姗在《时空编织——论〈福楼拜的鹦鹉〉中的主体探寻》(2018)探寻作品中的时间与空间叙事对主体的形塑影响。这些研究体现了从哲学层面分析朱利安·巴恩斯的可行性与创新性，同时也预示了巴恩斯研究的时空及哲学转向。

　　关于和解的主题，维拉·纽宁(Vera Nünning)在《发明文化传统：英国性的解构与建构》(2001)中关注《英格兰，英格兰》中对历史真实的反思，并指出对往昔的建构是为了与现时达成和解。德福洛里(Estefania Lopez-Deflory)在《开端、中途、结尾：朱利安·巴恩斯〈没什么好怕的〉、〈终结的感觉〉的克莫德式解读》(2016)中指出叙事是为生命终结时赋予意义的需求，在混乱变换的现实中，人们需要这样确定的结构来获取依靠，而人生与小说的差异则凸显了建构过去与预想死亡的重要性。弗雷德里克·M·霍尔姆斯(Frederick M. Holmes)在《分裂的叙事，不可靠的叙述者与〈终结的感觉〉：朱利安·巴恩斯、弗兰克·克莫德与福特·马多克斯·福特》(2015)中认为记忆与叙事是对抗时间的无情流逝、变幻多端以及损失与创伤的机制。这些文献对于本选题都具有提示启发作用。

　　结合国内外现存文献来看，近年来除王兆的硕士论文《论朱利安·巴恩斯小说中的批判性后人文主义思想》(2020)从布拉伊多蒂的批判性后人文主义视角，从思想内涵、创作手法、思想成因与创作局限几个方面对巴恩斯进行分析论述的尝试外，国内外鲜有研究从类似视角进行类似本文篇章架构的深入剖析。

第三节　理论背景

一、人文主义

后人文主义是相对人文主义的存在。在探讨后人文主义之前，有必要简单回顾它的前身人文主义。作为文艺复兴以来的西方主流哲学思想，人文主义代表一系列将人的利益、价值、尊严等放在无比重要地位的思想。人文主义肯定人的权利，尊重人的价值，主张追寻个性与欢乐，寻求自由与平等。人文主义信条可以追溯到古希腊哲学家普罗泰戈拉的名言——"人是万物的尺度"。文艺复兴之后，荷兰人文主义者伊拉斯谟(Erasmus)提出"人不是天生的，而是自构的"，从而肯定了人的主观能动性。此后，人逐渐替代神成为话语的中心。萨特更是走向极端化，声称人类意识是世界意义的来源。他认为，存在主义是一种人文主义，因其最终目的是将人不断向着更为人性、更为自由的未来而谋划，最终实现人的价值。但列维-斯特劳斯则认为现代社会实际并没有比之前的社会文明多少。启蒙以来的人类并没有走向一条线性进步的道路，而是用大写的人替换了上帝、自然、王权等牢狱。① 今天沉溺于"我思"和"自由"的现代人实际上也陷入启蒙以来编造的另一种神话体系当中。

除了人类中心主义的特征，人文主义也同西方理性主义、现代性观念紧密相连。人文主义者认为人生的意义在于自治自律(autonomy)，而不是听从他人。它深深扎根于现代性的哲学与美学话语，对理性的前景无限乐观。在政治哲学上，人文主义的立足点是保守主义，强调人性至善以及道德哲学。概言之，人文主义的哲学基础是启蒙哲学，而它的美学基础则是真、善、美相统一的理性美学。综合来看，人文主义的主要特征可以归纳为以下几点："将科学理性放在重要位置；质疑上帝的存在，大部分是无神论者或不可知论者；人文主义者认为此世是唯一的，不存在转世或来生；人文主义强调道德的理念；人文主义尊重个体的道德自治；人文主义认为人生的意义并不依赖上帝的给予；人文主义者也是世俗主义者。"②

然而，非理性与后现代主义的崛起挑战了传统人文主义的观点。以罗蒂等为代表的后结构主义学者，以实用主义为据，反对本质主义与二元对立。他们犀利地指出，笛卡儿的"我思故我在"将理性作为人与非人的区别，而人文主义的预设主体是白人—男性—异性恋的。他们不承认至善的理念或道德的法

---

① 蓝江：《走出人类世：人文主义的终结和后人类的降临》，《内蒙古社会科学》，2021 年第 1 期，第 36-37 页。

② Stephen Law. *Humanism: A Very Short Introduction*. Oxford: Oxford University Press, 2011: 16-17.

则，因为任何真理的表达都离不开语言。所以，"人文主义不仅是一种人类中心主义思想，更是一种统治阶级意识形态"①。法国五月革命之后，阿尔都塞等人也开始质疑人文主义主体的意义稳定性，认为其受语言与权力的操控，成为意识形态建构。

哈桑(Hassan)曾说过，当人们无助地将人文主义称为后人文主义的某物时，人文主义可能就行将结束了。罗西·布拉伊多蒂在《后人类》中指出，后人文主义批判的是人的人文主义形象支撑的关于人类主体性的各种模糊假定，但是批评并不意味着完全的摒弃。② 接下来，将分析后人文主义对人文主义的批判与区分及其思想内涵。

二、后人文主义

随着福柯与哈桑等学者的推广，后人文主义在后现代主义之后应运而生。世界经济论坛主席施瓦布(Schwab)在2016年提出了人类正处于"第四次工业革命"的说法，与此同时，人类整体面临社会两极化严重、失业与压迫、环境污染等一系列社会文化病症。这样新的社会现实催生了人文理论范式的新变革。近些年来，后人文主义已俨然成为国内外人文社科界的高频词。自美国著名后现代主义文论家哈桑在1977年发表《作为行动者的普罗米修斯：走向后人文主义文化?》，首次提出"后人

---

① Jennifer Cotter & Kimverly Defazio et al. *Human, All Too (Post) Human: The Humanities After Humanism*. Maryland: Lexington Books, 2016: 9.
② ［意］罗西·布拉伊多蒂：《后人类》，宋根成译，郑州：河南大学出版社，2016年，第42页。

文主义"的概念，到 2010 年沃尔夫出版著作《什么是后人文主义》，再到 2020 年弗朗西什卡·菲拉多与罗西·布拉伊多蒂合作出版《哲学后人文主义》，在这三十多年的时间里，后人文主义作为一种后理论呈现出夺目光彩和强劲解释力。在国内学术界，后人文主义引起了越来越多的关注，王宁、陈世丹、蒋怡、李俐兴等一批学者对后人文主义的缘起和流变进行了探究，刘剑、宋根成分别翻译了两部重要的后人文主义著作。后人文主义著名学者沃尔夫（Wolfe）认为，从福柯于 20 世纪 60 年代在《词与物》中提出"人的终结"开始，后人文主义研究于 90 年代中期渐入佳境，包括福柯、巴特勒、拉图尔和哈拉维等人在内的学者都开始对其表示关注。后人文主义不能简单地看成与人文主义对比而存在的固定概念，而是一个独立、处于不断变化中的过程。围绕"人"的相关话题，后人文主义总体可分为两个发展方向，一是致力于摆脱物质性、具身性（embodiment）的精神探索，另一个则是与之相对立、有强化人文主义倾向的超人文主义（transhumanism）。后人文主义是一种将人置于涵盖众多生命体的全物种宽广视野下，对人的经验的再审视，尤其强调知觉与情感的方面。在后人文主义观点下，人已不再是独立自治的个体，而是与他人相对相依而存在的。这种弱化人类优越地位的逻辑使得人甚至可以仅仅被看作整体信息网络中的一个节点。

　　不容置疑的是，后人文主义是一个纷繁复杂的概念，不同学者试图从不同角度对其进行分类与阐释。它可以是"科技时代对人的本质的再思考"，一个"批判主体性的场域"，抑或是一种"新的认识论框架、体验世界和构建伦理主体的新契机"。①
有学者认为，后人文主义者主要分成三大流派：其一为以福山
（Fukuyama）与哈拉维（Haraway）为代表的现代科技与"后人类"
社会生成派，其二为以福柯、德勒兹、拉图尔（Latour）为代表
的从哲学本体论阐释传统人类终结的一派，其三为以波伏娃、
萨义德、鲍德里亚为代表的从文化研究和文化批判学来分析的
一派。②

　　布拉伊多蒂（Braidotti）在《后人类》中指出，后人文主义可
以被定义为后人类主义（post-humanism）、后人类中心主义
（post-anthropocentrism）以及后二元论主义（post-dualism）。后人
类主义意味着人类经验的多样性，人不再是单一的，而是多样
的存在；后人类中心主义是指相对于非人类物种的去人类中心
化，即不再赋予人类在物种等级上的绝对优先地位；后二元论
主义即脱离传统的西方二元论传统的。③ 从再定义西方传统话
语的角度而言，后人文主义指一系列重新审视过往人文主义、
人类中心主义以及二元论局限的哲学反思，从认识论到本体论
层面，从生物伦理到存在之疑话题。④

----

　　① 蒋怡：《西方学界的"后人文主义"理论探析》，《外国文学》，
2014 年第 6 期，第 113 页。
　　② 肖建华：《在后人类时代重思人文主义美学——以海德格尔的后
人文主义美学观为例》，《当代文坛》，2019 年第 1 期，第 171 页。
　　③ Francesca Ferrando. *Philosophical Posthumanism*. London：Bloomsbury
Academic，2019：54.
　　④ Francesca Ferrando. *Philosophical Posthumanism*. London：Bloomsbury
Academic，2019：55.

　　布拉伊多蒂还把后人文主义分为"工具性后人文主义"和
"批判性后人文主义"。前者关注后人类主义的科技议题，如意
识到人类的有限性本质，放弃人类中心的主体控制地位，加入
承认与包容他异性的关系网，在科幻虚构与想象中建构开放流
动的主体身份。作为一种由人类向非人类转向的思潮，工具性
后人文主义通常涉及动物、情感、身体、物质或科技等议题。
人文主义与现代性思潮将人类放置在宇宙中心，承认人类拥有
道德性的自由意志，并认为语言是能够真实准确地反映外部经
验世界的透明化存在。而后人文主义思想认为，人文主义强制
地将人类与非人类分离开来，人为地划清界限。而后人文主义
思潮旨在打破这些传统的认知界限，不再自私地将人类看作唯
一，而是提倡一种泛物种（transspecies）伦理。在摒弃了人类中
心主义的后人文主义思潮中，人类与非人类之间严格的界限正
无限敞开，面向一种超越所有认识论与本体论层面限度的全球
化多样性（planetary multiplicity）。从马克思主义视角的批评观
点出发，后人文主义又并不是对人文主义的全盘否定，而恰
恰体现了人文主义的内在需求，即为一种根据数字时代已经
变化了的社会生产关系与阶级矛盾而进行调整适应的文化思
潮。作为一种重构人类本质内涵的哲学思考，后人文主义有
时又被称为"反人文主义"（antihumanism）。它反对一切自然性
（naturalness），以及人文主义声称的超越式人性。"超人类主义
者"（Transhumanists）则关注人类如何通过技术调整和增强，完
成向后人类的转换。在赛博朋克早期作品布鲁斯·斯特林
（Bruce Sterling）的《分裂体》（*Schismatrix*）（1986）中，"后人类"

就被用来定义非自然科技文化的两方——塑造者（基因工程师）与机械师（赛博格）——之间的冲突。福山在《我们的后人类未来》一书中提到了后人类主义的危害，认为它是偏离人文主义的负面影响。虽然超人类主义（transhumanism）认为技术创新能够改善人类相对脆弱的身体，但它也因为过于激进，如将改造人商品化等，而受到控诉。而关于泛物种伦理，西方理论家也提出了自己的思考。从德里达"动物故我在"的观点来看，对于人文主义与后人类主义二选其一的问题，人们无法回答。他提倡一种新人文主义，即既承认人类的动物性，也强调人类与非人动物的区别。布鲁诺·拉图尔则提出支持一种平面实体，即动物、植物和机器都像人类一样共享实体场域的观点。关于人与动物的关系思考，除了德里达提出的 animot 概念外，德勒兹提出了"生成动物"（becoming animal），哈拉维还提出了"同伴物种"（companion species）等相关概念。①

相对于工具性后人文主义，批判性后人文主义则质疑人文主义的诸多价值预设，重新思考人的身份与总体性概念，试图颠覆与超越人文主义的窠臼。② 后人文主义消解了西方传统形

---

① 参见杨建国：《后人类理论：从批判理论迈向主体性诗学》，《文化研究》，2021 年第 45 辑，第 242-255 页。作者对后人类、后人类理论与后人文主义三个术语作出了界定和辨析。将后人类理论细分为未来主义后人类理论、批判后人类理论、女性主义后人类理论，以及科技哲学后人类理论四个分支。其关注重点分别为超人类主义、泛物种主义、肉身唯物论以及新兴科技影响。

② 蒋怡：《西方学界的"后人文主义"理论探析》，《外国文学》，2014 年第 6 期，第 113-114 页。

而上学所推崇的二元对立，通过对差异（divergences）的包容，看向即将到来的共同体（community-to-come）。① 在洛克式社会契约论中占有性个人主义（possessive individualism）的政治影响下，海耶斯（Hayles）将后人文主义定义为心灵私人空间与主观内在的毁灭。新马克思主义者认为后人文主义是人文主义在后资本主义社会的延续。人文主义与现代性思想实际上是服务于其背后的大规模生产和福特主义社会生产模式的，这也是为什么人文主义提倡更有利于减少社会矛盾的、唯一稳定的主体性。当数字时代的后资本主义社会日益通过高科技的发展来建构更复杂的生产关系，新的主体概念和多元化语言观也就应运而生了。作为加速主义的支持者，后人文主义旨在适应一种科技高度发展的加速化社会生产。与其说后人文主义推翻了人文主义，不如说它是人文主义与理想主义的延续，因为只要资本主义生产关系这一本质没有被共产主义集体所代替，后人文主义就并没有真正解决传统西方二元对立中所产生的矛盾与不可调和性。② 从这一观点看来，后人文主义视域下的人类超越也任重道远。传统人文主义是一种保护人类相较于他者优越地位的本质主义，而作为新批评范式的后人文主义，与人文主义、后现代主义有着难解难分的关联。

作为"后学"的一种，后人文主义与后现代主义有许多共同

① Jennifer Cotter & Kimverly Defazio et al. *Human*, *All Too*（*Post*）*Human*：*The Humanities after Humanism*. Maryland：Lexington Books, 2016：1.
② Jennifer Cotter & Kimverly Defazio et al. *Human*, *All Too*（*Post*）*Human*：*The Humanities after Humanism*. Maryland：Lexington Books, 2016：9.

特征，如反本质主义、反总体性。人文主义传统倾向于形而上学或总体性的概念，从而压迫了一切异质的东西，阻滞了一些节外生枝的活力。如果说尼采首先开启了后人文主义对抗形而上学的战争，德里达和福柯则使之熊熊燃烧。总体性概念的内核即本质主义，它可以是具有无可置疑优先性的"我思"，也可以是一个类似上帝的绝对超越性存在。后人文主义将本质主义与形而上学作为巨型幻觉来祛除，在此观念下，差异必将代替同一。后人文主义还对永恒不变的人性和本质进行了讨伐。后人文主义者认为，不存在普遍的、一般的和不变的人类本性和人类本质，传统人文主义的"人类本性"和"人类本质"的概念应当抛弃，因为人并非人文主义以为的一种根深蒂固的理性和一种独立存在的事物，而是历史的产物，是各种各样的社会、政治、经济和文化的产物。① 同时，后人文主义向人的中心性和优越性发难。在后人文主义者看来，人类中心主义是一种自大狂(megalomania)，一种渴望将人类自己变成上帝的征兆。在解构了传统人文主义赋予人的一系列特权，例如优先权、中心性、绝对性、超越性、自主权等之后，被传统人文主义奉为神圣的"人"宣告死亡。关于人的定义，后人文主义的结论是"我们是非统一的、多元的存在"②。

　　同时，后人文主义延续了后现代主义对主体的质疑。与人

---

① 陈世丹：《西方文论关键词：后人文主义》，《社会科学文摘》，2019 年第 9 期，第 113 页。

② 陈世丹：《西方文论关键词：后人文主义》，《社会科学文摘》，2019 年第 9 期，第 112-114 页。

文主义强调人类的主体性和能动性不同，后人文主义对人和主体性提出了根本的质疑。后结构主义思想家福柯用考古学方法对"人"进行了考古学研究，得出了令世界震惊的结论。根据他的分析，值得尊敬的"人"本身的西方概念不是永恒的、无限的存在，而是一种特殊时代和特殊知识的有条件产物。萨特认为，存在主义是一种人文主义，而且它肯定人的存在性，所以存在主义就是我们时代的真正哲学。对此，福柯的反应是不仅人是有限的，而且所谓人的自主权和创造性也只是一种"神话"，人并非人文主义者以为的能动的创造者，而是被想象出来的，其存在是现代思想所构成的。我们总是习惯性地以为在某种意义上个人或人类主体是首位的，其实个人或人类主体只不过是无个性特征的语言或思想体系的表面结果。鲍德里亚的拟像理论让符号和语言从再现的二度呈现物获得了决定性和支配性地位。主体与语言的操纵与被操纵关系也出现了戏剧性的逆转。主体不仅是卑微的，还是分裂的。这种卑微而盲乱的主体观直接导致的后果是写作者的退场，作者不再被认为是文本的操纵者，而是文本网络的一个节点。而后现代主义开启的空间是那种旧式的自由主义，然而，这仅仅是一种局部的自由主义，我们现在回到的主体不是认知主体和真理主体，而是弗洛伊德式的欲望、本能式的主体，或德勒兹所谓的游牧主体，总之是一个丧失了古典人类中心地位的主体。作为前述后人文主义的第一条重要分支，批判性后人文主义（critical posthumanism）就主要关注将全体生命考虑在内的人的意义问题。该领域的重要学者，也是经典书目《后人类》的作者，布拉伊多蒂（Braidotti）指出批判性后人文主义受到了 20 世纪 70 年代后结构主义与反人文主义思潮的影响。因此，她致力于推广一种强调物质性与活力性的新后人文主义主体。

当然，也有学者认为，后人文主义不过是后现代主义掩人耳目的新话术，以转移人们对后现代主义思潮下贫富分化、资本与权力集中现状的关注。[①] 尽管如此，批判性后人文主义所致力的目标仍然是建立更适应新的全球化、科技化社会，以及更公平、民主的人文范式。随着基因编辑与人工智能技术的发展，人文与科学领域研究都进入了以探究人类心理认知与大脑机制为己任的新时代，这就需要挑战与颠覆人文主义的体系与分类。例如，后人文主义反对人文主义强制性地划界与区分，提倡边界的消解，从而导致人成为碎片化、多元化的存在。这样针对人类本质的变革也使得人们开始重新审视人文主义观照下的历史，催生了怪异研究（teratology）等关注非人类、动物、物化等支持差异与多样性表征的发展。总而言之，后人文主义可以看作在大加速的科技时代，对人文主义价值与理念持续不断的解构，围绕人类的一切都处在危机之中。

后人文主义还对人类的整体性提出反对。阶级关系消散之后崛起的中产个人主义构成了一种后人文共同存在（common being）。它意味着将差异暂时搁置，在无法抵达至善的失落中，人们与他者聚拢在这样一个空间。在这种缺乏归属感（non-belonging）的状态中，阻碍人们实现社会公平的并不是历史与物

---

① Stefan Herbrechter. *Posthumanism*: *A Critical Analysis*. London: Bloomsbury, 2013: 30.

质层面的社会矛盾，而是人类对总体性至善的依赖。任何总体性的至善观念都会忽略非人类的需求，因为其预设观念就是人类的思想能够反映所有的社会现实。究其根源，可以回溯到西方哲学的内核，即人类只能通过存在与思想的协调配合来获得知识的"相关主义"（correlationism）思想。我们能够进入的仅仅是思考与存在之间的相关性，而无法进入任何独立的一方。①在此思想的指导下，存在与思想都无法独立地存在，人类之外的非人类也被认为要以人的意志为转移而无法拥有独立的身份。

　　通过颠覆人文主义在思维和存在关系上的自信，后人文主义对人类进步表示了质疑。"人是万物的尺度"体现了人类中心主义的自信心，但客观准确的尺度总是变化的，作为"尺度"的人必不可能是绝对的。我们生活在变化的门槛上，而变化的一个重要方面就是从绝对向相对的转变。在后人文主义者看来，人类只能相对地认识事物，不可能绝对地掌握事物。确实存在我们不能讲述的事物，它们自己显示自身，可称为神秘事物。

---

　　① 参见甘丹·梅亚苏：《有限性之后：论偶然性的必然性》，吴燕译，郑州：河南大学出版社，2018 年，第 6-8 页。一种可感知物——不论它属于情感还是感觉——当它没有与我或任何生物产生关联之时，都不能以其加之于我的方式存在于其本身之中。可感知物仅仅作为一种关系而存在：世界与我这样的有生命之物的关系。这些可感知物的性质，并不存在于事物本身之中，而是存在于我与事物的主观联系之中——这些性质即那些传统学者所谓的"第二性质"。黑格尔半开玩笑时说，我们不可能从客体的"背后抓住"客体以窥探它属于其自身之物究竟为何——这意味着我们不可能知道任何超越了我们与世界之关系的东西。客体的数学化属性不可能不被主体化。而在 20 世纪，意识和语言是相关性的两大中心。

人并非传统人文主义以为的那样无所不能，因为一切都不是特定的，一切都不是已知的。作为后人文主义的理论先驱，海德格尔曾谈到存在一种不可避免地未加思考的（unthought）事物。在大多数情况下，我们不知道我们将如何认识和我们将认识什么。这种盲目乐观主义无法回答后人文主义提出的下列问题：人类有文明，可是为什么他们日益焦虑和孤独？人类有科学，可是为什么他们不断地感到困惑？人类不断获得丰富的知识，可是为什么他们觉得自由离他们越来越遥远？与传统人文主义相比，后人文主义表现出一种悲观主义，这显然是对人文主义的廉价乐观主义的否定。从哲学的视角看，后人文主义的主要贡献是使我们重新认识人在世界和现实中的地位，重新认识曾自以为"万物的尺度"和"中心"的人，重新认识曾经以为的清楚已知的世界。具体地说，后人文主义使曾经被认为是绝对的人的存在相对化、多元化、复杂化了，因为世界本身是相对的、多元的、复杂的。①

　　与此同时，后人文主义提倡一种宽容和解的世界观。后人文主义可被视为一种后排他主义（post-exclusionism），即反对人的任性和自以为是的状态，是一种调解的经验哲学，以其最宽广的意义提供了一种存在的和谐。后人文主义并不使用任何正面的二元论或对立面，通过解构的后现代实践使任何本体论的对立非神秘化。被后人文主义置于危险中的不仅是传统西方话语的中心——这一中心已经被其外围从根本上解构了，更是一种后

---

　　①　陈世丹：《西方文论关键词：后人文主义》，《社会科学文摘》，2019 年第 9 期，第 114 页。

中心化，在某种意义上它不承认只有一个中心，而是认为有许多特殊的兴趣中心，这些兴趣中心是不确定的、游离的、短暂的，其视角必须是多元的、多层的，尽可能是综合和包容的。① 作为后工业社会的新哲学精神，后人文主义不再追求永恒的真理，瓦解了整体性，走向差异性；主张模糊高雅与通俗文化的界限，消解艺术的界限，走向平面的价值，并以反乌托邦、反历史决定论、反体系性、反本质主义、反意义确定性，倡导多元主义、世俗化、历史偶然性、非体系性、语言游戏、意义不确定性为显著标志。

　　然而，不可否认的是人文主义在建立理想的共同体、构建价值意义方面曾起到过积极作用。但在"后"学盛行、理论之后的当代价值虚无主义荒原，在批判本质主义的基础之上，重拾价值之锚也非常必要。虽然后人文主义者不习惯强调抽象普遍的理想和自然，但其并未完全抛弃人文主义。有学者认为，罗蒂意义上的后人文主义文学理论，既守护传统人文价值，又迎接后哲学文化的挑战，是用"后"学思想"重新表述"的人文主义批评。② 以罗蒂为代表的后人文主义观点对传统人文主义价值既有所继承，又有所超越。罗蒂的后人文主义是一种"人文主义的有限主义"（humanist finitism）。它既反对本质主义，但也不抛弃人文关怀。有限度的人文主义承认人生存的

---

　　① 陈世丹：《西方文论关键词：后人文主义》，《社会科学文摘》，2019 年第 9 期，第 112 页。

　　② 刘剑：《走向后人文主义——理查德·罗蒂的文学理论和文化批评》，北京：中国社会科学出版社，2018 年，第 5 页。

偶然和经验的有限。① 正视人生的有限和偶然是后人文主义区别于传统人文主义的世界观基础。② 后人文主义对传统人文主义的超越在于它不再相信普遍抽象的人生而是回归具体有限的个人。它不再强调以启蒙理性哲学为代表的大写"强理性"，而是强调个性化的小写"弱理性"，如中国道家哲学和海德格尔的后现代哲学，主张认识到人的生存限度，提倡和谐的生活。③ 这就不难理解为何罗蒂的新实用主义哲学影响和启发了小叙事文学的诞生。他在反对本质主义的同时，也仍以人文主义者自居。

　　罗蒂认为，后人文主义在文化政治层面的表达就是后现代主义的自由主义。在宗教没落之后，世界再一次失去了哲学形而上学的精神根基。现实中的人必须承受偶然、破碎、流浪式的存在，但是如果人依然需要从自我中心得到救赎，那这救赎就不再来自宗教，也不是哲学，而是要靠文学。文学能够发挥后形而上时代哲学的作用和神学时代宗教的作用，因为文学通过反讽达成自我的人生态度，通过叙述成就对他人的理解和同情，这能够帮助我们更好地完善自我，促进共同体内部与之间的团结。文学之所以能起到这样的作用不是靠强硬的信条，而是靠息息相通的体验与同情。这里的"自我"是能够看到人生有

　　① 刘剑：《走向后人文主义——理查德·罗蒂的文学理论和文化批评》，北京：中国社会科学出版社，2018 年，第 16 页。

　　② 刘剑：《走向后人文主义——理查德·罗蒂的文学理论和文化批评》，北京：中国社会科学出版社，2018 年，第 138 页。

　　③ 刘剑：《走向后人文主义——理查德·罗蒂的文学理论和文化批评》，北京：中国社会科学出版社，2018 年，第 17 页。

限和偶然的反讽的"自我"，这里的"团结"也没有强权的压力，而是基于同病相怜的"弱"团结。所以，后人文主义以具体的、有限的个人代替了抽象的、普遍的人性；以交往共识中的协同性代替了人类普遍标准的客观性；以基于体验和同情之上的弱理性代替了相信人类理性之光无所不在的强理性。

虽然后人文主义与解构的关系密不可分，不依赖二元对立，但与解构不同，它反而提供一种调解的经验哲学，为广义的存在提供和解。当人类不再拥有中心地位，不再拥有认识论与本体论的绝对优势后，人只在关系中存在。这不是一种等级制的关系，而一种解构的关系。在一定程度上，后人文主义延续了后现代与后结构主义的理念，不断与过去、当下与未来进行对话。它可被视为一种后排他主义：一种调解的经验哲学，以其最宽广的意义提供了一种存在的和谐。①

在后现代主义绝对主义与相对主义价值体系相继崩塌之后的后人文主义时代，人的主体性逐渐分裂，人类世之后的世界越来越多元化、去中心化。在这种背景下，人类的局限是无法消除的，如人们会根据主观需求调整大写的历史；人类语言也是滑移的、受话语阐释者操控的能指游戏。无论是语言还是历史，都不再透明、客观，想要重拾稳定性价值，就不能再依靠过去的方式，而是在接受人类局限的基础上，通过和解的手段，无限接近遥不可及的超越性理想。

结合后人文主义的定义与特征来看，后人文主义是对人文

---

① 陈世丹：《西方文论关键词：后人文主义》，《社会科学文摘》，2019 年第 9 期，第 112-114 页。

主义的解构，是对后现代主义的延续，同时也是对后现代主义"只破不立"的超越。它不仅批判了人类中心主义、二元对立的思维模式以及人类生存的主体性，而且呈现出一种在认清传统人文主义的人类局限与实现人类终极超越目标的差距之间进行和解的思路。

第四节　研究思路

朱利安·巴恩斯在其四十年的创作生涯中深受实验主义、后现代主义的影响，其写作风格流动多变，其写作主题丰富宽广，但通过细读他的多部作品之后，本书发现无论是自传体小说还是虚构小说，有一始终贯穿如一的主题：寻找稳定的价值。《福楼拜的鹦鹉》《10½章世界史》和《英格兰，英格兰》的创作动力就来自寻找绝对真理的愿望与无法触及真理而产生的恐惧之间的距离。面对这样无解的局限与困境，作家指示我们应该创造自己的答案，也可理解为个体的和解之路。巴恩斯认为，爱、宗教与艺术一起组成了有可能将庸常生活变得富有意义和超越性的稳定价值。同时，作为优秀的反讽者，他也将自己提出的假设一一推翻。

首先，巴恩斯强调爱的重要性，甚至将其上升为一种虚无时代个人信仰的可能，但他也指出爱的本质实际随机而脆弱。巴恩斯的作品体现出这样一种观点：如果人们自己的身份都晦暗不明，那么如何能保证所体验到的爱是稳定的呢？同时，爱也无法置身于历史的洪流之外；所有的人类关系与情感，其中也包括爱，都是由具有历史性的叙述和范式建构而成。因而，巴恩斯作品中的爱是偏执、扭曲的，与暴力紧密相连的。从爱情续曲中的两部小说可以看出，与其说爱是伦理的基础，不如说它是一种无法用道德约束的任性失控的力量。

其次，面对历史的无情、全球熵化和死亡的悬临，天堂和"公正的上帝"，即传统的宗教也许可以帮助人们，但巴恩斯在作品中还是把它们描述成了自欺欺人的幻想。与拉什迪类似，巴恩斯将《圣经》非神圣化，认为宗教文本应该脱离信徒赋予它们的特权与权威。同时，上帝在巴恩斯的小说中经常被称为"道德霸凌者""精神分裂者"。

最后，当宗教衰落后，艺术开始上升成为超越型"普世"价值，但它并不是对所有人群适用。巴恩斯认为只有知识分子才能欣赏艺术，使其成为一种价值标准。而巴恩斯作为中产阶级的代表，作品中时常可见对精英阶层的嘲讽，其中就包含对学者装腔作势和虚伪的讽刺。同时，他认为艺术也存在地域层面的偏见，比如英法之间的互相诋毁。作为后现代主义提倡者，他也反对文类的故步自封，主张开放宽容的创作格局。

作为后现代怀疑论的支持者，巴恩斯认为没有什么能为人们的信仰提供合理的依据，所以，人类思想无法在任何研究领域里达到绝对的确定性。但他又并不赞同极端消极的虚无主义，认为完全怀疑、漠不关心、没有道德标准的人生是不可想象的。所以，他的和解策略是追求一种有程度的真理，或者如西方哲学家们所说的，在绝对与相对二者之间，有着一个或然境界。①与其认为一切东西都无法被知晓，从而悲观厌世，更好的人生

---

① 详见[美]威廉·佩珀雷尔·蒙塔古：《认识的途径》，吴士栋译，北京：商务印书馆，2012年，第210页。

态度是认为关于种种东西只是有所不知，从而在反省批判中前行。同时，正是人类理性的局限，才体现了个人信仰的重要性。只有当理性承认其无知和局限时，才能获得信仰。[①] 所以，发现并承认人类局限是获得和解，进而归于和平自洽的前提。

除了与无法获得的绝对真理和解之外，巴恩斯还提倡与他者的和解，这就涉及自我与他人身份的边界，以及一种以宽容原谅为基调的处世哲学。人文主义的主体特征为自我的绝对自治，例如在冲突发生后，拥有自我冷静（self-soothing）的能力；在苦难中，能够实现自我察觉（self-awareness），知道自己内心深处想要什么。但人类的存在又是充满矛盾的不稳定双重构造，如欲求与规范、本能与理性、存在与理想、个体利益与整体利益、善与恶、神性与兽性等。自我与他人的真正宽恕不仅需要歉意，更需要的是共情（empathy）。和解需要双方修复信任，才可能达成。在与他人的和解过程中，除了明确自我与他人的边界外，采取一种以宽容原谅为基调的处世哲学对于个人以及集体都是大有裨益的。

面对生存的局限，巴恩斯则认为可以通过文学和个人信仰来和解。人类是追寻意义的动物。人们通过讲故事来创造价值，因此，讲故事是与虚空和解的一种方式。[②] 而类似写作这样的创造性行为是时间的出路、焦虑的解药，连续的创造可以成为

---

① 详见［美］威廉·佩珀雷尔·蒙塔古：《认识的途径》，吴士栋译，北京：商务印书馆，2012 年，第 51 页。

② Emmanuel Katongole & Chris Rice. *Reconciling All Things*: *A Christian Vision for Justice, Peace and Healing*. New York: IVP Publishing, 2008: x.

超越时间的和解路径。福柯也认为书写是一种解脱的形式，存在的喜悦和书写有着某种神秘的联系。同时，书写与死亡也紧密相连，因为书写意味着和他者的死亡打交道，发现其生命和死亡的真相。结合海德格尔"向死而生"的理念，人们为了使人生达到逻辑自洽，或减轻生存危机与死亡恐惧所带来的焦虑，会编撰无数个故事来做到这一点，然后分享这些故事以促进共情，从而完成人的社会身份建构。正是因为生命有限，怎样活着就很重要，一个人用他的生命做了什么也是重要的。我们将生命看作一个由我们的决定和命运创造的整体，所以，人们需要一个标准指引追求自己的伦理理想，此时宗教的审判则变得必要，此时支撑人们活得有意义的是这样一种对个人信仰的追求，即存在这样一种超越性的独立且客观的标准。因而，除了书写，宗教也是赋予人生意义的重要维度，其内涵默认了有意义的人生需要接受对自我的伦理责任和对他人的道德责任。整个宇宙不仅是一个客观事实，还是具有内在价值和奇迹的崇高存在。对有神论者来说，宗教意味着崇拜的义务。它是一种不能用理性或逻辑从其他任何事物推断出来的超越性价值。[①] 但神创天地又是神秘的，并且可能超越了人所能解释的范围。所以，作为近似无神论者的不可知论者巴恩斯认为，面对人类生存危机与终极救赎的缺失，和解就只能诉诸启示的崇高。

在后现代主义绝对与相对价值体系相继崩塌之后的后人文主义时代，即人的主体性已逐渐分裂，人类世之后的世界日益

---

① ［美］罗纳德·M·德沃金：《没有上帝的宗教》，於中兴译，北京：中国民主法制出版社，2015 年，第 9—11 页。

多元化、去中心化的背景之下，如何调解、适应人类有限的存在与无限的超越之矛盾就是贯穿朱利安·巴恩斯大部分作品的潜在主题。本书结合后人文主义去人类中心化、反对二元对立及主体性质疑等批判性观点，从历史局限、边界局限与生存局限三个层面探讨了巴恩斯的后人文主义之思，即消解传统人文主义崇尚的绝对价值，但又不落入虚无主义的窠臼，提倡以和解重拾价值之锚、克服人性之限的中庸道路。

除"绪论"与"结语"外，本书主要分为三个章节。"绪论"部分主要包括选题背景、国内外文献综述、理论背景以及研究思路。

第一章"'我们能抓住过去吗?'——历史的局限与和解"关注以历史为代表的人类知识是社会构建的非绝对性真实这一后人文主义观点在朱利安·巴恩斯作品中的体现。首先探讨了巴恩斯作品中关于历史建构性的问题，即历史是被干预的真实，同时人们认识历史的手段也是值得怀疑的；其次探讨巴恩斯作品中的怀旧情节，分为个人的怀旧与集体的怀旧两个层面；最后分析巴恩斯作品根据记忆不可靠的特性，采取叙事与遗忘的记忆修正手段，重塑个人的伦理身份、履行集体的伦理责任，以达成与过往的和解。

第二章"'他们被分为洁净的和不洁的'——边界的局限与和解"关注去中心化与多元化的后人文主义特征在巴恩斯作品中如何通过边界的局限与和解有所体现。首先分析巴恩斯作品里中心与边缘的强制边界，即物种、性别与种族层面的二元对立。其次，探讨巴恩斯对文类之间边界的理解。最后，针对上述局限，巴恩斯通过合二为一的一元观和碎片化"小叙事"解构了二元对立和宏大叙事，通过视角越界与文类混杂等文学手段消解了绝对单一的视角中心，促进了文本内外多元平行世界共存，从而达成与边界局限的和解。

第三章"'人的终结'——生存的局限与和解"关注后人文主义对具体的个人作为有限存在的生存局限的审视。首先，关注巴恩斯作品中关于衰老的叙事与人类灭绝的末世危机描写；其次，关注巴恩斯作品中所描绘的死亡作为终极限度的必然性与其未知性所带来的恐惧，以及来世救赎的幻灭；最后，关注巴恩斯以不可知论的宗教观、美与崇高的超越性作为解决生存危机与焦虑的和解方法。

"结语"总结了巴恩斯作品中的人类认识局限、边界局限与生存局限及其分别对应的和解手段，体现了后人文主义思潮对人文主义传统价值如绝对的客观真实、人类中心主义以及宗教的质疑。在揭示不同层面人类局限的前提下，巴恩斯在竭力寻求与人类局限的和解。本书认为，在后人文主义时代的困境中，巴恩斯并未完全抛弃人文主义的理想，而是致力于提倡通过和解的中间道路解决人类的困惑与焦虑，在有限的框架内与人类作为非统一、多元化存在的现实达成和解。

第一章 "我们能抓住过去吗？"
——历史的局限与和解

受后现代主义戏仿等观念的影响，当代的英国历史小说出现了历史元小说、新维多利亚小说、新历史主义小说等类别。历史元小说经常佯装成历史纪实主义的文类，如传记（《福楼拜的鹦鹉》）、自传（《午夜的孩子》）、回忆录（《洼地》）等。历史元小说是矛盾的，一方面采用现实主义的规范，另一方面又试图推翻它，尤为关注的是我们如何能够了解历史。① 新维多利亚小说以拜厄特的小说《占有》为代表，体现了"档案故事"（romances of the archive）的概念。这类小说通常发生在图书馆或收藏室，以追索研究为情节，通过复原材料痕迹解读过去，并关注后现代主义对充斥着人造记录的历史所进行的批判。② 新历史主义小说则强调通过实验手法表达后现代主义的不确定性，关注多重真相、文类混杂和反对现实摹仿，以戏仿戏谑的态度

---

① Alison Lee. *Realism and Power*: *Postmodern British Fiction*. New York: Routledge, 1990: 36.

② Suzanne Keen. *Romances of the Archive in Contemporary British Fiction*. Toronto: University of Toronto Press, 2001: 176.

对待历史。无论哪一种类别,正如罗宾森所言,这类历史小说体现了对启蒙、实证哲学和传统权威的后现代质疑,是一种抛开旧的稳定框架(如基督教)而重新审视过去的行为,而"和许多后现代作家一样,巴恩斯强调的是人们在失去了这些'稳定框架'后所面临的存在式迷惘和不确定性。小说中的人物指靠历史获得答案,却往往发现了更多的问题"①。

作为英国后现代派代表,巴恩斯的历史小说充满了对人类理性与历史真实性的质疑。然而同时,深受英国经验主义文学传统熏陶的他并没有放弃对传统人文主义价值的追寻。巴恩斯既指出了历史的局限,也从后人文主义的视角提供了调解的实用主义经验,以达到调和对立两极的目的,体现出了在绝对与相对之间寻求"后人类的人文主义"(posthuman humanity)的倾向。具体而言,本书认为巴恩斯的作品展现了历史的局限往往在于历史是建构的叙事,怀旧情节是人为构造的乌托邦,而作为和解手段的记忆修正则可以通过叙事和遗忘来改编过去。

第一节 历史真实的局限

西方历史观在 20 世纪发生了数次转变。19 世纪传统的历史观认为,历史是客观、永恒的存在。两次世界大战以后,以柯林伍德和汤因比为代表的历史学家在新运动中对实证主义进

---

① Gregory J. Rubinson. *The Fiction of Rushdie*, *Barnes*, *Winterson and Carter*: *Breaking Cultural and Literary Boundaries in the Work of Four Postmodernists*. London: McFarland & Company Inc., 2005: 161, 164.

行了联合攻击。美国后结构主义历史学家海登·怀特则称，自19世纪伊始，西方人引以为荣的历史意识可能不过是意识形态立场的一种理论基础。① 历史是一种未被加工的历史文献与读者之间进行调和的尝试。历史要素被按照时间顺序组织成了编年史，编年史又被组织成了拥有开头、中间和结局的故事。②

自20世纪60年代起，新历史主义的出现开始对后结构主义的非历史倾向进行反击，人们开始重新认识文学与历史的关系。新历史主义者强调历史的意识形态批评，在文学研究中提倡重新使文本呈现出其历史的层面。然而，新历史主义者反对将历史看作阐释的稳定基础。他们认为历史和文学同属一个符号系统，历史的虚构成分和叙事方式同文学所使用的方法十分类似。同时，新历史主义学者特别注重对阐释语境（写作的语境、接受的语境、批评的语境）的理解和分析。

在《福楼拜的鹦鹉》中，巴恩斯指出："我们该如何抓住过去？我们真能办到吗？过去的岁月就像涂满油脂的小猪。"③"我们如何抓住过去？我们读书、学习、提问、记忆……我们可以花几十年时间来研究档案，但我们常常会禁不住摊开手，宣告说历史不过是另一种文学体裁：过去是自传体小说，却假装成议会报告。"④在巴

---

① ［美］海登·怀特：《元史学：19世纪欧洲的历史想象》，陈新译，南京：译林出版社，2013年，第2页。
② ［美］海登·怀特：《元史学：19世纪欧洲的历史想象》，陈新译，南京：译林出版社，2013年，第11页。
③ ［英］朱利安·巴恩斯：《福楼拜的鹦鹉》，但汉松译，南京：译林出版社，2016年，第6页。
④ ［英］朱利安·巴恩斯：《福楼拜的鹦鹉》，但汉松译，南京：译林出版社，2016年，第113页。

恩斯看来,历史本身只是一种人为的建构。人类认识的局限导致了对历史本身真实性的质疑。从主观层面而言,历史是人们为了合理化自身需求而进行的人为建构,一方面满足个人的生存需求,另一方面考虑到共同体的意识形态理想。从客观层面而言,历史是建立在人类的回忆与叙述之上的,而回忆和叙述这两种人类活动都不可避免地带有真实性与客观性的局限,即记忆是不可靠的,叙述是因人而异的。

一、作为虚构的历史

巴恩斯的众多作品中都表达了历史是虚构以及被干预的再现这一观点。他认为历史不是线性的进步,也全无理性,而是不断循环重复的人造神话,为了满足人类自身的愿望而存在。在《伦敦郊区》中,他曾这样评价历史的往复无常:"一切可能都在循环往复之中,就像 20 年代、30 年代、40 年代、50 年代,分别对应着放纵时期、艰难时期、战争时期、艰难时期;60 年代、70 年代、80 年代、90 年代,也许也对应着放纵时期、艰难时期、战争时期、艰难时期。"[①]在《10½章世界史》中,巴恩斯也引用了马克思的名言:历史总是重复它自己,第一次是悲剧,第二次是滑稽剧。

巴恩斯的循环历史观充斥着对历史真实客观性的质疑,是与启蒙理性时代的传统进步历史观截然相反的历史观。他在《终结的感觉》中评论道:"什么是历史?历史是胜利者的谎言,

----

① [英]朱利安·巴恩斯:《伦敦郊区》,轶群、安妮译,北京:外语教学与研究出版社,2020 年,第 57 页。

失败者的自欺欺人。历史是一块生洋葱三明治，一个劲地重复，就像打嗝似的。总是那套把戏，一直都在专制与反抗、战争与和平、繁荣与贫穷之间徘徊。不可靠的记忆与不充分的材料相遇所产生的确定性就是历史。"①

　　和辛克莱、福尔斯、拉什迪和斯威夫特的历史小说一样，巴恩斯的小说特别关注现实与再现之间的鸿沟，它们可能体现在绘画中，也可能体现在历史书写上。在《10½章世界史》的"偷渡客"一章里，也许带回橄榄枝的是乌鸦而不是鸽子。② 另外，在第五章"海难"里巴恩斯花费大量篇幅讨论格里柯的画作《美杜莎之筏》与历史记载的史实有哪些出入，还有哪些是没有画的，如"数字不准确、食人变化成参考文本、人肉条块被清理掉"③，就能看出艺术或历史的再现都是被干预过的形式，它们永远无法提供一个对过去透明或可靠的反映。历史事件是真实而混乱的，任何企图用综合性概述来描述的媒介（绘画或写作）都无法把握历史的真实。更不啻说还有因为各种利益与意识形态需求，而故意歪曲的情况，例如，要形容任何历史事件，我们唯一可说的就是"事情发生了"④。

---

　　① ［英］朱利安·巴恩斯：《终结的感觉》，郭国良译，南京：译林出版社，2012年，第20页。
　　② ［英］朱利安·巴恩斯：《10½章世界史》，林本椿、宋东升译，南京：译林出版社，2010年，第22页。
　　③ ［英］朱利安·巴恩斯：《10½章世界史》，林本椿、宋东升译，南京：译林出版社，2010年，第122页。
　　④ ［英］朱利安·巴恩斯：《终结的感觉》，郭国良译，南京：译林出版社，2012年，第6页。

后现代主义学者麦克黑尔关于后现代小说把真实事件神话化与虚构化的特点也与巴恩斯在《10½章世界史》中的观点不谋而合:"真实世界的事件经过'神话化'(mythification)的过程后,从污秽的领域上升至神圣。现实就是一部集体虚构,由社会化、体制化和通过语言作为中介进行的日常社会交往所建构而成。"①所以,巴恩斯作品中的历史就是一部人为虚构并填充的神话。

(一)个人历史的虚构

巴恩斯作品中的主人公为了合理化自身的存在现状,主要通过以下方法来干预真实,捏造出虚假的个人历史:首先,个体会根据自我的需求有选择地记忆;其次,人们会根据自己的目的编撰一个看上去合理实则不然的解释。将二者结合,便杜撰出了一个符合想象的过往历史。

《凝视太阳》中的女主人公婕恩就"经常觉得童年的一些细节想不起来了,或许她曾经历过这一切,或许根本没有"②。她的童年极有可能与叔叔发生了一些不是很愉快的事件,于是记忆人为地将这段历史删除了。在《她之前的爱情》里,老实内向的历史教师格雷厄姆在抛弃妻女转而与耀眼的女演员安在一起后,不可遏制地怀疑安与周围所有人有染,并沉迷于搜寻各类

———————

① Brian McHale. *Postmodernist Fiction*. London: Routledge, 1987: 36-37.

② [英]朱利安·巴恩斯:《凝视太阳》,丁林棚译,北京:外语教学与研究出版社,2018年,第6页。

蛛丝马迹来合理化自己的无端猜忌。安对多疑的格雷厄姆说：
"如果我有而你又忘了，这就跟我没有和他上过床一样，不是
吗？如果你不记得了，这一切就无关紧要了。"①在两人为此发
生多次争执后，安无力地发出上述控诉，认为这样无解的僵局
只能依靠记忆的力量，因为有时记得太清会给人带来烦恼，适
当的遗忘能让人释怀和获得解脱。

　　在《福楼拜的鹦鹉》里，记忆也是不可靠的，巴恩斯将"过
去"比喻成了模糊的海岸，人们总是过于自信，认为依靠自己
局限性的科技手段就能看清这变动的现实：

　　　　过去是一个遥远而模糊的海岸，我们都在同一艘船上。
　　在船尾的护栏处有一排望远镜，每个都能在特定距离外将
　　海岸清楚显现出来。假如这艘船因为无风而停航，其中一
　　个望远镜就会被一直使用；它似乎告诉了全部的、不变的
　　事实。但这是一个幻象。随着船重新起航，我们就回到了
　　正常的活动中；从一个望远镜跑到另一个望远镜，看着镜
　　筒中的画面失焦，等着另一个镜筒里的模糊变为清晰。而
　　当模糊确实变为清晰时，我们就以为这一切都是靠我们自
　　己实现的。②

------

　　①　[英]朱利安·巴恩斯：《她过去的爱情》，郭国良译，上海：文
汇出版社，2018年，第127页。
　　②　[英]朱利安·巴恩斯：《福楼拜的鹦鹉》，但汉松译，南京：译
林出版社，2016年，第128页。

但因为人类的感官是有局限性的,这也意味着单凭人类本身的理性或理性开发出来的种种辅助手段,例如科技,都无法填补认识的空缺。

如果说由感官局限引起的不可靠记忆带有一些被动的意味,那么为安心生存寻找合理化理由的建构则显得主观意味更浓。就像18世纪哲学家维柯所提出的"真理即创造"的理论一样,人类头脑只能真正认识自己所创造之物。海登·怀特也曾发出过著名论断:"故事是被创造的,不是被发现的。"①解释事实就是"虚构"它们。事实一旦被解释或被情节化,或者说,一旦变成历史话语,也就不再是纯粹的事实。②

当人们为了生存的合理化,编出各种只有自己相信的理由时,记忆就变成了一种伦理责任,因为真相与记忆可能相去甚远,全凭主体的自觉与选择。所以,巴恩斯在《终结的感觉》中说"你可以相信任何你愿意相信的事情"③。"大多数人往往是作出一个本能的决定,又依此建立起一系列的大道理来解释自己的决定。然后把这结果称为常识。"④"人们总是有些天真,以为

---

① [美]海登·怀特:《叙事的虚构性:有关历史、文学和理论的论文(1957—2007)》,马丽莉等译,南京:南京大学出版社,2019年,第19页。

② [美]海登·怀特:《叙事的虚构性:有关历史、文学和理论的论文(1957—2007)》,马丽莉等译,南京:南京大学出版社,2019年,第22页。

③ [英]朱利安·巴恩斯:《终结的感觉》,郭国良译,南京:译林出版社,2012年,第50页。

④ [英]朱利安·巴恩斯:《终结的感觉》,郭国良译,南京:译林出版社,2012年,第69页。

太阳的作用就是为了帮助卷心菜生长。"①萨特在谈到"自欺和说谎"时说道，"说谎者完全了解他所掩盖的真情，但在表达里否认"②。

《终结的感觉》中提供了针对同一事实、两种完全迥异的叙述版本。第一个版本说的是，当好友艾德里安与托尼的前女友维罗尼卡开始谈恋爱后，出于礼貌和尊重，二人写信告知托尼。托尼回信予以了祝福。第二个版本说的是，托尼收到信后，实际上写了一封极其恶毒的回信，内容包括诋毁维罗尼卡、诅咒他们的爱情，甚至诅咒他们将来会产生畸形的爱情结晶。不仅如此，回信的明信片背景还是暗示性强烈的著名自杀圣地。主人公托尼不断重复，这是他当下对过去发生的一切的解读。或者，更确切地说，是他现在对于当初所发生的一切的解读的记忆。虽然，他在故友和旧物的刺激提示下，重新提供了故事的第二版本，将他恶毒、自卑的本质展露无遗，但是对于这种不坦诚，他辩称，是因为自己拥有一种生存的本能，一种自我保护的本能。在女主人公维罗尼卡看来是胆小和懦弱的表现，他自己却称之为温和。③ 萨特的存在主义哲学就指出，人在实现自己的超越性追求之前，首先要满足的还是自己的生存需求，即开启动物性的自我保护防御机制。但人是有双重性质的，除

---

①　[英]朱利安·巴恩斯：《终结的感觉》，郭国良译，南京：译林出版社，2012年，第214页。

②　[法]让·保罗·萨特：《存在与虚无》，陈宣良等译，北京：生活·读书·新知三联出版社，1997年，第81页。

③　[英]朱利安·巴恩斯：《终结的感觉》，郭国良译，南京：译林出版社，2012年，第54页。

了"人为性"还有"超越性"。①

历史的虚构性还体现在过往高度个性化的特征上。《她过去的爱情》里的主人公格雷厄姆认为过往是个人的、主观的，过去与历史只能是属于每个人的，个体因为生理与心智的差别，能够感知到的是不同的过往："过去的存在只能通过它对个体产生的影响而被证实。过去一切令人沮丧的历史、他的出身、父母的结合、父母给他灌注的全新的基因组合注定了这样的结果，他们把这套基因塞给他，让他自己看着办。"②格雷厄姆的这种描述以直白的方式展示了过去与人的认识局限之间的关联。所以，所谓清晰的回忆或真实的历史总是具有欺骗性。历史就是小部分人从自身的视角出发，所描绘的一幅修修补补的拼贴画。"人们任意重写历史，眼下这是在改写现在了。要是他们能掌控未来，他们就能让未来照自己的意思发展了。"③

(二)集体层面的虚构历史

如果个人历史的虚构是出于合理化现状的需求，家国历史的干预则往往出于塑造共同体想象或意识形态的需求。安德森在《想象的共同体》中解释为什么"民族"能激发强烈的依恋之情时称，因为"民族"的想象能在人们心中召唤出一种强烈的历史

① [法]让·保罗·萨特:《存在与虚无》，陈宣良等译，北京:生活·读书·新知三联出版社，1997年，第91页。
② [英]朱利安·巴恩斯:《她过去的爱情》，郭国良译，上海:文汇出版社，2018年，第200页。
③ [英]朱利安·巴恩斯:《她过去的爱情》，郭国良译，上海:文汇出版社，2018年，第90页。

宿命感。"民族"最重要的媒介是语言。民族历史的"叙述"（narrative）是建构民族想象不可或缺的一环。① 同理，巴恩斯的作品中也表现出了对英国性（Englishness）的关注、国家身份真实性的质疑以及意识形态对历史客观性的影响。他认为与个人历史的虚构类似，"一个国家的历史记忆、过去永远不是简单的过去，而是能够让当下心安理得地存在的依据"②。"不可靠的记忆与不充分的材料相遇所产生的确定性就是历史"③。巴恩斯把历史的现实比喻成驯服的动物，只能顺从与服务主人的需求："现实很像一只野兔，而广大公众，我们远处的那些快乐地远离我们的衣食父母希望现实像一只宠物兔。如果你给他们一个真家伙，比如一只野兔什么的，他们就不知道如何去对待它啦。除了掐死它，把它炖了。每个人可能都是构建而成。"④

撒切尔时期，英国国内对英国性与爱国情怀的鼓吹甚嚣尘上。福克兰岛战争也掀起了爱国主义热潮。但以巴恩斯为代表的20世纪80年代英国作家却对此时期的金钱主义政策、遗产文化和英国性产生了质疑，并时时通过作品进行辛辣讽刺。这一时期的历史小说强劲势头就是由繁荣的遗产产业掀起的。后

---

①　[美]本尼迪克特·安德森：《想象的共同体：民族主义的起源与散布》，上海：上海人民出版社，2005年，第12页。

②　[英]朱利安·巴恩斯：《英格兰，英格兰》，马红旗译，南京：译林出版社，2015年，第5页。

③　[英]朱利安·巴恩斯：《终结的感觉》，郭国良译，南京：译林出版社，2012年，第20页。

④　[英]朱利安·巴恩斯：《英格兰，英格兰》，马红旗译，南京：译林出版社，2015年，第159页。

者通过营造积极的、市场化的往昔,激发爱国主义情怀,并且吸引游客。① 经历了后结构主义思潮转变的历史不再是对真实的客观记录,艺术所再现的也并非本真的真实。真实与虚构的界限已经模糊。尤其是集体层面的真实性的存在主要取决于话语权力的操作者和话语的阐释者。② 关于这一点,巴恩斯则认为,历史更多是幸存者的记忆,他们既称不上胜者,也算不得败寇。③ 这种看法与存在主义代表尼采的观点类似,他认为,"价值在于解释,而解释是权力意志的一种。生命的本能是求生存的,它之征服、反抗无不通过解释行为来实现"④。因此,国家历史也成了强者话语的虚构性辅助工具。

二、历史的认识论怀疑

巴恩斯的历史建构观不仅体现在本体论层面的历史虚构性上,还体现在认识论层面即对历史认识方式的质疑中。在自然科学成为人类知识范式的当下,科学主义在道德领域导致了怀疑主义。过去被赋予客观价值的认识手段,在混乱的后现代主义思潮下都蒙上了一层怀疑的阴影。虽然我们可能无法全部了

---

① James F. English. *A Concise Companion to Contemporary British Fiction*. New York:Blackwell,2006:169.

② 杨金才:《诘问历史,探寻真实:从〈10½章世界史〉看后现代主义小说中真实性的隐遁》,《深圳大学学报(社会科学版)》,2006 年第 1 期,第 91 页。

③ [英]朱利安·巴恩斯:《终结的感觉》,郭国良译,南京:译林出版社,2012 年,第 73 页。

④ 李钧:《存在主义文论》,济南:山东教育出版社,1999 年,第 109-110 页。

解过去，忘记发生过的事情，撒谎或者篡改历史，但我们总能通过一些方式了解历史，比如历史记录或是历史学家的叙述。然而，历史的物证和历史学家的叙事往往也是不可靠的。

常见的历史记录包括文件、信件、遗迹等实物的存在。与新历史主义"历史文学化"的观点一致，巴恩斯在其作品中对这些物质形式的真实性与客观性表达了质疑，即我们所笃信的历史证据也可能只是文学虚构或叙事。历史对时间的再塑形，是通过自身创造与借助一些反思手段达到的。这些手段包括日历、代际延续、档案、文献与遗迹。它们连接了宇宙时间与生活时间，见证了历史的诗学功能——它们都具有回溯到叙述结构的普遍性。① 就像巴恩斯所说："我们可以花几十年时间来研究档案，但我们常常会禁不住摊开手，宣告说历史不过是另一种文学体裁：过去是自传体小说，却假装成议会报告。"②

在《福楼拜的鹦鹉》中，主人公布拉斯韦特就可以被看作一个恋物癖。他疯狂迷恋福楼拜的遗物，费尽心思仅仅为了寻找一个不知是否真实存在过的鹦鹉标本。看似荒诞的行径实则隐藏着哲学深意：通过对物的占有，仿佛我们就能获得确定的真理。巴恩斯就曾问道："是什么让我们对名人遗物充满欲望？是我们对语言不够笃信？难道我们认为在人生的遗留品中，藏

---

① 伏飞雄：《保罗·利科的叙述哲学——利科对时间问题的"叙述阐释"》，苏州：苏州大学出版社，2011 年，第 199 页。

② ［英］朱利安·巴恩斯：《福楼拜的鹦鹉》，但汉松译，南京：译林出版社，2016 年，第 113 页。

着有助益的真相?"①

　　小说中罗伯特·路易斯·斯蒂文森的头发就是这样一个例子。福楼拜自己也有收藏旧物的习惯:"保存有记忆芬芳的琐物;保留已故母亲的旧围巾和帽子。"②鹦鹉是历史的证据,通过它我们能追寻到无法亲见的偶像、遥不可及的过去。但看得见摸得着的实物就一定真实吗?罗媛认为《福楼拜的鹦鹉》表达了对传统认识识论的质疑和极端后现代历史怀疑论。③ 具体而言,我们认识历史的手段充满了局限性,如科学和思想的时代局限:"我们该如何抓住过去呢?当往日渐行渐远,它还能清晰可见吗?有人认为是的。我们会知道得更多,会发现新的资料,可以使用红外线来穿透信件中被涂抹的内容,而且还摆脱了作家那个时代的偏见,所以我们会理解得更好。果真如此吗?我很怀疑。"④物证的不可证实性还体现在遗物的真实性存疑:他(福楼拜)在一百多年前去世,逝后留下的只有纸。⑤ 且不说这些物证本身真实与否,对它们的阐释就充满了主观性。

　　《10½章世界史》"偷渡客"一章里,巴恩斯以木蠹的口吻控

----

　　① [英]朱利安·巴恩斯:《福楼拜的鹦鹉》,但汉松译,南京:译林出版社,2016年,第3页。

　　② [英]朱利安·巴恩斯:《福楼拜的鹦鹉》,但汉松译,南京:译林出版社,2016年,第15页。

　　③ 罗媛:《追寻真实——解读[英]朱利安·巴恩斯的〈福楼拜的鹦鹉〉》,《当代外国文学》,2006年第3期,第115-121页。

　　④ [英]朱利安·巴恩斯:《福楼拜的鹦鹉》,但汉松译,南京:译林出版社,2016年,第127页。

　　⑤ [英]朱利安·巴恩斯:《福楼拜的鹦鹉》,但汉松译,南京:译林出版社,2016年,第2页。

诉了人类对档案与历史的随意篡改。木蠹对上帝在众多动物中选中人类成为代言人而忿忿不平。因为人类被赋予了书写历史的决定权，所以方舟上发生的众多人类暴行都被抹去，例如诺亚因为嫉妒驴子旺盛的体力而虐待它的事。因为驴子是弱势群体、边缘存在，所以这件事除了见证者知晓，就永远地消失在了历史的轨迹中："诺亚把驴子放到船底下去拖的事，你们的档案里有记载吗？"①《她过去的爱情》里，格雷厄姆通过自己搜集证据，建构安的档案，说服自己安就是放荡不羁的。他不能面对她精彩而未知的过去，从而强迫性地寻找安出轨的证据，结果发现"唯一的困难便是通过他此刻正在筛查的这些免费宣传品，是否就能确定安真的去过那些地方"②。格雷厄姆在小说中的身份恰好是一个历史学家，搜寻过往就是他的事业，小说通过描述他执着于追寻一个不可能回溯的过去，实现了对主人公生活与事业双重讽刺的效果。当寻求真相的迫切遭遇了档案证据的不确定性，主人公便开始根据自己的主观臆断强行杜撰原因，从而导致了他最终嫉妒成狂，混淆事实与幻想的爱情悲剧。

与历史物证类似，历史学家就像是河流中的摆渡者，在宽广的历史长河中选取零星片段。历史建构观与人类的感官与理智局限密不可分。人类感官局限最基本的体现就在于感官系统

① ［英］朱利安·巴恩斯：《10½章世界史》，林本椿、宋东升译，南京：译林出版社，2010年，第18页。
② ［英］朱利安·巴恩斯：《她过去的爱情》，郭国良译，上海：文汇出版社，2018年，第73-74页。

(sensory equipment)的贫乏。人类的感官可以被看作生物过滤器,它所隐藏的远远比它展现出来的要多。既然感官是有局限的,那么进行理性思考的器官,例如大脑,也会是有限度的。①历史学家作为历史的叙述者,也是有限的、非客观的存在,正如巴恩斯所言,"历史并不是发生了的事情,历史只是历史学家对我们说的一套。历史更像是多种媒体的拼贴。我们虚构编造。我们编造故事来掩盖我们不知道或者不能接受的事实;我们保留一些事情真相,围绕这些事实编织新的故事。我们的恐慌和痛苦只有靠安慰性的编造功夫缓解,我们称之为历史"②。同时,他在《终结的感觉》里也提道,"我们必须了解历史学家的历史才能理解此刻摆放在我们面前的历史版本"③。

因为只有那些符合特定框架,对人类有重要意义的事实才有用,所以人们所知晓的重要历史实际上是历史学家的想象和选择。海登·怀特也认为,史学家的目的在于,通过"发现""鉴别"或"揭示"埋藏在编年史中的"故事"来说明过去;并且"历史"与"小说"之间的差别在于,史学家"发现"故事,而小说家"创造"故事。④ 很多时候,历史学家所传达出来的不过是大

---

① Robert M. Young. The Limits of Man and His Predicament [C]. *The Limits of Human Nature*. New York: E. P. Dutton & Co., Inc, 1973: 49, 176.

② [英]朱利安·巴恩斯:《10½章世界史》,林本椿、宋东升译,南京:译林出版社,2010年,第224页。

③ [英]朱利安·巴恩斯:《终结的感觉》,郭国良译,南京:译林出版社,2012年,第14页。

④ [美]海登·怀特:《元史学:19世纪欧洲的历史想象》,陈新译,南京:译林出版社,2013年,第12页。

众希望听些什么，就说些什么。就像《福楼拜的鹦鹉》中的经典比喻："就像是拖网装满了，把它拉起来，分门别类，扔掉一些，储存一些，没捕获的远多于捞起来的。"①

尽管如此，过往能赋予人生意义，而记忆则建立身份。对于仅仅活在当下的人来说，"生活就像是从火车窗外看到的风景，没有联系，没有因果关系，没有重复感"②。出于生存的本能，人们迫切地追寻与当下息息相关的过往，企图获得真相。有人孜孜不倦地研究各种证据，也有人被动消极地为自己筑起记忆的护城河，然而结果往往皆是徒劳。

第二节　怀旧情怀的建构性

如果说历史是朱利安·巴恩斯对建构过去的批判性质疑，那么怀旧情节则是巴恩斯对理想过去的怀念与反思。人们对于怀旧概念并不陌生，大体来说就是对过往的怀念。但要说起它的准确定义或是发生机制，人们又莫衷一是。班固在《西都赋》中道："愿宾摅怀旧之蓄念，发思古之幽情。"这里的"怀旧"一词，其意义既指"怀念往昔"，又指"怀念故友"。③ 戚涛认为，怀旧可被定义为具有回避、亲附双重倾向的人群，为应对环境

---

① ［英］朱利安·巴恩斯：《福楼拜的鹦鹉》，但汉松译，南京：译林出版社，2016 年，第 39 页。

② ［英］朱利安·巴恩斯：《终结的感觉》，郭国良译，南京：译林出版社，2012 年，第 163-164 页。

③ 赵静蓉：《怀旧——永恒的文化乡愁》，北京：商务印书馆，2009年，第 16 页。

断裂引发的自我连续性危机而衍生出的一种适应性机制。其核心是象征的时空里建构出理想化的社会纽带,以补偿现实中归属感的缺失,激发积极情感,维护自我连续性。① 赵静蓉认为,怀旧最基本的导向是人类与美好过去的联系,而在现代性的视域下,这一过去不仅指称时间维度上的旧日时光、失落了的传统或遥远的历史,还指称空间维度上被疏远的家园、故土以及民族性;而从哲学的高度来看,怀旧最重要的还包括人类个体及群体对连续性、同一性、完整性发展的认同关系。在这个由时间、空间和认同所构成的三维世界中,怀旧始终保持着对过去的基本诉求。② 总体来说,怀旧与过往、现代性、个人与群体的连续性、同一性紧密联系着,它表达了一种对理想乌托邦的追忆与向往。

怀旧的上述定义也经历了概念上的演变。怀旧(nostalgia)一词由希腊词根 nostos 和 algos 构成,前者意为故土,后者表示悲伤,合起来即为"因渴望回家而产生的痛苦"③。17 世纪晚期,瑞士医生霍弗尔把这两个词根连接起来合成新词,专指一种众所周知的、痛苦而强烈的思乡病,也是一种癔症。19世纪末 20 世纪初,怀旧被赋予精神脱离常轨或大脑失控的含义,它着重体现为一种精神病态。总体上看,自 17 世纪晚期到 21 世纪初,怀旧经历了一个由生理病症转变为心理情绪再

---

① 戚涛:《怀旧》,《外国文学》,2020 年第 2 期,第 88 页。

② 赵静蓉:《怀旧——永恒的文化乡愁》,北京:商务印书馆,2009年,第 5-6 页。

③ 戚涛:《怀旧》,《外国文学》,2020 年第 2 期,第 88 页。

变成文化情怀的过程。如今，怀旧的概念已演变成为一种较为温和的不适感。①

从理论脉络的发展来看，卢梭认为怀旧是一种道德体验，席勒认为它是一种美学救赎，浪漫派将其视为遁世之手段，黑格尔将其引向形而上的宗教和哲学维度，本雅明则认为其为一种想象性建构。② 从文学批评的视角来看，18 世纪以降，复古田园梦（arcadian dream）就是一种浪漫主义出口。维多利亚时期的小说家认为过多的追忆无益于道德说教，因为太过沉湎于过去不利于规划未来。而对于现代读者来说，怀旧将读者从当下解救了出来，但怀旧有时也被认为鼓励了被动性与排外性。因而，在面对集体创伤时，怀旧不是鼓励人们直面现实的危机，而是使人们沉浸在过往的虚幻之中。③

不难看出，除却对理想过往的怀念外，对当下状况的不满也是触发怀旧产生的重要原因之一。过往为当下提供了一个无需负责的逃避窗口，于是沉迷历史便可以减轻当代的压力。无论是怀旧/恋乡还是反思，都意味着对于既存当下的超越，而既存当下也因此被界定为物化的、限制性的形式。怀旧/恋乡可能之时，即是乌托邦成立那一刻。与想象的未来相对应的，就是想象的过去。要构成怀旧/恋乡的存在条件，还需要满足三项前提：首先，只有存在线性时间观念（也就是某种历史观念）的文

---

① 赵静蓉：《怀旧——永恒的文化乡愁》，北京：商务印书馆，2009年，第13、17页。

② 参见同上，"第二章，现代怀旧的理论谱系"，第 77-202 页。

③ John J. Su. *Ethics and Nostalgia in the Contemporary Novel.* Cambridge：Cambridge University Press，2005：18.

化环境中, 怀旧/恋乡才能发展起来。其次, 怀旧/恋乡要求具备"某种认识, 即现在是有欠缺的, 尤其令人瞩目的是, 这种认识可以用来指历史的重大衰落, 用于往昔伟大帝国之类的衰微"; 它还可以用来指关于存在的意义与性质等的重要解释的衰微, 以及那些曾经重要的限定特性/身份/认同的衰微。再次, 怀旧/恋乡还要求来自过去的人为虚设在生存角度和物质角度上有所呈现。正如特斯特在谈到多重时间时说的, "一个社会如果全盘抛弃其古老的、过时的技术, 无情地扔掉短暂即逝的东西, 自信地覆盖前朝世代的发展积累, 那就会缺乏赖以建构怀旧/恋乡的物质对象"①。

就当下而言, 怀旧情节在后现代之后备受关注, 是因为现下充斥着拟像与流行符号, 人们怀念大众传媒时期之前(pre-mass-media)的纯真状态。② 哈琴(Hutcheon)在《后现代主义诗学》中也谈到后现代主义怀旧是通过反讽历史实现的。它不仅怀念曾经的乌托邦, 还关注根据崇尚新奇快的当下而重新建构的过去。这样一来, 后现代主义怀旧就不仅仅是对抗当下的单一怀旧(monolithic nostalgia)了, 而是体现了后现代主义远离重复、被征用的过去这一特点。它不再是怀旧, 而是批判性重访(critical revisiting)。③ 而当下, 正是"未来"因不可信、不可控

---

① [英]基思·特斯特:《后现代性下的生命与多重时间》, 李康译, 北京: 北京大学出版社, 2010 年, 第 70-71 页。

② 参见 Linda Hutcheon. *The Politics of Postmodernism*. London: Routledge, 1989.

③ Linda Hutcheon. *The Politics of Postmodernism*. London: Routledge, 1989: 39, 40, 195.

而遭受谴责、嘲笑而成为失信者的时候，也正是"过去"成为可信者的时候。① 怀旧病（Nostalgia）是一种损失——替代情感，也是个人自己幻想的浪漫。这种流行病是身处生活与历史加速剧变的时代中的人们的一种防御机制。波伊姆（Boym）发现在当下全球流行的怀旧病中，很多人试图寻求一种当下现实世界的替代物。在人类历史的接力赛中，怀旧病的全球流行已经接过以前那种进步狂的接力棒。②

如前所述，怀旧，除了显在的对昔日的缅怀之外，还有更深一层的潜在意蕴：对现状的不满。③ 当快速的现代化与浮躁的后现代主义时代来临，怀旧情节的产生代替了对启蒙时代理性进步的向往。人们开始停下脚步，驻足回望。所以，怀旧/恋乡是现代性的一项特征。它既为确定性奠立了丰厚的根基，也为解构提供了肥沃的土壤。它是针对现代性中的文化冲突所作出的一种反应。④ 现代社会的社会经济政治因素导致了怀旧情节的产生，这种夹杂着想象、渴望与记忆的感情试图在分裂与流离失所的社会难题中寻找解决方案。现代人越来越崇尚速度和欲望带来的生活激情。然而，人类群体文化信念的传统却在这一发展趋势中被遗忘了，人们的情感无处依托，而且无法像

---

① ［英］齐格蒙特·鲍曼：《怀旧的乌托邦》，姚伟等译，北京：中国人民大学出版社，2018 年，第 4 页。

② John J. Su. *Ethics and Nostalgia in the Contemporary Novel.* Cambridge：Cambridge University Press，2005：5，6.

③ 周明鹃：《论〈长恨歌〉的怀旧情节》，《中国文学研究》，2003 年第 2 期，第 90 页。

④ ［英］基思·特斯特：《后现代性下的生命与多重时间》，李康译，北京：北京大学出版社，2010 年，第 71 页。

过去那样把握连续的历史和完整的生命状态,人们唯一能做的,就是浮上生活的表层,在当下的时间体验中感受这种文化的"断裂感"。

怀旧于是成为一种合情合理的"救赎"。重温旧日的梦想,"遁入"过去生活的单纯安逸,怀旧主体就是要借助这种精神上的"回返"排除现实世界对自身的异己感。这是一种维持心灵平衡的契机,怀旧主体通过回想历史而再次拥有了历史,使紧张疲惫的灵魂游移于过去和现在之间,形成对自身的缓冲。怀旧本质上是一种时间意识,产生怀旧的前提之一必须是人类对线性时间观的经历,怀旧的终极目的也是要重新体验时间,在现实与过去的碰撞、缓冲和协调之中找回自我发展的同一性、连续感。①

一、个人伦理身份的重构

(一)连续的自我——个人怀旧的积极伦理

在巴恩斯看来,怀旧个体通常会在经历了人生的变故之后,对过往的美好与纯真产生无比的怀念与向往。例如,《英格兰,英格兰》里的玛莎,在经历了成功抢夺皮特曼爵士的娱乐王国,成为新任老板,又遭到前男友背叛,立马被皮特曼爵士从位置上赶下的事业挫折后,返回了安格利亚。每当人们谈起怀旧,往往习惯于停留在日常经验的层面上,注重那些触发我们怀旧

---

① 赵静蓉:《怀旧——永恒的文化乡愁》,北京:商务印书馆,2009年,第6页。

情思的生活细节，沉迷于那种"甜蜜的忧伤感"，比如一张古旧的唱片，一朵干枯了的玫瑰花，一间挂满了老照片的咖啡厅。①对于玛莎而言，"诺丁汉郡"的那块拼图就象征着她对童年与父亲最初最美好的回忆。然而，随着父亲的出走，那块拼图也消失不见了。玛莎怀旧的情思被压抑，现实世界的强烈事业心成为一种替代。

的确，怀旧本身就是一个主观性极强的相对主义存在，因为每个人的过去都是私人而隐秘的。这种感觉可以是甜蜜，可以是痛苦。就像老年托尼在《终结的感觉》中回顾道：

> 我脑海中一直在想怀旧这一问题，想我是否深受怀旧之苦。每当忆起童年时的一些小玩意儿，我当然不会泪湿衣襟；我也不想自己骗自己，对某些事情多愁善感，即便是当时我都没这样——比如对母校的爱，等等。可是，如果怀旧意味着对强烈情感的浩瀚追忆——很遗憾这样的情感在我们的生活中已不复存在了——那么，我诚衷服罪。我怀念我早期和玛格丽特在一起的时光，怀念苏茜的降生以及她的童年，怀念那次与安妮一起徒步出行。而且，如果我们谈论永不复得的强烈感情，我想，我们怀念的可能是难以忘怀的快乐，亦是难以忘却的痛楚。②

----

① 赵静蓉：《怀旧——永恒的文化乡愁》，北京：商务印书馆，2009年，第11页。

② ［英］朱利安·巴恩斯：《终结的感觉》，郭国良译，南京：译林出版社，2012年，第105-106页。

这时的托尼卷入了由一本神秘日记遗产所引发的往事追溯之中。此时的读者还未了解到事情的真相,即托尼过去所犯下的错。他正试图与幸存的受害者维罗尼卡取得联系,随着与她的接触加深,尘封的往事与真相慢慢被揭开,托尼隐晦的痛楚也浮出水面。所以,从上可见,此时的他对于过往的回忆都与他自己正常稳定的人生轨迹有关,童年、母校、妻子、孩子,小说的另一主线与主人公(维罗尼卡、她的母亲莎拉、艾德里安)都未出现,因为怀旧的根本策略是在远离现实的象征时空里建构理想化的社会纽带,以补偿现实中归属感的缺失,这一根本策略可细分为几个具体策略,包括疏离、理想化、补偿等。当下环境往往被定义为复杂、肮脏的,而理想家园则是简单、纯粹、有序的,如乌托邦、世外桃源、姐妹共同体等。因为这种有序、包容的精神家园,有助于缓解纷扰环境对怀旧者造成的不适感,维护其自我连续性。①

此时的托尼正处于他自我认知与身份变革的临界点。他原本平庸无趣的一生突然出现了意外的波澜,于是他开始回想过去,只是一句简单的"难以忘却的痛楚"即预示了接下来要发生的自我认同剧变。同时,他也发出诘问:"不过,为什么我们期待年龄会催我们成熟呢?怀旧之情到底服务于何种进化的目的?"②从哲学的高度来看,怀旧最重要的目的之一就是人类个体及群体对连续性、同一性、完整性发展的认同关系。③ 怀旧

---

① 戚涛:《怀旧》,《外国文学》,2020年第2期,第91-92页。

② [英]朱利安·巴恩斯:《终结的感觉》,郭国良译,南京:译林出版社,2012年,第107页。

③ 赵静蓉:《怀旧——永恒的文化乡愁》,北京:商务印书馆,2009年,第5-6页。

背后的社会动机是人类对相对稳定、连续的环境的需求，因为后者是个体自我连续(self-continuity)的基石。因此怀旧是为应对环境断裂和失序感，重建自我连续性的一种努力。怀旧的动机在于找寻归属感，及其主要载体——社会纽带。怀旧是一种通过想象建立社会纽带以获取归属感的方式。①

托尼最大的问题就是无法认清自我。他老年生活的平和之下暗藏着被动和懦弱。就像他自己不断重复的那样，他并不是一个十恶不赦的人，而只是像千千万万人一样，是一个平庸的人。托尼通过艾德里安的日记本所展开的对自己往事全貌的回忆，也是托尼为自己的人生找寻意义的自我反省历程。怀旧的眼光意味着心中怀有一个无法追溯的遗失过往，并据此看待当下。所以，这一情怀不仅代表着逃避现实的努力，而且代表着对短视的现代性进步逻辑的抗拒。这样一来，怀旧情节就不再是一种疾病，而是具有了伦理的维度，即成为青睐理想的前现代社会的晚期现代人类于存在主义之下的现实选择。怀旧的最初来源就与相对稳定的农业社会向工业社会转型的焦虑有关。它是一种立足当下，重塑过去的社会建构(social constructivism)。与极其不稳定的当下相比，过往反而显得和蔼可亲、意义非凡。②

迈入人生晚年的托尼产生了思考人生意义的自我反省意愿，但他通过操纵个人记忆与选择性叙事导致读者看到了两个不同

---

① 戚涛：《怀旧》，《外国文学》，2020年第2期，第89页。

② Todd F. Davis & Kenneth Womack. *Postmodern Humanism in Contemporary Literature and Culture: Reconciling the Void*. London: Palgrave Macmillan, 2006: 163.

版本的过去。当他不再逃避他人的视角，走出自私的牢笼，直面过去的真相，怀旧的伦理维度也就得以实现。

赵静蓉就认为怀旧其实是带有价值与伦理取向的回忆：

> 回忆是一个心理学范畴，而怀旧却是一个审美范畴。怀旧是一种价值甄别，它必须在回忆的基础上辅以一定的价值取向和伦理衡量，这是构成怀旧的美学本质的核心。怀旧是一种有选择的、意向性强的构造性回忆。怀旧也只有借助想象的力量才能重新获得源自过去的生命动力。想象不仅增殖了我们的审美经验，还使得每个怀旧主体所面对的审美对象与内容都是独一无二的，即主体与对象之间的"同谋"。作为一种审美活动及其所带有的审美态度，怀旧本身是无功利、无目的的。与回忆相比，怀旧是更为个性化，而且情感化、体验式、想象式的审美活动。它不是认知式的，它的亲和性仍然在于一种情调、感受、氛围和价值观的认同。它不能通过某种智性的认识来整合感觉。它是"情感的气团"。它把过去当作向未来挺进的原料，它不单单体现为一种历史感，还主要表现为一种价值论，它是人类基于对现实痛感的弥补和调节，而最终指向和谐统一的美感体验。在精神的层面上，我们每个人都是孤独的流浪者。而怀旧心理及其所构筑的文化记忆，恰恰是圆满的、统一的、稳定的、完整的，它在本质上就是希望退回到历史上一个不太复杂的时刻和个人经验，就是希望回到传统社会中那种恒定的、由一个更大更有力的共同体所支

撑着的自由秩序当中。①

从伦理视角出发，怀旧源于人们在现实中的伦理困境，即在人群中难以寻觅到安适的位置。怀旧建构则体现着怀旧者为重新定义人际关系所做的努力，寄寓了他们对理想伦理秩序的期待——人与人之间少一些背弃、算计、欺骗，多一些本真、善意、包容。其根本动力在于人类对连续性、统一性的本能需求。但外部环境总是以各种冷漠的方式挫败人类的需求，所以这一需求与环境之间无法调和的矛盾让所有人或多或少需要借助怀旧的力量，以补偿现实的缺憾。②

（二）消费的物件——个人怀旧的消极恋物

个人怀旧是因不满现状而产生对自我连续性的追寻与反思，也与物件有着密切的关联。怀旧客体（nostalgic objects）就是怀旧建构的标的物，也即怀旧者真正眷恋的对象。怀旧是对另一时空美好感觉的记忆，所以，怀旧的客体是另外的时间或空间。③ 巴恩斯的小说中怀旧客体的踪迹处处可寻，如《福楼拜的鹦鹉》中布德斯威特因为婚姻感情不幸，前往法国发掘福楼拜的鹦鹉、故居、信件，将自己沉浸在关于福楼拜的学术研究时空里。《英格兰，英格兰》里皮特曼爵士也在怀特岛上打造了一

① 赵静蓉：《怀旧——永恒的文化乡愁》，北京：商务印书馆，2009年，第57页。
② 戚涛：《怀旧》，《外国文学》，2020年第2期，第99页。
③ 戚涛：《怀旧》，《外国文学》，2020年第2期，第90页。

座巨型的怀旧拟像乐园,并且小说也将他描绘成了一名沉浸在婴儿期欲望的极端恋旧变态患者。《伦敦郊区》里的主人公从小向往巴黎的浪荡子生活,最终却回归了他最想逃离的中产阶级生活,于是在法国求学时期的爱情经历就成了他怀旧的客体,以此安慰自己并不比波希米亚式的浪漫好友差。同时,小说中夹杂着大量法语词汇和语句,说明法国也已成为小说主人公的心灵乌托邦。

鲍德里亚在研究古物热时认为,人类主体内心缺失的一切都投射到物之上。物的形式也不需要与实用相联。[①] 霍克(Hook)认为,相当一部分怀旧具有恋物癖性质。营销学视角的怀旧多围绕物展开,目的在于揭示如何借助商品中凝结的怀旧情感,激发消费者的购买欲。社会学者则更关注物作为怀旧客体所蕴含的生命意义,如威尔逊专门探讨了老物件、老爷车收藏的怀旧价值。[②] 因为过去的不确定性与不可回溯性,对物的发掘与迷恋让人们仿佛可以离名人更近,让历史更加真实。《福楼拜的鹦鹉》里布拉斯韦特作为一名英国游客刚到法国,就发现一切与福楼拜能扯上些许关联的实物都被冠以其名,如"福楼拜大道""福楼拜救护车"[③]等。然而,在消费社会中,怀旧作为媚俗的时尚为人们所消费。消费社会能够将一切都转化

---

① [加]理查德·J. 莱恩:《导读鲍德里亚》(第2版),柏愔、董晓蕾译,重庆:重庆出版社,2016年,第33页。

② [加]理查德·J. 莱恩:《导读鲍德里亚》(第2版),柏愔、董晓蕾译,重庆:重庆出版社,2016年,第98-99页。

③ [英]朱利安·巴恩斯:《福楼拜的鹦鹉》,但汉松译,南京:译林出版社,2016年,第7页。

为消费时尚来销售，怀旧自然无法逃脱被时尚化、消费化的厄运。它往往试图制作廉价且虚假的历史和往事来出售，以充填一个个空洞的头脑。怀旧一旦成为消费时尚，成为娱乐节目，它就注定是短命的。①

巴恩斯在《英格兰，英格兰》中就讽刺了怀旧商品化这一现象：我们历史的关键将会是让我们的客人，就是那些要购买我们现在称之为"高品质休闲"的人感觉更好。②《英格兰，英格兰》里商业大亨皮特曼在怀特岛上创建了巨大的"英格兰文化迪士尼"，其中囊括复制了所谓的"英格兰的五十条精华"，提供各种仿古的体验。在此期间，许多时代错乱的问题发生，如演员们分不清自己扮演的角色和真实的自我，出现返古表现，导致整个园区混乱不堪。鲍德里亚的拟像理论认为，当复制品能给人们提供更便捷的服务时，真实的优越性也就不复存在了。然而，在商业化社会出现大量仿制品之后，人们反而期待过去唯一真实的纯真与简单美好，这也是为什么项目失势后，玛莎最终选择去田园式的安格利亚休养生息。

二、集体乌托邦的向往

理论上说，共同体与怀旧之间存在天然的联系，都是人类归属感需求的产物，所以，两者间存在交集：一方面，怀旧试

① 马大康、叶世祥、孙鹏程：《文学时间研究》，北京：中国社会科学出版社，2008年，第69页。

② ［英］朱利安·巴恩斯：《英格兰，英格兰》，马红旗译，南京：译林出版社，2015年，第84页。

图建构的精神家园和社会纽带均为共同体的构成要素；另一方
面，传统社区/共同体的消亡是当代怀旧的社会动因之一。但对
共同体的向往并不等于怀旧，因为现实中形式各异的共同体无
所不在；只有在现实中寻觅无果，于想象时空中建构精神共同
体才是怀旧。因此，怀旧可被视为人类共同体意识的延伸，其
特性在于远离现实且更加理想化。① 集体性的怀旧心理是现代
性的后果和产物，人们借助于对已消逝文化的记忆和想象来平
衡紧张的现代生活，其实恰恰反映了现代性的多元效应与现代
人的两难处境。②

　　集体层面的怀旧在战后英国小说中表现得尤为突出。撒切
尔时期的保守主义英国崇尚乡村文化，大力发展国家托管
(National Trust)和遗产委员会(English Heritage)这样的文化遗产
保护组织，是希望重回大英帝国鼎盛时期的怀旧向往。身处撒
切尔时期的英国20世纪80年代小说家，如拉什迪、乔纳森·
科尔等，对这种怀旧是持批判态度的，因为它代表了一种对固
有秩序的回味，对陈旧体制的推崇，如父权制、白人至上主义
等。然而，集体层面的怀旧是一种文化同化行为(acculturated
behavior)，被看作实现集体渴望的"原型天堂"③。

　　巴恩斯也在《英格兰，英格兰》等作品中对英国的帝国主义

---

　　① 戚涛:《怀旧》,《外国文学》,2020年第2期,第98页。

　　② 赵静蓉:《怀旧——永恒的文化乡愁》,北京:商务印书馆,2009
年,第54页。

　　③ Todd F. Davis & Kenneth Womack. *Postmodern Humanism in
Contemporary Literature and Culture*: *Reconciling the Void*. London: Palgrave
Macmillan, 2006: 163.

怀旧进行了批判性反思。学校里强制吟诵培养帝国荣耀感的英国历史歌谣以及"英格兰的五十条精华"在巴恩斯眼中都是失落帝国的无力挽尊。玛莎个人的历史也正如一部帝国征服史，小说的前两部分都在讲述她卑微的出身以及其后事业版图的迅速扩张史，然而，最后她被老对手击败退位时，选择了遁入复古乡村去寻找真实。本特利(Bentley)认为《英格兰，英格兰》的结尾就像一个怀旧的追忆，充满了逃避感：仿佛住在安格利亚(Anglia)，玛莎就能从厌世的怀疑主义和精神崩塌中复原、回归纯真。① 威廉斯在《乡村和城市》一书中提出：未来性的感觉联系于城市，而怀旧的感觉联系于乡村。② 尽管《英格兰，英格兰》通过人造一座大英帝国拟像王国，用其中的众生相讽刺现实的国情，从而看上去像是一部空洞怀旧的戏仿。但是，对英国性虚假幻象的嘲讽，更多是对集体身份流动性本质的反思。③

　　"二战"后英国逐渐衰微，与美苏相形见绌。八九十年代被布拉德伯里称为"可悲的金钱主义"时代，这是一个充满"萧条、失业、衰败和限制工业化"的时代。④ 撒切尔时期的英国失业率剧增，同时，她主张重拾维多利亚价值，被小说家们比喻成强

---

　　① Nick Bentley eds. *British Fiction of the* 1990*s*. London：Routledge，2005：103.

　　② 赵静蓉：《怀旧——永恒的文化乡愁》，北京：商务印书馆，2009年，第28-29页。

　　③ Richard Bradford. *The Novel Now：Contemporary British Fiction*. New York：Blackwell，2007：182.

　　④ Randall Stevenson. 1960-2000：*The Last of England*？ Oxford：Oxford University Press，2007：452.

势的母象,所以这一时期几乎 90% 的文学作品都是抨击新右派的。①

尽管 20 世纪 80 年代的英国民众已逐渐接受帝国解体的现实,但人们依然怀念曾经的帝国荣耀,并演变成一种爱国主义精神,这点从《英格兰,英格兰》中的课堂历史吟唱与"英格兰的五十条精华"可以看出。只有当我们知道自己失去了家园,才有可能渴望家园。思乡情绪的产生首先就要求我能够领会到,应当有某个家园使我能栖居其间,其次要求我能够知悉自己的无家状态。而要知道自己处于无家状态,就意味着我必须置身于家园的别处。曾经强盛的家园渐行渐远,80 年代的英国国民对过去的家园充满了怀念,同时也愈发对当下产生了不安与焦虑:

> 旧英格兰逐渐丧失了她的力量、领土、财富、影响和人口。旧英格兰会被拿来同葡萄牙或是土耳其的落后省份相提并论。旧英格兰割断了自己的喉咙,躺倒在阴影重重的煤气灯下,它现在的功能只是作为一个反面教材。旧英格兰失去了她的历史,它也就完全失去了自我意识——因为记忆就是身份。②

---

① Emily Horton & Philip Tew et al. eds. *The 1980s: A Decade of Contemporary British Fiction*. London: Bloomsbury, 2015: 77.

② [英]朱利安·巴恩斯:《英格兰,英格兰》,马红旗译,南京:译林出版社,2015 年,第 300 页。

正是在这样一种英国国民身份处于质疑的状态中，巴恩斯在《英格兰，英格兰》中用一种讽刺与戏谑的方式表达了对怀旧与遗产文化的质疑。在某种程度上，旧英格兰代表着英国国民对国家历史的自恋情结(narcissism)。所以，怀旧在《英格兰，英格兰》里是负面的，拟像王国里返古演员出现身份认同危机，整个乐园混乱不堪，最后退回安格利亚的玛莎也没能找到"真实"。虽然从荷马的奥德赛开始，对返回伊萨卡(Ithaca)的渴望就成为西方文学中返乡之情的原型，怀旧有时被看作一种"社会疾病"，它导致对遗产文化(heritage culture)和极端法西斯主义的迷恋，或者是由资本或国家利益灌输的虚假商业化体验。遗失了的或想象中的家园不再是值得感伤或修复的原始纯真，而是无法追溯过去的团体建立伦理理想的一种方式。换言之，返乡的欲望下所掩盖的是焦虑与不安。

正如巴恩斯在小说中提道："总有些老派的家伙对不列颠帝国念念不忘。"①"我们不再是大国。为什么有人那么难以承认这一事实呢？有时候我们领先，有时候我们落后。而我们真正拥有的，我们应该永久拥有的，就是别人所不具备的：时间的积累。"②帝国主义怀旧代表了一种对主流历史的背书、与残暴统治的共谋。自恋式的怀旧被看作拒绝变革，被用作修补过去、固化遗失了的集体历史。它企图找回过往的乌托邦就表明了它

---

①　［英］朱利安·巴恩斯：《英格兰，英格兰》，马红旗译，南京：译林出版社，2015年，第43页。

②　［英］朱利安·巴恩斯：《英格兰，英格兰》，马红旗译，南京：译林出版社，2015年，第44页。

是静态的、不激进的。① 在《英格兰，英格兰》中，人造公园里
的演员们开始不受控制，分辨不清真实与拟像的差别，把自己
当成了角色中的强盗土匪，然而，"在所有这些合法的疯狂冒
险活动的背后，有一个更加原始的冲动，一种穿越当代生活的
红线而返祖的渴望"②。在皮特曼爵士打造的人造英格兰里，历
史、名人、文化皆为商品，金钱时尚与商业主义就是这个时代的
信仰，所以人们才愈加渴望严肃的原始生活与理想纯真的往昔
年代：

> 个人信仰的丧失和一个国家信仰的丧失，它们不是差
> 不多吗？看看英国发生的事情。古老的英格兰。它什么都
> 不信了。嗯，它现在还是得过且过。它还运转良好。但它
> 失去了严肃性。严肃性在于赞美原始意象：回到它跟前，
> 注视它，感觉它。③

怀旧情结这种与过去息息相关的回忆行为，同时也透露出对当
下现实的无奈与不满。它是基于动荡当下所产生的对过往乌托
邦的向往，尽管这一理想的过去可能并不真实。"公众从原来
十分希望减少世界的不确定性、改变未来那明显的不可信任，

---

① John J. Su. *Ethics and Nostalgia in the Contemporary Novel*. Cambridge: Cambridge University Press, 2005: 6, 8.

② [英]朱利安·巴恩斯：《英格兰，英格兰》，马红旗译，南京：译林出版社，2015 年，第 127 页。

③ [英]朱利安·巴恩斯：《英格兰，英格兰》，马红旗译，南京：译林出版社，2015 年，第 285-286 页。

转而把希望寄托于他们仍依稀记得的过去，他们认为稳定、可信任而有价值的过去。"[1]

　　莫尔认为，在那些由一个智慧而仁慈的统治者领导下的固定之地（topos，如一个城邦、一个城市、一个主权国家），才能实现人类幸福。但是后来的人们认为，要实现人类幸福的前景，就必须与这种固定之地相分离。也就是说，只有个体化、私人化和个人化才能实现人类幸福；人类的幸福不再寄托于那种蜗牛式的家园模式，而附属于人类个体。[2] 与莫尔的乌托邦不同，鲍曼的逆托邦鼓吹秩序具有地方性、非终极性，并抛弃了"达致完美"的思想，也抛弃了无休止地不断变革的观念。[3] 他认为没有任何一种机构可以胜任如此宏大的任务。接下来，就是每个人都分别寻求个人的方案，来应对社会产生的问题，并且运用方案时只依靠个人智慧和技能。每个人自己的方案目标，不再是要建设一个更美好的社会，而是要改善自己在社会中的位置；不再是通过集体努力进行社会改革并从中获得回报，而是通过个人之间的争斗实现个人对战利品的占有。[4] 而这种个人化、私人化的怀旧就使得复古与恋物文化开始流行，因为它们

---

　　① ［英］齐格蒙特·鲍曼：《怀旧的乌托邦》，姚伟等译，北京：中国人民大学出版社，2018 年，第 11 页。

　　② ［英］齐格蒙特·鲍曼：《怀旧的乌托邦》，姚伟等译，北京：中国人民大学出版社，2018 年，第 8 页。

　　③ ［英］齐格蒙特·鲍曼：《怀旧的乌托邦》，姚伟等译，北京：中国人民大学出版社，2018 年，第 14 页。

　　④ ［英］齐格蒙特·鲍曼：《怀旧的乌托邦》，姚伟等译，北京：中国人民大学出版社，2018 年，第 18-19 页。

象征着个人的理想品位与定制的过去。往回看总是显得更好,这并不总因为事物本身有多好,而是彼时人们更年轻,生活更鲜活。

从个人层面来说,怀旧往往意味着个人反思的开始。通过怀旧这一重访过去的行为,人们往往找回了丢失了的道德伦理标准,并在无序的生活中重建了连续的自我。而共同体层面的怀旧则更多出于意识形态以及商业利益,把理想的过去作为凝聚人心、爱国教育的文化内核,其正面意义在于稳固一个虚拟的国民身份;负面来看,则带有帝国主义自恋式的因循守旧,就像20世纪80年代英国左派人士批判以撒切尔为首的新右派那样,这是一种拒绝变革的沉湎,一种逃避现实的金钱主义。怀旧就是一种消除了痛苦的回忆,而这个痛苦就是当下与现状。所以,对经历个人与集体身份断裂的人来说,怀旧就是最好的镇痛剂。

第三节 与过往和解的记忆修正

在个人与集体的层面,当过往成为一种过于沉重的痛苦时,便会被修正甚至删除。人们对过去加以讽刺或修正,将其没收与驯服。巴恩斯经历了从质疑历史真相的可靠性、相信爱的抵抗性到追寻正义、个人身份等具象历史真实的发展历程。[1] 面对不可靠的历史与建构性的怀旧情节,巴恩斯创作的一个重要脉络即通过修正记忆来与人类认识的局限达成和解。

---

[1] 李朝晖:《朱利安·巴恩斯小说中的历史书写》,北京外国语大学博士论文,2017年。

一、记忆的人为操控性

（一）随机、相对、可选择的记忆

记忆从来不是对现实客观准确的记录，时间会让记忆逐渐褪色。巴恩斯说，"我们认为记忆就等于事件加时间。但是事实远非如此。记忆是那些我们以为已经忘记的事情。而且我们理应明白，时间并非显影液，而是溶剂"①。柏拉图认为，人在出生时已经内置了各种知识，但大部分已经遗忘，需要通过终身的学习和生活找回。生理学理论认为，记忆与大脑海马体等皮层的功能有关，从我们降生起，随着神经元与突触的不断代谢消亡，记忆会随之减退，遗忘随之产生，但是不断地重复与固化有助于延长记忆的时效。

记忆具有主观性、局限性及不可靠性，这是记忆操控的前提。记忆通常源于个人的特殊经历，所以，无法确定它是否是客观真实的。很多时候，记忆不受人类意图的控制，因为很多过往事件对人的影响都是无法掌控、突然出现在脑海中的。同时，记忆也是有选择性的，人们往往只记得对自己最有利而非最熟悉的信息，因为人的记忆是可以被区分成众多不同类别的复杂机制的。

记忆现有的类别有很多，如情景记忆（episodic memory）、语义记忆（semantic memory）和程序记忆（procedural memory）。

---

① ［英］朱利安·巴恩斯：《终结的感觉》，郭国良译，南京：译林出版社，2012年，第82页。

情景记忆通常与情景发生的时间、地点和情感有关,简单来说,就是人对生命中经历过的情景的记忆。语义记忆是关于事实与概念的记忆,它的内容可以是不受具体情境影响的普遍知识。程序记忆是长期记忆的一种,它在一定程度上独立于个人可获得的记忆,比如我们记得骑自行车的步骤,但某些脑部疾病,如帕金森症,会阻碍程序记忆。还有分类把记忆分为显性记忆(explicit memory)与隐性记忆(implicit memory)。它们的区别则在于记忆的主动性,是主动认知(recognition)还是无意识地记忆(unconscious remembering)。它们与记忆的启动效应(priming effect)与曝光效应(exposure effect)息息相关。① 成为长期记忆的信息必须先经过短期记忆这一阶段,通过不断重复演练,它们成为长期记忆的可能性就会增大。②

在重复的过程中,记忆修修补补,就像巴恩斯所说的年龄对记忆的影响那样:

> 随着年龄的增长,虚假记忆日渐增加,后来,记忆变成了一件百衲衣。有点像一个黑匣子记录一架飞机失事的全过程。假如没有失事,磁带会自动销毁。如果你没有坠毁,你的航行日志就不那么清楚。③

① Jonathan K. Foster. *Memory*: *A Very Short Introduction*. Oxford: Oxford University Press, 2009: 39, 43.

② Jonathan K. Foster. *Memory*: *A Very Short Introduction*. Oxford: Oxford University Press, 2009: 29, 31.

③ [英]朱利安·巴恩斯:《终结的感觉》,郭国良译,南京:译林出版社,2012年,第135-136页。

学界关于记忆的定义与分类讨论都再次强调了记忆的一个关键本质，《终结的感觉》中托尼就表达了记忆是私人且随意的：

　　向别人讲述我的过去似乎更容易一些，因为我也是这么跟自己说的。我向来把自己与维罗尼卡交往的那段时光看作一次彻头彻尾的失败之举——她对我不屑，我深感羞辱——所以把这段时光彻底从我人生的记录中抹去。但在结婚一两年后，我的自我感觉逐渐转好，对夫妻关系也信心满满，就把交往的事情告诉了玛格丽特。①

从上可知，记忆是有选择性的阐释行为，而不仅仅是被动的储存。人们所记得的事物都是经过调节的。巴特利特（Bartlett）将这种记忆的关键特征称为重建性的（reconstructive）而非复制性（reproductive）的。也就是说，我们的记忆是根据已有的观点、期盼和思维模式所形成的重建。巴特利特认为人们倾向于赋予观察到的事物以意义，而这种意义将影响对这些事物的记忆。②所以，建构学派认为情景是由经历他的人所建构的。这一建构首先包括记忆中的事件，其次包括个人的独特品性。巴特利特在经过一系列实验后，得出结论，认为人们通常将自己所记得的材料合理化。记忆是一种想象性重建，是建立在人们对大量

---

　　① ［英］朱利安·巴恩斯：《终结的感觉》，郭国良译，南京：译林出版社，2012年，第90-91页。

　　② Jonathan K. Foster. *Memory: A Very Short Introduction*. Oxford: Oxford University Press, 2009: 12-13.

过往经验的态度与图像或语言形式等细节之上的。①

记忆的非客观性、非确定性与它的哲学本质也密不可分。记忆、感觉与知觉这三种概念关联密切、相互影响。它们的关系是：生动的感觉输入，成为记忆，再输出的是干预调整后的知觉。休谟认为，印象可以分为感觉（sensation）印象和反省（reflection）印象，并且由之产生的记忆（memory）与想象（imagination）十分类似，只不过记忆的观念要比想象的观念生动和强烈得多。记忆的主要作用不在于保存简单的观念，而在于保存它们的次序和位置，可想象并不受原始印象的次序和形式的束缚，记忆在这方面可说是完全受到了束缚，没有任何变化的能力。② 柏格森在《材料与记忆》中谈及记忆与知觉时说：知觉由两种方向相反的流动造成，其中一种是输入的流动，来自外部对象；另一种是输出的流动，即将与我们所称的"纯粹记忆"分离。③ 当然，记忆也不全来自表象的输入，有些记忆来自行动：并非每一种认知都意味着记忆形象的介入，相反，失去了对形象的辨认性知觉，我们可能依然能够被唤起这些形象。存在一种自发的认知，身体本身就能够做到这种认知，而无须借助于任何清晰的"记忆—形象"。它存在于行动中，而不是存

---

① Jonathan K. Foster. *Memory*: *A Very Short Introduction*. Oxford：Oxford University Press，2009：17.

② ［英］休谟：《人性论》，关文运译，北京：商务印书馆，1996年，第19-21页。

③ ［法］柏格森：《材料与记忆》，肖聿译，南京：译林出版社，2011年，第115页。

在于表现中。① 例如，知觉唤醒听觉记忆，而记忆又将激发表象。② 如巴恩斯在《没什么好怕的》中说道："我生，我死，曾念我，终忘我。父母的声音除了在我脑海中复现，不再存于世间。"③已不复存在的表象依然因为记忆而存在。

从记忆与知觉的产生过程可以看出，在复现的过程中，在回忆输出的过程中，记忆从来都不是纯粹而绝对的，而是修正、调整过的产物。就像巴恩斯在《没有什么好怕的》中所说：

　　对年轻大脑来说，记忆仿佛是关于所发生的事情的精准影像，而不是经过加工和渲染的摹本。成年后就多了估测、善变和怀疑；为了驱逐怀疑，我们不断复述那熟悉的故事，假装叙述的可靠性能成为真相的证据。但是，孩童或者少年却很少质疑过去所拥有和赞颂的记忆那明亮而清晰的真实性和精确性。因此，在那一年龄段，认为我们的记忆就像储存于某一行李寄存处一般是合乎情理的。我们都知道人老了就会有些看似矛盾的东西，届时我们会开始回忆失落的少年时代的碎片。然而，这似乎只是让我们确信一切真的在那儿，在某个有条不紊的大脑储物间中，无

<hr>

　　① ［法］柏格森：《材料与记忆》，肖聿译，南京：译林出版社，2011 年，第 77 页。

　　② ［法］柏格森：《材料与记忆》，肖聿译，南京：译林出版社，2011 年，第 109 页。

　　③ ［英］朱利安·巴恩斯：《没什么好怕的》，郭国良译，南京：译林出版社，2019 年，第 260 页。

论我们能否取用。[①]

直至今日，记忆机制的三步骤，即编码（encoding）——储存（storage）——检索（retrieval），在相关科学研究中一直很有影响力。一旦任意一个环节出现问题，记忆就可能失效。编码的常见问题是注意力不集中，存储环节常常出现遗忘，而检索环节则可能出现可用信息（availability）与可获取信息（accessibility）之间的不符。有学者指出，我们记忆的牢固程度取决于编码的完成度与深度，以及检索记忆时背景环境（context）与编码环节的匹配程度。没有具体提示的回忆称为自由回忆（free recall），而具有明确指向性提示的叫作提示回忆（cued recall）。[②]

在《终结的感觉》中，那本尘封的日记就是开启主人公托尼记忆检索的提示物。维罗尼卡母亲的遗嘱和艾德里安的日记启动了托尼对自己过往历史的修正，寻回了被记忆扭曲、删改甚至完全抽毁的片段。[③] "你最后所记得的，并不总是与你曾经目睹的完全一样。"[④]我们所目睹的现实，我们记忆中的事件与我们最终表述出的故事极有可能是三个风格迥异的版本。虽然记

---

① ［英］朱利安·巴恩斯：《没什么好怕的》，郭国良译，南京：译林出版社，2019 年，第 44 页。

② Jonathan K. Foster. *Memory：A Very Short Introduction*. Oxford：Oxford University Press，2009：51.

③ 陆建德："回忆中的新乐音"，见《终结的感觉》中译本前言部分第 7 页。

④ ［英］朱利安·巴恩斯：《终结的感觉》，郭国良译，南京：译林出版社，2012 年，第 3 页。

忆的不可靠性受人脑、疾病、衰老等客观生理因素的影响，但很大程度上是一种主观调整行为。

（二）记忆操控的身份与伦理意义

而修正记忆的意义与目的之一就是保证自我的同一性。当我们定义自己时，常见的指标有性别、族裔、年龄、职业或是成就，如教育背景、房产、婚姻或孩子，抑或是个性特征，乐观悲观、有趣严肃或者自私自利，但真正定义一个人的来源在于个人记忆。记忆不仅是个人身份的基石，同时塑造了我们所经历过的事件，还决定了我们未来发展的潜力。

但不同时段的我是同一个自我吗？巴恩斯在小说中涉及这个话题时，提到了一个公元前 5 世纪关于细胞更新的笑话。这笑话说"一个家伙拒绝偿还债务，因为他已经不再是当时借钱的那个人了"[1]。记忆与个人身份的问题一般归结为存续问题（persistence question），即两个不同时间里存在着的一个人，需要具备什么条件才能证明是同一个人，公式记为：如果某人 X 在一个时间里存在，而某人 Y 在另一个时间里存在，在什么情形下 X 为 Y？目前确立的记忆标准是：在某时刻存在的某人 X，必然为在另一时刻存在的某人 Y，当且仅当 X 能在第一时间回想起 Y 在第二时间拥有的体验；反过来亦然。[2] 巴恩斯在《终结

---

① ［英］朱利安·巴恩斯：《没什么好怕的》，郭国良译，南京：译林出版社，2019 年，第 50 页。

② 李尼、王爱菊：《后现代主义文学的一个艺术特征——基于巴恩斯作品中"记忆即身份"主题的分析》，2020 年第 6 期，第 89 页。

的感觉》中就说,年轻时候的我,诅咒他们;年老的我,见证
了诅咒的结果,两个我心情截然不同。①

正是记忆将不同时段的自我联系起来,形成了一个连续而
完整的人格。奥古斯丁将记忆比喻成宫殿,并指出记忆是属于
过去的,这个过去是我的诸多印象的过去。凭借这个特点,记
忆保证了人格的时间连续性、同一性。虽然我们的记忆是私人
而内在的,但没有记忆我们就无法采取外在的行动。所以很多
因为意外或疾病而失忆的人,也就失去了自我的同一性,没有
过去,也就没有了责任。

除却保持自我同一性这一目的,修正记忆还具有伦理功能
与意义,即如前所述,虚构或者捏造记忆有时是一种心理防御
机制,但我们有需要记住的责任。自我欺骗这种趋利避害的人
性本质是基于人类自私的基因,也是进化繁衍的结果。巴恩斯
也曾在作品中说:

> 我认为记忆有不同的真实性,而且这不同的真实性各
> 不逊色。按照记忆者的要求,记忆会自动分类和切换。记
> 忆会优先考虑最利于帮助记忆者奋力前行的内容。因此,
> 出于自身利益,人们首先会挖掘较为快乐的记忆。②

《终结的感觉》就是一部围绕记忆与责任展开的小说。在托尼的

---

① [英]朱利安·巴恩斯:《终结的感觉》,郭国良译,南京:译林
出版社,2012年,第178页。
② [英]朱利安·巴恩斯:《唯一的故事》,郭国良译,南京:译林
出版社,2021年,第18页。

两种回忆中，同样的一封信却显示为截然不同的两个版本。一种版本是对好友艾德里安与自己前女友维罗尼卡恋爱的祝福，另一种版本则是他在幡然悔悟后坦白的版本，信里全是对这两人的恶意与诅咒，甚至充满死亡暗示。例如，信的抬头就称维罗尼卡为"贱女人"①；托尼在信里将维罗尼卡说得非常不堪："她会带着一袋三个避孕套，猴急地向你投怀送抱。她是个控制狂。她还是个势利眼，嫁你是因为你的剑桥头衔。"②青年托尼还对他们的关系施加诅咒："希望你们缠绵相守，以给双方造成永久伤害；我希望你们后悔那天我介绍你们认识；我诅咒你们一生凄楚，它会一点点毒害腐蚀你们往后的关系。"③

可怕的是，托尼的诅咒大部分都应验了："我隐隐希望你们有个孩子，因为我坚信时间是复仇大王，没错，将报复施予一代代后人……现在我是不能把你怎么样，可是时间会有所作为。时间会说明一切。它永远都会。祝愿酸雨降临在你们俩油光闪闪的头上。"④他还建议艾德里安去接触维罗尼卡的母亲莎拉："如果我是你，我会向她母亲问清楚她曾经所受的创伤。"⑤

---

① ［英］朱利安·巴恩斯：《终结的感觉》，郭国良译，南京：译林出版社，2012 年，第 123 页。
② ［英］朱利安·巴恩斯：《终结的感觉》，郭国良译，南京：译林出版社，2012 年，第 123-126 页。
③ ［英］朱利安·巴恩斯：《终结的感觉》，郭国良译，南京：译林出版社，2012 年，第 124 页。
④ ［英］朱利安·巴恩斯：《终结的感觉》，郭国良译，南京：译林出版社，2012 年，第 123-126 页。
⑤ ［英］朱利安·巴恩斯：《终结的感觉》，郭国良译，南京：译林出版社，2012 年，第 123-126 页。

最终,艾德里安、维罗尼卡与她的母亲莎拉三个人的确一生凄苦。因为托尼的这封信,艾德里安去请教维罗尼卡的母亲莎拉,最终与其相恋,这段不伦恋中莎拉还生下了一个智力有缺陷的孩子。入世未深的艾德里安因为受不了舆论的压力而选择自杀,他自杀前在日记里反复思索的数学公式就是对五人关系的阐释:

那么你如何表达一个包含 b,a^1,a^2,s,v 五个整数的累加赌注呢?

$b = s - v + a^1$

或 $a^2 + v + a^1 x S = b$?[①]

这个公式就是五人名字的缩写:b 代表婴儿,a^1 代表艾德里安(Adrian)自己,a^2 代表安东尼(Antony)即叙述者托尼,v 代表维罗尼卡,s 代表莎拉。婴儿的到来让艾德里安深陷错综复杂的关系中,无法面对即将到来的沉重责任。

不能排除托尼的恶意为导致好友乱伦并自杀的潜在诱因。这个孩子后来一直由维罗尼卡照顾,也就是托尼一开始在路边看到的,误以为是维罗尼卡孩子的那个残障男孩。

小说第二部的第一页,托尼设定自己站在未来的某一点回望过去,体会岁月或时间带来的新情感。托尼在自己这封粗鄙的信面前低下头来,他向维罗尼卡真诚致歉,并通过搜寻记忆深处角落里的点点滴滴来建构一个新的自我。原来他关注的焦

---

① [英]朱利安·巴恩斯:《终结的感觉》,郭国良译,南京:译林出版社,2012 年,第 111 页。

点总是自己。① 他关注自我、弱化他人的根本原因，是无法面对平庸的自我和卓越的他人：艾德里安智力超群，他喜爱的作家是加缪和尼采，可见高出同学一截。托尼颠倒时间次序，图的是自己的方便。他习惯于从最坏的方面来认识别人的动机，一而再，再而三。②

　　理智与良知促使人们在满足基本动物需求后，专注思考人生的目标与意义这类超越性需求。直视自己的内心，修正矫枉的记忆，依照伦理要求审视自己对他人的责任，从而实现自我。这时的记忆修正成为勇敢揭开痛苦防卫机制，将自己剖开的行为。这种行为到了老年会愈发频繁地出现，因为走向自我实现的道路是日积月累的。人至暮年，这类哲学与宗教层面的人生话题会更加凸显。要寻求满意的答案，必须经历重新回顾个人记忆这一历程。同理，对于集体记忆的伦理重建也必须对已有的历史记忆进行调整。赵汀阳指出：

　　　　既然历史不是一种严格的知识，那么历史就是包含创造性的叙事，正是历史叙事创造了共同体记忆和共同体经验，使历史成为文化传统自身复制的一种形式，它给每一代人解释了"我们"从哪里来，是什么样的、做过什么伟大事迹或做过哪些愚蠢的事情，它塑造了可以共同分享的经

---

① 陆建德："回忆中的新乐音"，见《终结的感觉》中译本前言部分第9页。

② 陆建德："回忆中的新乐音"，见《终结的感觉》中译本前言部分，第4-6页。

验、一致默会的忠告、不言而喻的共同情感和作为共同话题的记忆。总之,历史承载着可以共同分享的精神故事,而这些故事又成为解释现实生活具有何种意义的精神传统。①

作为集体记忆的历史对凝聚民众、创建家园的归属感是极其重要的,但对集体记忆的伦理重建与修正必须建立在认识到历史是动态的而非静止的这一前提下。利科认为,历史应该在记住什么、以何种方式和何种形式这些方面建立标准来训练记忆。因此,历史是为了生产出一个可伪造集体身份的集体过去而刻意培养的记忆。② 诚然,集体记忆在不断被修订,但始终从元历史的视角批判及审视集体记忆,有助于为共同记忆筑起一道伦理之篱。

二、作为和解手段的记忆修正

记忆修正首先可以将叙事作为一种和解手段。当记忆可以被训练、被强化时,它与叙事之间就产生了一种复杂的关系。记忆影响了我们的叙事,我们只能说出我们记得的东西;叙事也可以影响记忆,有些故事重复多了,也就被吸纳进了记忆。龙迪勇认为,叙述的对象并不是原生事件,而是意识事件。所谓原生事件,就是在生活中实在而原本发生的事件,但其只在

---

① 赵汀阳:《没有答案:多种可能世界》,南京:江苏凤景文艺出版社,2020年,第237-238页。

② [美]海登·怀特:《叙事的虚构性:有关历史、文学和理论的论文(1957—2007)》,马丽莉等译,南京:南京大学出版社,2019年,第394页。

理论上存在，因为事件一经发生，必须被感知到，才能进入人的意识，从而为人所认识、记忆和叙述。进入叙述者的意识并最终进入叙述过程的事件，是经过"选择性记忆"处理之后的结果①。陆建德在《终结的感觉》中译版序言中也评论道：

> 　　记忆作弄人，只说明时间是宰制一切的神力："时间先安顿我们，继而又迷惑我们。我们以为自己是在慢慢成熟，而其实我们只是安然无恙而已。我们以为自己很有担当，其实我们十分懦弱。我们所谓的务实，充其量不过是逃避现实，绝非直面以对。"托尼突然明白，他以往的人生故事是讲给别人听的，更是讲给自己听的，免不了有很多下意识的调整、修饰和剔除。②

记忆与叙事（语言）类似，都是经过主体修正的不可靠产物。本质上，它们都是杂乱无章、毫无逻辑的碎片，因为种种目的而整合成了人生故事，抑或是宏大的历史：

> 　　莱辛将历史描述为将各种偶然事件秩序化，而我觉得人的一生正是这一历史的缩减版。机缘与自由意志相互作用。人生的破事一件接一件，在展开、变奏、再现、尾声

---

　　①　龙迪勇：《记忆的空间性及其对虚构叙事的影响》，《江西社会科学》，2009 年第 9 期，第 50、52 页。

　　②　陆建德："回忆中的新乐音"，见《终结的感觉》中译本前言部分第 8 页。

和解决之前，并没有可以明确宣告的主题。①

随机、去情节化的非线性书写是巴恩斯实验式写作的一大特点。他的作品中出现了许多通过叙事"玩弄"记忆的隐含作者。纽宁在介绍"不可靠叙述"概念时提到兰瑟区分了"不可信叙述者"（untrustworthy narrator）和"不可靠叙述者"（unreliable narrator），前者是由于不健全导致的，可以理解成是无意造成的；后者往往是讲故事的方式有问题，也就是故意成分居多的。②

《终结的感觉》这部小说就是讲述主人公托尼向读者坦白自己怯懦的过程，托尼所面临的任务是透过记忆的迷雾认识他自己的"编织"，他那几乎是出于自我保护的潜意识中"安慰性的编造功夫"③。通过坦白与修正记忆，托尼将潜意识下的黑暗自我暴露出来，重新获得了生命的活力。陈博认为，《终结的感觉》以片段记忆为叙事的内容与形式，运用异质性重复的叙事技巧呈现片段记忆的动态运作过程。小说不仅以不可靠叙事反映了记忆的认知谬误与其固有的建构特质，而且以叙事行为本身构成了主人公托尼的伦理性言说，构成他不断趋近他者的履责行为。④

---

① ［英］朱利安·巴恩斯：《没什么好怕的》，郭国良译，南京：译林出版社，2019 年，第 225 页。

② ［德］安斯加·F·纽宁："重构'不可靠叙述'概念：认知方法与修辞方法的综合"，收录于詹姆斯·费伦 & 彼得·J·拉比诺维茨：《当代叙事理论指南》，申丹等译，北京：北京大学出版社，2007 年，第 86 页。

③ 陆建德："回忆中的新乐音"，见《终结的感觉》中译本前言部分第 13 页。

④ 陈博：《论〈终结的感觉〉中的记忆叙事伦理》，《当代外国文学》，2018 年第 1 期，第 96 页。

把创伤性的、压抑的共同记忆公开的行为是具有疗愈性的，这是克服过往伤痛所带来的非理性，以及获得内心平静的唯一方法。揭开过去的真相会带来社交宣泄，从而带来和解。[1] 在《终结的感觉》中，托尼自认为是爱情与婚姻的双重受害者，可后来变成了一位幡然悔悟者，这中间究竟发生了什么？是因为30年前的那位受害者所具备的基因构成与今天这位悔悟者完全不同，还是因为回忆的内容得以修正使然？显然，后者才是可接受的答案。[2] 当自我概念遇到威胁的时候，"自我"会抓住一切机会调和内在冲突。而为自己的生活负责往往伴随着痛苦，人们本能地倾向于逃避这一痛苦，这也是导致主体混乱的根源。

和托尼一样，巴恩斯笔下的众多不可靠叙述者通过隐瞒、推翻前述、犹豫叙事或是错乱式自白以模仿记忆的相对性、选择性本质，或满足自欺的人类潜意识本能，实现社交的宣泄，从而让分裂错乱的主体与现实达成和解。

在小说《伦敦郊区》里，主人公克里斯本想向妻子邀功，因为自己抵御住了年轻美女的诱惑，结果妻子对此却表现得十分平静，甚至还讲述了一段自己隐瞒的出轨轶事。克里斯为了不落下风，又改口称，其实自己和那个年轻女孩发生了关系，还

---

[1] Avishai Margalit. *The Ethics of Memory*. Cambridge： Harvard University Press，2002：5.

[2] 李尼、王爱菊：《后现代主义文学的一个艺术特征——基于巴恩斯作品中"记忆即身份"主题的分析》，《学术论坛》，2020年第6期，第89页。

不忘奉承妻子是"高级红酒",对方是"便宜货"。① 克里斯是否出轨,真相究竟为何,读者无从知晓,一切都来自主人公"我"的记忆与叙述,所以才会出现前述的改口、前后矛盾、模棱两可这类不可靠叙述标志。不可靠叙述的标志之一就是文本矛盾。② 也许所有上述关于出轨的讲述都是编造的、虚假的记忆。但结合小说之前的介绍,主人公的妻子玛丽恩是"有钱人家的独生女",他没感觉到多少爱情,但"金钱能让爱情之火越烧越旺",③ 可以推断,克里斯通过将这件"记忆中的事"拿出来和妻子讨论,又试图用叙述策略伪造记忆,以弥平自己与条件优渥的妻子之间权力关系的嫌疑。

除开自欺式叙述,还有选择性叙事,正如巴恩斯在《福楼拜的鹦鹉》里指出,我们"记住的不是那些做过的事,而是关于往昔的期待"④。在"谁捡到,就归谁"这一章里,故事的主线是讨论主人公布拉斯韦特获得并处理福楼拜信件原稿的问题,但中间却穿插了许多他对妻子的回忆、福楼拜与朱丽叶·赫伯特

---

① [英]朱利安·巴恩斯:《伦敦郊区》,轶群、安妮译,北京:外语教学与研究出版社,2020年,第209页。

② [德]安斯加·F·纽宁:"重构'不可靠叙述'概念:认知方法与修辞方法的综合",收录于詹姆斯·费伦 & 彼得·J·拉比诺维茨:《当代叙事理论指南》,申丹等译,北京:北京大学出版社,2007年,第91页。

③ [英]朱利安·巴恩斯:《伦敦郊区》,轶群、安妮译,北京:外语教学与研究出版社,2020年,第81页。

④ [英]朱利安·巴恩斯:《福楼拜的鹦鹉》,但汉松译,南京:译林出版社,2016年,第17页。

关系的猜测。布拉斯韦特作为福楼拜的不可靠阐释者①，提示读者在证据(福楼拜的信)缺乏或无法确定真假的情况下，记忆与叙事一样，全凭主体的心情与状态，或者听者的喜好。"福楼拜动物寓言集"一章里，布拉斯韦特刻意将福楼拜与宠物相处的细节以编年史的形式展现出来，例如，"1853 年 居斯塔夫在克鲁瓦塞独自和一只无名狗吃饭；1867 年 宠物狗(没有名字，也不知品种)被耗子药毒死"②。这些讽刺说明，记忆和叙事一样，可以用微小的荒诞掩盖所谓宏大的事实，记住我所认为重要的就和叙述我所想说的一样，随机而合理。同样的事件，从两种不同的视角阐释，将呈现出不一样的内涵。巴恩斯在《终结的感觉》里说道，"当我蓄意宣称历史不过是胜利者的谎言时，它也是失败者的自欺欺人"③。记忆与叙事的视角主义实用价值在于，人们需要主动或被动地对个人的历史进行干预和调整，从而让自己能够更好地面对自我与当下，积极地生活。

---

①　"不可靠性有时被看作是读者的一种阐释策略，而不是叙述者的人物特征。决定一个叙述者是否可靠，这并不是一种纯粹客观的描述行为，而是富有主观色彩的价值判断或投射，受到批评家的规范预设和道德信念的控制，但是人们往往没有认识到这一点。怪僻性格、异常信念、变态行为以及语无伦次都是不可靠叙述的重要提示。"参见安斯加·F·纽宁："重构'不可靠叙述'概念：认知方法与修辞方法的综合"，收录于詹姆斯·费伦 & 彼得·J·拉比诺维茨：《当代叙事理论指南》，申丹等译，北京：北京大学出版社，2007 年，第 88-89；97 页。

②　[英]朱利安·巴恩斯：《福楼拜的鹦鹉》，但汉松译，南京：译林出版社，2016 年，第 72-73 页。

③　[英]朱利安·巴恩斯：《终结的感觉》，郭国良译，南京：译林出版社，2012 年，第 157 页。

以记忆修正达到和解的第二个方法即通过遗忘。米建国提出，忘记不仅对我们的心理或认知具有一种积极正面的帮助，它也可以在伦理学或知识论上成为一种美德。"忘记"是平衡各种心理状态的重要功能，也是人类认知机制的重要能力。不能忘记或遗忘的人，有时候是对人类认知的一种障碍，对人类身心发展也是一种威胁。在中国哲学中，"忘"也是个重要的修养，所以有"坐忘"这个概念。对于有限的生命，面对"知无涯"时，"坐忘"是一种智德。①

在爱情续曲的前部小说《尚待商榷的爱情》中，主人公奥利弗通过遗忘与现实达成了和解。他在人生的头18年里与父亲的关系极其糟糕，事业也一塌糊涂，都是不堪回首的记忆。他在小说里言及，"记忆是一个意志行为，忘却也是"②。从小说中三位主人公的人物性格肖像可以得知，奥利弗并不是被动忘却，而是主动回避，以此来与现实达成和解。表面上看，奥利弗性格外向，颇有女性缘，言行举止天马行空、别具一格，与刻板沉闷的斯图尔特形成了鲜明对比。但这是他主动忘却自己与独断专行、暴力蛮横的父亲不愉快记忆的结果。如若不然，奥利弗将深陷心灵的苦闷而郁郁寡欢，无法成为小说所描绘的一个极具生活智慧的人物。

除了利用遗忘来对抗残酷的生活，还有主人公利用遗忘重

① 米建国：《记忆与忘记：一个知识论的探究》，《哲学分析》，2020年第3期，第10页。

② ［英］朱利安·巴恩斯：《尚待商榷的爱情》，陆汉臻译，上海：文汇出版社，2020年，第15页。

拾勇气。《凝视太阳》里的女主人公婕恩在经历因为不孕的误会而遭受丈夫嫌弃与粗暴对待后，决定出走，并自力更生养活自己和孩子。通过独自出门旅行、参观"世界八大奇观"、结识勇敢的新女性等一系列行动，婕恩逐渐重拾了对生活的勇气。这时，她突然发现自己已经想不起来与丈夫迈克在一起时的愤怒和蔑视了，对男女之间充满敌意的关系也没有感觉了，进而感叹道："人的脑子总是有办法把无益的记忆扔到废物处理单元中去。忘掉昨天的恐惧，就保证了今天的存活。"①

　　因为人是有限度的存在，所以遗忘是与生存现实达成和解的必要手段。研究表明，"一个有限的认知主体，如果要让他的记忆功能能够良好运作，必须有某种形态的'忘记'。'消除'我们记忆中的不必要障碍，才可以使主体在整体信念系统中保持最佳的认知状态"②。《福楼拜的鹦鹉》"包法利夫人的眼睛"这一章里就提到了主动遗忘的益处。其中，布拉斯韦特评价，像斯塔基博士这样深究"包法利夫人眼睛颜色"的学者被记忆所折磨，被过去所束缚，无法摆脱自己读过的书籍和评论的影响，而普通读者却可以轻松忘却。除开为心灵减负、清理出空间的功能外，遗忘还意味着宽恕，而宽恕能够改善人际关系、减轻身心压力，从而有益于摆脱成瘾性嗜好。但遗忘与宽恕不意味着否认伤害，而是通过遗忘来停止他人对我们持续不断的伤害，逃离受害者的角色。

---

　　①　[英]朱利安·巴恩斯：《凝视太阳》，丁林棚译，北京：外语教学与研究出版社，2018年，第145页。

　　②　Robert M. Young. The Limits of Man and His Predicament[C]. *The Limits of Human Nature*. New York：E. P. Dutton & Co., Inc, 1973：11.

小　结

巴恩斯认为，对于过往和历史，人的认识存在着局限，这是因为历史是建构的叙事，怀旧是人造的乌托邦，而作为和解手段的记忆修正可以通过叙事和遗忘改编过去。

首先，后现代之后的历史客观真实性已被高度消解。无论是本体论层面的历史本质，还是认识论层面的认识历史的手段都是主观人为、不可靠的。人类的感官与理性均存在矛盾与限度，集体层面又存在意识形态与共同体建构的需求，所以，历史本质上是一种被干预的、伪装客观的虚构。其次，人们认识历史的手段是有局限的，比如不可靠的物证与具有主观性的历史学家。人们认识的发展程度，总是受到历史条件的制约。从认识论意义上来看，这种制约人们认识发展的历史条件，归根到底，主要是指时代的实践物质手段的发展状况与水平。这种物质手段达到什么程度，人们便认识到什么程度。[①]

虽然作为历史证据的遗留物具有一定客观性，但物仍然具有虚无的内在缺陷。除却历史物证的可疑性，历史学家的主观性也是历史具有相对性的重要原因。尼采认为，"每一个人首先带来了一种沉思：一个人的历史认识和感觉可能是很有限的，他的视域可能像阿尔卑斯山山谷居民的视域一样狭隘，他会把一种不义置入每一个判断，会把失误置入每一个经验，好像他

---

①　赵凤岐、桉苗：《论绝对与相对》，南京：江苏人民出版社，1982年，第77页。

是第一个有这种经验的人似的"①。历史学家在筛选与阐释历史时，不可避免地带入自己的"沉思"或称个人有限的视角，这样一来，历史的普遍代表性就被降低。鲍曼也早就提出，在后现代主义之后的世界，知识分子不再是立法者，而是阐释者。当代知识分子的身份也是有限度的，他们应该降低为人类代言的欲望，而认识到每一种言论都是有局限性的。

巴恩斯认为怀旧情节在后现代之后的盛行，一定程度上体现了后人类主义社会下人们对身份断裂的承认，以及对集体乌托邦理想的怀念与再造愿景。从个人的角度而言，人们不愿承认人性自私、懒惰、嫉妒的弱点，时常准备开启自我防御机制，就像巴恩斯说的"第一本能总是怪罪别人"②。当潜意识里真相和假象产生冲突时，"自我"篡改现实，产生认知失调，随后防御机制开启，包括逃避、否认和辩解等。但这些防御机制不仅没有带来保护，反而带来更多的不稳定和不安全因素。弗洛伊德神经症论的核心就是，基本的自我防卫总是会演变为自我欺骗。真相与我们接受真相的能力之间所隔的这条鸿沟越宽，我们的心理就越脆弱。对过往的怀旧以及自我防御机制的开启，彰显了人类认识与主体的局限。集体层面的怀旧与沉湎回顾帝国的荣光，则是撒切尔时期普遍社会焦虑的投射。

针对上述人类认识层面的局限与客观真实消解的后现代困局，本书发现巴恩斯提倡通过叙事与遗忘来修正记忆，从而达成

---

① ［德］尼采：《不合时宜的沉思》，李秋零译，上海：华东师范大学出版社，2007 年，第 143 页。

② ［英］朱利安·巴恩斯：《10½章世界史》，林本椿、宋东升译，南京：译林出版社，2010 年，第 25 页。

和解。这一策略的前提是记忆的高度可塑性。因为我们可以随时根据需求削弱或强化记忆，所以它也许永远不会定型。在人文主义语境下，思想的主体往往是可靠的，一个可靠叙述者也是一个理性、展现自我的人本主义主体，而在该主体的世界里，语言是一种能够反映"真实"世界的透明中介。① 然而，后人文主义思潮下的主体已然分裂错乱，其语言媒介也变得晦暗不明。

与此对应，巴恩斯的小说中出现了许多通过叙事来修正记忆的人物与情节。以第三人称视角回忆过去会大大减轻痛苦，这种间离的手法能让人更快地放下过去。随机、去情节化的非线性书写，加上不可靠叙述者通过隐瞒、推翻前述、犹豫叙事或是错乱式自白模仿记忆的相对性、选择性本质，或满足自欺的人类潜意识本能，或实现社交的宣泄，从而让分裂错乱的主体与现实达成和解。潜意识就像一间私人房间，总是放映过去的影片，那里保存了创伤和痛苦的记忆。记忆的修正也需要遗忘，因为为了主体今天的存活，就要清空昨天的怨恨。而当否认逃避现实和真相的人物不再否认，而是承认现实的存在，重塑个人身份，履行自己的伦理职责，认识到必须在现实世界中满足自己的需求，和解与治愈才能取得成功。正如《10½章世界史》"幸存者"章节里的凯思所说，"我们一定要看事物的真相；我们不能再依靠虚构。这是我们唯一的生存之道"②。

---

① [德]安斯加·F·纽宁："重构'不可靠叙述'概念：认知方法与修辞方法的综合"，收录于詹姆斯·费伦 & 彼得·J·拉比诺维茨：《当代叙事理论指南》，申丹等译，北京：北京大学出版社，2007年，第90页。

② [英]朱利安·巴恩斯：《10½章世界史》，林本椿、宋东升译，南京：译林出版社，2010年，第102页。

第二章 "他们被分为洁净的和不洁的"
——边界的局限与和解

　　人文主义的哲学框架建立在两极对立之上，在性别、种族和物种等多个层面构建了自我与他者的二元对立，如男/女、白/黑、人类/非人类等。如德里达所言，处于对立关系的两极并非均衡对等，而是一强一弱，前者是强权的中心，是价值的决定者与宰制者；后者是从属的他者，是被决定的依附者和受治者。自20世纪60年代以来，传统人文主义中的二元对立逐渐被女性主义、后殖民主义和生态批评理论所解构和击破。

　　与人文主义的观点相反，后人文主义拒绝人类中心主义，不承认只有一个中心，而是认为有很多不确定、离散、游动的中心。后人文主义声称，在一个共同认可的中心缺失境况下，可以建构一种尊重万物的价值中心。后人文主义主张修复人类与他者的关系，以更加谦卑的姿态面对自我与世界①，指出人

――――――――――

① Christine Daigle & Terrance H. McDonald. "Introduction：Posthumanisms through Deleuze and Guattari". *From Deleuze and Guattari to Posthumanism：Philosophy of Immanence*. London：Bloomsbury Academic，2022：1.

类与他者的二元对立从来都是流动性的，自我的意义就建立在对所塑造他者进行述行性否定的过程中。① 后人文主义的后二元论(post-dualism)认为，只有在解构传统二元论的情况下才能消解自我与他者之间严格封闭的边界，才能达到多元并济、和谐共存的和解状态。

"他们被分为洁净的和不洁的"源自《旧约·创世记》第 7 章第 2 节，指大洪水时期，耶和华指示诺亚，他们一家人要在进入方舟时带上七公七母洁净的畜类和一公一母不洁净的畜类，所以，畜类被分为洁净的和不洁净的。而这句话在巴恩斯的《10½ 章世界史》小说里反复出现："诺亚宣布动物分为两个等级：洁净的和不洁净的。允许七个洁净动物上方舟，不洁净的上两个。这种不平等政策让洁净动物自己都不自在，它们很快领悟到所谓'洁净'不完全是福。'洁净'意味着它们可食用。"②无论是"偷渡者"章节里的动物、"不速之客"一章里的人质、"海难"章的挣扎者，还是"三个简单故事"里圣路易斯号的犹太人，他们都被卷入这样一种西方传统话语的二分法中。

除了《10½ 章世界史》，巴恩斯的多部小说都关注了物种、性别以及种族的对立。巴恩斯通过一系列反讽、寓言、戏仿、拼贴、互文的文学手段凸显了二元对立的残暴与荒谬，提倡一种延续了解构主义的后二元论，即作为共同网络中的平等共存

① Francesca Ferrando. *Philosophical Posthumanism*. London：Bloomsbury Academic，2019：54.

② ［英］朱利安·巴恩斯：《10½ 章世界史》，林本椿、宋东升译，南京：译林出版社，2010 年，第 9 页。

者这样的多(一)元观，主张聆听边缘被中心遮蔽了的声音，体现了后人文主义去中心化、同生共进的理念。

第一节　中心与边缘的强制边界

一、物种边界——从"人/动物"到"人动物"

《10½章世界史》采用了诺亚方舟等圣经隐喻，并运用后现代主义戏仿写作手法将整个人类世界史塑造成一场无序的神话。它既不是一部按年代顺序写的编年史，也不是一部完全虚构的小说。书中有虚构也有事实，有散文、小说，也有随笔。全书十又二分之一章，看起来互不相干，各自独立，或者说像是一部短篇小说集，但细读起来又是一个整体，小说中一再出现的诺亚方舟以及方舟的变体成了贯穿全书的基本意象和情节主线。这个贯穿于小说始终的基本意象和情节主线，概括了人类生存的本质，也概括了一部世界史。在这样一部世界史中，人与动物之间的二元对立多次出现。

首先，在《10½章世界史》里，上帝的"海军上将"诺亚一家与诺亚方舟上的动物们呈现出严格苛刻的等级之分。第一章"偷渡者"就对《旧约》创世记进行了戏仿，在开篇的远景描述中，人与动物分属不同等级，有着天壤之别：

> 河马象连同犀牛、河马和大象都关在舱内来压舱，不过你可以想象那股恶臭。每隔几个月，清垢鸟就被放入舱

125

> 内打扫畜舍……我并不是一个很容易恶心呕吐的人，但一看到那甲板下的境况也会毛骨悚然：一长溜两眼眯斜的怪兽在阴沟洞里让人修剪指甲……方舟上纪律严明，可不像你小时候在儿童室里玩彩色积木时见到的景象——一对对动物喜气洋洋，住着干净舒适的棚圈，隔着栅栏向外张望。①

动物不仅住在恶劣的环境中，而且还有专门的"劳役"动物完成人类不乐意从事的工作，例如打扫卫生、做苦力活。在即将着陆之时，诺亚又试图以"为动物免费供水和严冬增加饲料"②的承诺来引诱那批不精明的动物留下来，帮他兴建陆地的宫殿。在这一充满讽刺与隐喻的章节里，动物，例如前述的"清垢鸟"，成了被掌握了生存资源的人类资本家所剥削的劳动阶级。

动物处在"上帝—人—动物"等级的最底端。关于动物的从属地位，西方传统文化认为上帝在《圣经》中对动物作出了这样的规定。亚里士多德认为，因为动物没有人类道德和理性，所以，它们处于从属地位。人有理性，所以人应该处于物种的统治地位。③ 还有观点认为，动物没有羞耻心，所以动物属于劣势地位："裸体区分了人和动物，因为动物不因为衣不蔽体而

---

① ［英］朱利安·巴恩斯：《10½章世界史》，林本椿、宋东升译，南京：译林出版社，2010年，第3-4页。

② ［英］朱利安·巴恩斯：《10½章世界史》，林本椿、宋东升译，南京：译林出版社，2010年，第23页。

③ David Roden. *Posthuman Life*：*Philosophy at the Edge of the Human*. London：Routledge, 2015：12.

感到羞耻。"①"人类对动物的统治是正常的，因为动物仅仅是物体。"②诺亚把动物当作工具、食物，但对于上帝"只知道盲目服从，一半时间讨好上帝，另一半时间拿我们出气"③。"洁净与不洁净"的动物分类是上帝对诺亚的指示，所以，根据小说，迫害链条的根源还是在于上帝。于是这部带有"渎神"意味的戏谑小说变相给予了底层动物申辩的渠道。

《10½章世界史》里诺亚方舟的故事一反常规，采用了木蠹的视角。在木蠹眼中，以诺亚为代表的人类不尊重动物、随意压榨，造成了动物他者的悲惨境地。木蠹多次表达了自己作为动物对二元统治与被统治地位的质疑：诺亚和大猩猩比，明显后者更优越，"动作灵巧、肌肉发达"；"我们在方舟上老是弄不明白，上帝为什么不选更合适的物种，偏要选人做他的门徒。他本会发现别的大部分动物要忠诚得多"④；"比起动物来，人的进化非常落后"。因为木蠹认为动物有"自我，是什么就是什么"⑤，直面自我，而人类"从来只相信自己愿意相信的，然后

---

①　Robert Ranisch & Stefan Lorenz Sorgner. *Post-and Transhumanism：An Introduction*. Frankfurt am Main，Peter Lang GmbH，2014：75.

②　Pramod K. Nayar. *Posthumanism*. Cambridge：Polity Press，2014：129.

③　[英]朱利安·巴恩斯：《10½章世界史》，林本椿、宋东升译，南京：译林出版社，2010年，第10页。

④　[英]朱利安·巴恩斯：《10½章世界史》，林本椿、宋东升译，南京：译林出版社，2010年，第15页。

⑤　[英]朱利安·巴恩斯：《10½章世界史》，林本椿、宋东升译，南京：译林出版社，2010年，第24页。

一直相信下去"①，陷入一种脆弱的自欺与逃避。在第一章的结尾，木蠹无奈地感慨，"生为木蠹，不是我们的错"②。

木蠹的这句话表达了对人类中心主义与物种歧视③（speciesism）的不满与质疑。人类既不是动物里身体素质最好的，也不是忠诚度最高的，为何处于人/动物二元的上游？巴恩斯在其后的内容里委婉回答了这个问题："诺亚也有他的功德。他是幸存者，而且不局限于航海这层意义。"④这句话可以正面理解为人类虽然上述能力一般，但适应求生的能力强，所以得以统领物种，篡改记录；也可以负面地理解成人类在自私利己方面超然绝尘、无物可敌，毕竟动物的本能是自私利己，以保证物种的永恒性。

巴恩斯通过木蠹的创新视角，赋予本应沉默的动物以声音，使得动物人类化。除开拟人手法，巴恩斯对动物世界的描绘实际在隐喻和讽刺人类社会的荒谬，许多熟悉的场景让人不禁反思，人类世界不也是这样的动物大杂烩？动物对人类的看法大

---

① ［英］朱利安·巴恩斯：《10½章世界史》，林本椿、宋东升译，南京：译林出版社，2010年，第21页。
② ［英］朱利安·巴恩斯：《10½章世界史》，林本椿、宋东升译，南京：译林出版社，2010年，第26页。
③ 物种歧视（Speciesism）是一种认为人类是主要物种，从而控制、驯化、压榨、宠物化非人或动物的人类沙文主义。批判性后人文主义就要通过跨物种、混杂共依、共同进化来推翻这种权力话语。针对物种歧视与人类中心主义的主要议题即动物保护者与生物伦理学者提到的"正义"（justice）。参见 Pramod K. Nayar. *Posthumanism*. Cambridge：Polity Press，2014：131-132.
④ ［英］朱利安·巴恩斯：《10½章世界史》，林本椿、宋东升译，南京：译林出版社，2010年，第17页。

部分是负面的，就像人类觉得动物不如自己一样。巴克斯顿评论认为，木蠹眼中的官方历史是"极权化"的，紧接其后的几章内容就像它眼中"随机的历史选择"一样没有明确的时间线，又可以自己独成一派。①

从木蠹（动物）的视角来看，很多人类世界里的所谓客观记录和历史，都不是真实的。例如，方舟并不是只有一艘，而是八艘船组成的船队。雨也不是像《圣经》里记载的那样下了四十个日日夜夜，而是一年半。大水淹没世界的时间也不是一百五十天，而是大约四年。人类奉若经典的伊甸园里蛇的故事是"亚当的黑色宣传"。

在木蠹看来，诺亚并不是敬虔上帝的人，而是个"贪酒老无赖"②。它说，人们总说诺亚贤明正直，敬畏上帝，而我则把他描绘成一个嗜酒成性、歇斯底里的无赖。③ 即便是剥削利用动物，傲慢的诺亚也不是一名合格的指挥官，因为他经常不能物尽其用，让动物们白白送死。例如"他看不上鸟类的专业技能，只分派它们几项简单的任务。又叫一些没有这方面能力的物种在恶劣天气里高空飞行……指派鹅向九级大风进发，饱经暴风雨考验的海燕自告奋勇去代替鹅，却横遭拒绝"④。

---

① Jack Buxton. "Julian Barnes's Theses in History". *Contemporary Literature*, 2000, (1), p. 87.

② ［英］朱利安·巴恩斯：《10½章世界史》，林本椿、宋东升译，南京：译林出版社，2010年，第6页。

③ ［英］朱利安·巴恩斯：《10½章世界史》，林本椿、宋东升译，南京：译林出版社，2010年，第7页。

④ ［英］朱利安·巴恩斯：《10½章世界史》，林本椿、宋东升译，南京：译林出版社，2010年，第17页。

巴恩斯通过描绘动物世界的众生相讽刺人类的荒谬。动物的世界不是动物眼里的世界，而始终是人眼中的世界。这个世界的意义来自人的经验和知识，来自人类在此基础上的"表象形成和存在构造"①。人类如何感知、表征非人类物种也是批判后人文主义对物种边界的关注所在。②

例如，"偷渡客"一章里选拔动物登船的过程就是对人类世界难民过海关景象的戏仿。"不知多少动物论理论法都完全应该单独算一个物种，但没人理睬。它们得到的回答是，你们免了吧，我们已经有两个了。得了，尾巴上多几个圈，或是脊背上多几簇毛，这都算什么？你们这一种我们已经有了，抱歉。还有些很漂亮的动物，因为没有配偶同行，也只好被留下了；也有的一大家子不肯与子女拆散，宁可死在一起；还有那医检，常常是对人身的野蛮侵扰；诺亚的栅栏围圈外一片落选动物的哀号声，彻夜可闻。用这种装模作样的比赛来折腾我们，少不了嫉妒和不良行为。"③"偷渡者一经发现立即处死，但这些示众场面绝不足以威慑偷渡者。我们一族登船既不靠贿赂也没用暴力。一登船，更是要忍受禁闭、黑暗和臭味。"④

---

① 方向红：《时间与存在：胡塞尔与海德格尔现象学的基本问题》，北京：商务印书馆，2014 年，第 194、189、133、134、196 页。

② Pramod K. Nayar. *Posthumanism*. Cambridge：Polity Press，2014：127.

③ ［英］朱利安·巴恩斯：《10½章世界史》，林本椿、宋东升译，南京：译林出版社，2010 年，第 7 页。

④ ［英］朱利安·巴恩斯：《10½章世界史》，林本椿、宋东升译，南京：译林出版社，2010 年，第 8 页。

　　和人类世界一样，动物世界里也充满了歧视与固有成见，如"有些动物很把自己当回事，生出各种各样扯不清楚的嫉妒来。猪天性没有抱负，不会争社会地位，觉得无所谓；但其他动物则把不洁净这种说法看作人身攻击。报死窃蠹却一门心思只想着性爱"①。动物之间的分别其实也来自人类想象的投射，作为对人类世界歧视的寓言式表达：

　　　　反趾类反刍动物有什么特别的？为什么给骆驼和兔子二等地位？带鳞的鱼和不带鳞的鱼为什么要区别对待？天鹅、鹈鹕、苍鹭、戴胜鸟不算最优秀的物种吗？干吗要和老鼠、蜥蜴过不去？我们就是看不出其中的逻辑性，哪怕是一点点，诺亚也硬是没有解释清楚。②

与动物歧视的随意武断性一样，人类的歧视也往往显得毫无来由。但木蠹的幸存充分说明了他者的、被压抑的声音是有生存空间的。在木蠹的眼中，人类甚至是低于动物的存在，因为"动物彼此之间从一开始就有一种平等意识。虽然我们互相吞噬，但我们只是把这看作万物之道。此动物可以致彼动物于死地并不说明此尊彼贱，只是更具危险性罢了。这也许是你们难以搞懂的概念，但我们之间还是互尊互敬"③。简言之，动物之

---

① ［英］朱利安·巴恩斯：《10½章世界史》，林本椿、宋东升译，南京：译林出版社，2010年，第10，16页。

② ［英］朱利安·巴恩斯：《10½章世界史》，林本椿、宋东升译，南京：译林出版社，2010年，第10页。

③ ［英］朱利安·巴恩斯：《10½章世界史》，林本椿、宋东升译，南京：译林出版社，2010年，第9页。

间反而有一种平等意识，虽然弱肉强食，但这被看作万物之道，至少不认为此尊彼贱。而人类却互相倾轧，充满了诡计和各种不平等的阶级关系。

巴恩斯作品采用拟人化的手法使得动物人类化，而人具有动物性，这无疑消弭了人与动物之间绝对严格的区分。除了动物的拟人化，"人动物"意象中人与动物的边界消解在《10½章世界史》中还体现在人的动物性展露上，例如，自私残忍、嫉妒心强、报复心重、恩将仇报、愚蠢且不具有质疑精神。

人的局限性之一就来自"人性的本质就是动物性，藐视规则、目无法纪"①。《10½章世界史》中作为动物统治者的人类，将自己弱肉强食、掠夺资源的本能发挥得淋漓尽致。从一开始的登船，动物的选择就是为了满足诺亚及其家人的食欲和其他各类欲望，从而有了人类为了吃鸟类而给它安上生病罪名的事件，甚至还有对驯鹿的猥亵，与红毛类猿人的杂交等。到了欲望餍足时，人类又开始了对动物的无差别杀戮："我们开始这不断的残杀背后有某种系统性。我们开始怀疑诺亚和他那帮子人无缘无故就是和某些动物过不去。仅仅是因为爱打扮，含的老婆听到宝石兽头骨里有宝石的说法后，就抓来一只，把头剁下，劈开头骨，却什么也没发现。又怀疑说不定只有母兽才有，于是又撬开一只，结果还是没有。"②"不速之客"一章里，恐怖

① Robert M. Young. The Limits of Man and His Predicament [C]. *The Limits of Human Nature*. New York: E. P. Dutton & Co., Inc, 1973: 249.
② [英]朱利安·巴恩斯：《10½章世界史》，林本椿、宋东升译，南京：译林出版社，2010年，第13页。

分子杀人也是无差别的："他们会按什么顺序来？""执行枪决的顺序，按照西方各国对中东情势的负罪程度来决定。"①残暴制造了恐怖氛围。诺亚的歌斐木杖让动物们斑痕累累，受到强烈刺激的动物，几个小时内头发全白。一对蜥蜴，一听到诺亚来了，全身就变色。今天得罪了含的老婆，明天晚上说不定就成了酱汁肉丁。闪觉得无聊时，时常打开关着旅鼠的货箱，拿把大刀在箱里乱舞。他觉得这是逗趣。可整个物种都遭受了精神创伤。②

不仅如此，《10½章世界史》里描绘的人类还充满了嫉妒心和报复欲，经常恩将仇报。例如，人类因为嫉妒驴子旺盛的精力，便把它四蹄绑在一起，放进水里，在船底拖来拖去；因为怀疑类人猿与含的老婆杂交，就用掉下一根帆桁这样的巧合将其灭口，导致整个物种不复存在。独角兽诚实无畏、仪表整齐，救了含的老婆的命，结果却被诺亚一家用砂锅炖了。③

同时，人类的愚蠢与盲从也遭到了嘲讽："你们只相信你们愿意相信的，然后就一直相信下去，从来都不想刨根问底，对自己早期的历史也从来不问一句。"④"我们活下来了。我们偷

———————————

① ［英］朱利安・巴恩斯：《10½章世界史》，林本椿、宋东升译，南京：译林出版社，2010年，第48，51页。

② ［英］朱利安・巴恩斯：《10½章世界史》，林本椿、宋东升译，南京：译林出版社，2010年，第11，19页。

③ ［英］朱利安・巴恩斯：《10½章世界史》，林本椿、宋东升译，南京：译林出版社，2010年，第14，18，21页。

④ ［英］朱利安・巴恩斯：《10½章世界史》，林本椿、宋东升译，南京：译林出版社，2010年，第21-22页。

渡，幸存，逃脱——全没有和上帝订什么靠不住的契约。我们
自己干。比起动物来，人的进化非常落后。"①"你们这一族也不
太会说真话。你们老是健忘，或者装成这样。不去理会坏事可
以活得更轻松些，这样天真幼稚很讨人喜欢，但也会有灭顶之
灾。"②除了愚蠢，人类还喜欢把责任都推到动物身上，第一反
应总是怪罪别人："堕落归罪于蛇；诚实的乌鸦变成好吃懒做；
山羊诱使诺亚变成酒鬼。"③"幸存者"一章中生态环保主义者凯
西就认为，人类"老折磨动物，装作喜欢它们，把它们当宠物
养着，想到它们通人性就感动一番。杀害它们，残害它们，把
我们的罪过嫁害于它们"④。

芬利认为，人类历史上的胜利者总会通过把他者描绘成敌
人或憎恨对象来巩固自我的地位。二元对立和逻各斯中心主义
的划界终将带来毁灭的倾向。巴恩斯的《圣经》"创世记"互文手
法提示了人们是怎么通过迫害那些"不洁净的"来巩固自己的地
位，又如何诉诸一个类似宗教的权威来加强的。⑤

在后人文主义伦理的概念里，不存在人与动物的截然对立，

---

① ［英］朱利安·巴恩斯：《10½章世界史》，林本椿、宋东升译，
南京：译林出版社，2010年，第24页。

② ［英］朱利安·巴恩斯：《10½章世界史》，林本椿、宋东升译，
南京：译林出版社，2010年，第25页。

③ ［英］朱利安·巴恩斯：《10½章世界史》，林本椿、宋东升译，
南京：译林出版社，2010年，第25页。

④ ［英］朱利安·巴恩斯：《10½章世界史》，林本椿、宋东升译，
南京：译林出版社，2010年，第76页。

⑤ Brian Finney. "A Worm's Eye View of History: Julian Barnes's A
History of the World in 10½Chapters". *PLL*, 2003, pp. 54-55.

因为一切都在生成中（becoming）。德勒兹在《游牧思想》里的"生成动物"这一章里说道，"人有一种生成动物的现实，尽管人实际上并未成为动物……这是构造一个动物身体的问题，一个由强度或临近带所界定的无器官身体"①。后人文主义伦理中的"优雅"（grace）概念意味着不要打扰动物，如果人类不驯化或破坏，动物也不怎么需要我们。② 最后，人类和动物实际面临着相同的处境和类似的地位。就像《10½章世界史》方舟上末世嘈杂的场景所描绘的那样，面对生存危机，人与动物都忧心忡忡："这支船队从一开始就是个不祥之物。我们当中有的为被遗弃者悲痛；有的为其地位愤愤不平；有的名义上享有洁净称号，却不无道理地担心烤炉之祸。此外，还有诺亚和他的一家。"③

二、性别边界——"她声音"的生成与赋权

（一）巴恩斯笔下的性别对立

巴恩斯的作品塑造了各式各样的女性角色，如《凝视太阳》里的婕恩、《10½章世界史》"幸存者"章节里的凯恩与"山岳"故事里的阿曼达·弗格森、《英格兰，英格兰》里的玛莎、《她过去的爱情》里的安等。巴恩斯不仅大胆实验，尝试从女性视角

---

① 陈永国：《游牧思想——吉尔德·勒兹 弗利克斯·瓜塔里读本》，长春：吉林人民出版社，2011年，第197页。

② Patricia MacCormack. *Posthuman Ethics*：*Embodiment and Cultural Theory*. London：Ashgate e-books, 2012：64, 69.

③ ［英］朱利安·巴恩斯：《10½章世界史》，林本椿、宋东升译，南京：译林出版社，2010年，第10页。

进行第一人称写作,刻画出一部部细腻感人的女性成长史、一幅幅女性众生相,而且也通过聆听"她声音"赋权女性,支持受到性别二元对立压迫的女性不断生成新的自我认同,展现了强烈反"男性/女性"二元对立的倾向。

《凝视太阳》呈现了女主人公婕恩寻回人生勇气的成长史。在婕恩的童年时期,有两个对她而言非常重要的男性:莱斯利舅舅和飞行员普罗瑟。莱斯利舅舅会经常和她一块玩抽鞋带和打高尔夫球的游戏,所以在年幼婕恩的眼中,莱斯利舅舅就是"她要嫁的那种男人"①。飞行员普罗瑟是故事里的"一战"时期临时驻户到婕恩家的飞行员,经常给她讲述驾驶飞机飞行的巅峰体验。然而,幼年时与男性相处融洽并且有着非凡勇气的少女婕恩,长大后却遭遇了不幸的婚姻。她在描述自己初婚的岁月时说:"在那次扫兴、令人有负罪感的蜜月之后,就是两个人生活在一起时那漫长而缓慢的岁月给人的惊惧。"②困扰婕恩的不仅仅是婚姻新鲜感褪去之后的无聊生活,还有她发现自己暂时无法怀孕的事实。于是,她的丈夫迈克尔开始用言语辱骂她,用肢体暴力殴打她。受到伤害的婕恩默默地忍受着这一切,只是在心里认为"他没有给予她信心……他让她不再聪明……伤痛会痊愈,但言语会腐烂化脓"③,慢慢地她失去了勇敢追求

---

① [英]朱利安·巴恩斯:《凝视太阳》,丁林棚译,北京:外语教学与研究出版社,2018年,第6页。

② [英]朱利安·巴恩斯:《凝视太阳》,丁林棚译,北京:外语教学与研究出版社,2018年,第78页。

③ [英]朱利安·巴恩斯:《凝视太阳》,丁林棚译,北京:外语教学与研究出版社,2018年,第82-83页。

自我的勇气。贤淑妻子婕恩与粗暴丈夫迈克尔形成了权力关系的明显失衡：女性是婚姻关系里的被侮辱方、受虐方，被剥夺信心与尊严，而作为施虐者的男性却依然可以寻找外遇甚至逍遥快活。究其根源，在婚姻中，女性是工具化和被物化的对象，"当丈夫掌握了权柄，妻子就被贬低、被奴役，变成丈夫欲望的奴隶，变成生孩子的简单工具"①。

朱迪斯·巴特勒指出："妇女"这个范畴是规范性的和排他性的②，这个范畴用规训的身份建构将一系列限制性社会规约如枷锁一般置于女性之上。男权社会关于女性有一整套规约，如女性是顺从的、脆弱的、感性的，与男性的坚强与勇敢形成对比。《10½章世界史》"幸存者"一章里，凯西的男友格雷格老是说政治是男人的事，说她不懂还乱讲。《凝视太阳》里婕恩勇气非凡，但作为女性却鲜有机会展现，因为勇气通常是专属于男性的：

> 当然，战争是男人的事。男人们发动战争，男人们像校长一样磕着烟斗解释战争。女人们在伟大的战争中做了些什么呢？亮出她们的白羽表示懦弱，用石头砸死达克斯狗，到法国当护士。她们先打发男人上战场，然后又给他们缝缝补补。这一次会不会有所不同？大概不会吧。③

---

① ［美］朱迪斯·巴特勒：《性别麻烦：女性主义与身份的颠覆》，宋素凤译，上海：上海三联书店，2009年，第228页。

② ［美］朱迪斯·巴特勒：《性别麻烦：女性主义与身份的颠覆》，宋素凤译，上海：上海三联书店，2009年，第20页。

③ ［英］朱利安·巴恩斯：《凝视太阳》，丁林棚译，北京：外语教学与研究出版社，2018年，第18页。

小说中关于性别偏见的讨论也不仅限于对女性勇气的歧视，还有婕恩利用两样清单隐晦表达的女性真实处境与内心理想之间的冲突：

> 当婕恩结婚的时候，她已经懂得下面这些事儿：
>
> 怎样把被子叠成豆腐块；
> 怎样缝纫、打补丁、织毛衣；
> 怎样做三种不同的布丁；
> 怎样生火，用石墨抛光壁炉的炉膛；
> 怎样把硬币泡在醋里面，让它们光亮如新；
> 怎样用熨斗熨男人衬衫；
> 怎样梳辫子；
> 怎样塞入避孕套；
> 怎样制作瓶装果汁和果酱；
> 你不想微笑的时候怎样假装微笑。
>
> 但她真正希望懂得的是下面这些事：
>
> 怎样跳华尔兹、快步舞和波尔卡，尽管在她的生活中没有跳这些舞的必要；
> 怎样能在跑步的时候不会不由自主地把双臂抱在胸前；
> 怎样预先知道她的话是愚蠢还是睿智；
> 怎样根据悬挂着的海带预测天气；

怎样知道一只鸡为什么不再下蛋；

怎样知道别人在取笑你；

怎样让别人帮你穿衣服而不感到尴尬；

怎样得体地提问。①

第一份列表体现了当时社会对传统女性的言行举止规范，而第二份列表才是新婚的少女婕恩在经历过生活的屈辱后产生的敏感内心表达。

　　同样的性别对峙与不公也出现在《10½章世界史》"幸存者"章节里。小说女主人公凯西从小就是个酷女孩，她"短头发，倔头倔脑，总爱回嘴"②。当爸爸说圣诞老人拉雪橇的驯鹿都是公鹿时，她觉得失望不满，"全都是那该死的德行"③。这样桀骜不逊的少女，在与男友格雷格的关系里，却一直扮演着顺从、妥协、被操控的角色："男人时常是因为你对，而恨你。"④通过一种突降修辞，凯西在稀松平常的口吻中流露出两性关系中的女性之悲："格雷格是个平平常常的家伙……他上班，回家，闲坐，喝啤酒，和朋友出去再喝啤酒，有时在发薪日晚上揍我

---

　　①　[英]朱利安·巴恩斯：《凝视太阳》，丁林棚译，北京：外语教学与研究出版社，2018年，第67-68页。
　　②　[英]朱利安·巴恩斯：《10½章世界史》，林本椿、宋东升译，南京：译林出版社，2010年，第74页。
　　③　[英]朱利安·巴恩斯：《10½章世界史》，林本椿、宋东升译，南京：译林出版社，2010年，第73页。
　　④　[英]朱利安·巴恩斯：《10½章世界史》，林本椿、宋东升译，南京：译林出版社，2010年，第77页。

一通。我们相处还算过得去。"①故事里的男性角色格雷格不仅使用暴力，还夜不归宿，最后还得女性找借口把过错归咎到自己身上："格雷格不是每晚都回家来，他在外面过夜是因为他受不了回家听我唠叨。"②而更典型的大男子主义表现则为否定女方的每一次努力："每次不管她有什么计划——特别是跟他无关时——他总说那是她的小冒险，最后多半也不会有什么结果。"③在小说《她过去的爱情》里，在女主人公安的眼中，性是与干净的床单和床边的鲜花联系在一起的，而格雷厄姆却非要将它与粪堆和猥琐牧师联系在一起，以此来掩盖自己的男性自卑与嫉妒。两性之间表面上的二元关系是男权体系排除女性的伎俩。④ 面对性别二元中常见的父权制与大男子主义，巴特勒则认为，"没有什么先天的女性本质，全是父权制文化强加于女性的。女人是无法也不应该被定义的"⑤。

除开伴侣，女性在生活中遭遇的男性压迫，有时也来自父权。《10½章世界史》"山岳"故事里的阿曼达·弗格森经常被与她信仰意见不一致的父亲嘲笑，如"凡是阿曼达在这世界上找

---

①　[英]朱利安·巴恩斯：《凝视太阳》，丁林棚译，北京：外语教学与研究出版社，2018年，第77页。

②　[英]朱利安·巴恩斯：《凝视太阳》，丁林棚译，北京：外语教学与研究出版社，2018年，第79页。

③　[英]朱利安·巴恩斯：《凝视太阳》，丁林棚译，北京：外语教学与研究出版社，2018年，第82页。

④　[美]朱迪斯·巴特勒：《性别麻烦：女性主义与身份的颠覆》，宋素凤译，上海：上海三联书店，2009年，第36页。

⑤　张岩冰：《女性主义》，济南：山东教育出版社，2001年，第222页。

到神的旨意、仁慈的秩序和严明的正义的地方，她父亲只看到混乱、危险和邪恶。但他们却在审视同一个世界。主要问题还在于信仰。他责怪她不该对诺亚方舟信以为真，就讽刺她"①。阿曼达从小就顺从地被父亲带去参加各种活动，但她不被允许有自己的看法和信仰，尤其是与什么都不信的父亲意见抵牾的时候。相较专制的父亲，阿曼达则显得开明得多，她认为自己与父亲的争论是可接受、可理解的，因为上帝给予人自由意志，就是为了可以选择自己的信仰。"山岳"故事的结尾，亵渎神明的修道院教堂和村庄房屋都在地震中倒塌了，虽然地震让所有居民丧生，但葡萄树却安然无恙。这样的神秘主义情节设计，在某种程度上，支持了阿曼达对神明的信仰。

《英格兰，英格兰》里的女主人公玛莎是另一位父权主义的受害者。因为父亲在她幼年时抛弃家庭，此后玛莎就养成了一副对人对事玩世不恭的态度。长大后的玛莎一直在试图与自己的童年伤痛和解，这从她对男人的态度可以看出。她一直受到妈妈观念的影响，后者经常和她说"男人要么坏，要么弱"②，并且认为"偶遇的真情只是对你的嘲弄"③。成年玛莎还被恋人保罗看出，其实她一直在寻找父亲的替代品，因为她仍未与内心深处对性别不公的愤怒和解：

---

① ［英］朱利安·巴恩斯：《10½章世界史》，林本椿、宋东升译，南京：译林出版社，2010年，第133-134页。

② ［英］朱利安·巴恩斯：《英格兰，英格兰》，马红旗译，南京：译林出版社，2015年，第107页。

③ ［英］朱利安·巴恩斯：《英格兰，英格兰》，马红旗译，南京：译林出版社，2015年，第96页。

女人的作用之一就是要让男人显露出来，让他们完全放松；然后他们就会愉悦你，告诉你这个世界，让你了解他们的内心想法，最后再娶你。等到三十多岁的时候，玛莎才知道这些所谓的忠告全是一派胡言。大多数情况下，这都意味着你给予了男人来让你厌烦的特权；而那种认为他们会告诉你他们的内心想法的念头非常天真。许多人只有外在的想法，还不能深聊。①

因为一直无法与内心的伤痛和解，所以在个人情感的处理上，玛莎一旦发现男性开始为自己着迷，就立马不爱对方了。

(二)巴恩斯笔下的女性生成与赋权

后人文主义的性别观是生成的、流动的。生物决定论(biological determinism)、进食障碍(eating disorder)这些人文主义规范理想所带来的枷锁是后人文主义性别观致力摆脱的。② 后人文主义性别观认为"阳刚男人""阴柔女人"这样的性别形象统统都是能指，限制规训建构了它所命名的事物本身。换言之，语言与表征之前没有性别。③ 巴特勒也指出，"女人本身就是处于过程中的一个词，是正在变成、正在建构"④。性别应该是开

---

① [英]朱利安·巴恩斯：《英格兰，英格兰》，马红旗译，南京：译林出版社，2015年，第77页。

② Pramod K. Nayar. *Posthumanism*. Cambridge：Polity Press，2014：27.

③ Pramod K. Nayar. *Posthumanism*. Cambridge：Polity Press，2014：29.

④ [美]朱迪斯·巴特勒：《性别麻烦：女性主义与身份的颠覆》，宋素凤译，上海：上海三联书店，2009年，第46页。

放性的一个集合，容许多元的交集以及分歧，而不必服从于一个定义封闭的规范性终极目的。① 伊利格瑞（Irigaray）也反对性别的二分，提倡应该将两者视为互相含纳（constitutive）、开放对话。②

　　巴恩斯在小说中表明，勇气并不是男性的专属品质。《凝视太阳》中就重点刻画了女性的勇气，女主人公婕恩的勇气毫不逊色甚至超越了男性。飞行员普罗瑟英勇非凡，一直是婕恩的榜样和羡慕的对象。婕恩曾在自己的新婚夜也充满恐惧，但她用一系列行为证明了自己的勇气。与粗鲁的丈夫维系了二十年婚姻之后，婕恩在自己四十岁时一生产就立马离开了丈夫，开始自己独立生活。婕恩一直是一个好的质疑者。③ 她用行动证明了性别是一种操演，女性能够通过自我的努力而赋权："性别是对身体不断予以风格/程式化（stylization），是一个高度刻板的管控框架里不断重复的一套行为。"④

　　当婕恩发现自己只是一个普通人的时候，她充分展现了平凡人的勇气。小时候婕恩曾想，自己会变成一个与众不同的人，至少会变成一个与众不同的人的妻子，但现实却是，当她照镜子时，发现赘肉逐渐磨去了她脸上的棱角。巴恩斯笔下婕恩的

　　① ［美］朱迪斯·巴特勒：《性别麻烦：女性主义与身份的颠覆》，宋素凤译，上海：上海三联书店，2009年，第22页。
　　② Pramod K. Nayar. *Posthumanism*. Cambridge：Polity Press，2014：31.
　　③ Merritt Moseley. *Understanding Julian Barnes*. South Carolina：University of South Carolina Press，1997：96，97，99.
　　④ ［美］朱迪斯·巴特勒：《性别麻烦：女性主义与身份的颠覆》，宋素凤译，上海：上海三联书店，2009年，第46页。

困境也是大部分女性的困境：

> 她是不是有时候半夜想尖叫？可谁不想呢？她只需要看一看其他女人的生活就会明白，她们的情况可能会更糟。①

面对生活的孤独与压抑，人类是没有性别区分的，但遭受二元压迫的女性在困境中则会面临双重压迫。当因为不孕遭受丈夫虐待的婕恩发现自己突然怀孕后，她告诉迈克尔自己准备生下孩子，然后离开他。她愿意过一种更加艰苦的生活。当她意识到自己的离开可能会伤害到迈克尔时，她不仅没产生留下的欲望，反而有点鄙视他了，但她也并没有骄傲，而是自从结婚以来，第一次切切实实感到她对他具有某种权威。② 事实上，女性完全可以通过自身的韧性与能力自我赋权，击败男性，扭转局面，生成一种新的性别关系。婕恩就经常扮演父亲的角色，告诫孩子："不要过早地让生活尘埃落定。不要在二十岁的时候贸然行动而后一辈子受制于此。不要像我那样。要旅游。享受生活。发掘你是谁以及你能成为什么。探索你自己。"③

　　《凝视太阳》里的另一个特殊女性主义角色是拉切尔，她是

---

①　[英]朱利安·巴恩斯：《凝视太阳》，丁林棚译，北京：外语教学与研究出版社，2018年，第85页。

②　[英]朱利安·巴恩斯：《凝视太阳》，丁林棚译，北京：外语教学与研究出版社，2018年，第87页。

③　[英]朱利安·巴恩斯：《凝视太阳》，丁林棚译，北京：外语教学与研究出版社，2018年，第126页。

婕恩的儿子格雷格里的女朋友，她确然、执拗，独自生活，还是一名女同性恋者。与婕恩熟识后，她甚至表达了自己对她的好感，还邀请她一起享受生活。巴特勒认为，"超越生殖经济而增衍的快感，暗示了一种独特的、属于女性的情欲弥散形式，它被理解为对抗生殖取向的再生产建构的一个策略"①。拉切尔认为，女人不应该期待男人来解答所有问题；她也目睹了母亲的智慧在计算罐装食品价格的过程中一点点消磨殆尽。② 巴特勒就认为，"加之于性别的二元限制是为强制异性恋体系的生殖目的服务的。异性恋制度的推翻，将带来真正的人道主义，使'人'的概念从枷锁中解放出来。同时，非阳具中心的情欲经济可以消除生理性别的假象。'女同性恋'似乎成了第三种性别，是超越强制异性恋制度强加于性别的二元限制的希望所寄。"③拉切尔认为，婕恩独自将格雷格利抚养成人是非常勇敢的，但婕恩却觉得也许"勇敢只不过是完成自己觉得理所当然、非如此不可，他人却觉得出格、难以理解的事。你只是做事情而已。"④

巴恩斯对于法国女性主义批评十分熟悉。他在《凝视太阳》

---

① ［美］朱迪斯·巴特勒：《性别麻烦：女性主义与身份的颠覆》，宋素凤译，上海：上海三联书店，2009年，第37页。

② ［英］朱利安·巴恩斯：《凝视太阳》，丁林棚译，北京：外语教学与研究出版社，2018年，第147页。

③ ［美］朱迪斯·巴特勒：《性别麻烦：女性主义与身份的颠覆》，宋素凤译，上海：上海三联书店，2009年，第26页。

④ ［英］朱利安·巴恩斯：《凝视太阳》，丁林棚译，北京：外语教学与研究出版社，2018年，第152页。

中引用她们的观点称，人类如果不想成为精神病，就不得不进入父权制象征秩序，钻入象征语言内部去分裂并颠覆它。[①] 西苏(Cixous)认为女性身份并不是连贯完整的单独体，而是流动、无边界的溢出。[②]《10½章世界史》"幸存者"章节里的凯西就用动物作比喻，表达了女性强力制衡男性的期待，如"猫阄了就会收敛一点。他们阄割驯鹿，让它被驯服。有时他揍我时，我就想，或许我们应该先把你给收拾一下，那样你就会收敛些"[③]。这也符合弗洛伊德将女性定义为"阴茎羡慕""阄割"与"匮乏"的特点。[④] 凯西的大男子主义男友格雷格认为，政治是男人的事，从而把先知凯西为人类末世危机而深感担忧的表现说成经前紧张。凯西认为，"女人和地球上所有的自然循环、出生、再生的联系都比男人密切，男人真要讲起来也只不过是授精者而已"[⑤]。而且她充分肯定和表达了女性的神秘预感力，"说不定女人会感觉到这些事情，就像有些人知道要地震了"[⑥]。凯西预感到了人类末日的核危机，所以怀孕的她选择了乘船

---

① ［英］朱利安·巴恩斯：《凝视太阳》，丁林棚译，北京：外语教学与研究出版社，2018 年，第 225 页。

② Pramod K. Nayar. *Posthumanism*. Cambridge：Polity Press，2014：32.

③ ［英］朱利安·巴恩斯：《10½章世界史》，林本椿、宋东升译，南京：译林出版社，2010 年，第 78 页。

④ 张岩冰：《女性主义》，济南：山东教育出版社，2001 年，第 222 页。

⑤ ［英］朱利安·巴恩斯：《10½章世界史》，林本椿、宋东升译，南京：译林出版社，2010 年，第 78 页。

⑥ ［英］朱利安·巴恩斯：《10½章世界史》，林本椿、宋东升译，南京：译林出版社，2010 年，第 78 页。

出走。但故事结尾也提供了另一个版本的事实，就是她因为被男友格雷格抛弃而精神错乱，所谓的乘船逃离只是她的一场梦，并且在结尾以猫的生产暗示，凯西最终独自一人完成了生产。通过生产，凯西用孩子让自己被聆听，被相信。孩子证明了凯西的"梦境"并不全是虚构，因为梦里出现的孩子真的来到了世上，也就意味着梦里出现的核灾难也的确是对未来的预见。

　　在巴恩斯笔下，更具"她声音"典型特征的女性人物是女诗人露易斯·柯莱。在《福楼拜的鹦鹉》"露易斯·柯莱的故事版本"章节里展现的是露易斯·柯莱视角下的福楼拜。柯莱眼里的福楼拜与世人眼中的文豪福楼拜大相径庭：他总是羞辱她，不让她给他直接写信，不准她见他妈妈，对她撒谎，对着她的朋友说她的坏话。福楼拜送她礼物，也只是因为他有了新的，不需要这个旧物。世人眼中大名鼎鼎的作家在柯莱眼里却是奇怪、粗暴的变态狂。也许世人会用偏见的眼光认为柯莱是在嫉妒他的伟大才华，但她却认为福楼拜羞辱自己的原因是她的自由，因为她与男性平起平坐令他厌恶，而福楼拜之所以害怕自己，是因为自己懂男人。"有些男人的心智并不成熟：他们希望女人们懂自己，却又因为这种理解而憎恨她们。"[1]他在才华上碾压她、低估她，只希望她做一名忠实的崇拜者。他的虚荣心还驱使他让柯莱模仿他写作，就像高山对小丘的期待，甚至

---

　　① ［英］朱利安·巴恩斯：《福楼拜的鹦鹉》，但汉松译，南京：译林出版社，2016年，第194页。

还希望她像他一样生活。① 但实际情况是，柯莱是巴黎著名的诗人，而福楼拜是没发表过什么作品的外省人。

依此可见，巴特勒认为，"语言有让女人臣服、排除女人的力量，它是另一种物质性的秩序"②。男性或异性恋规范将虚构的语言当作有力的武器来限制女性的身份，规训她们颠覆性的力量，让她们在强制的性别牢笼里逆来顺受。而作为反对强制性别划界的后人文主义作家巴恩斯用作品表达了他对女性的共情，为"她声音"留出了生成与赋权的通路。

三、种族边界——无处可归的"非正统英国人"

"非正统的英国人"（Unofficial Englishman）是巴恩斯在《亚瑟与乔治》里创造的一个词语，它隐晦地表达了正在走向文化多元的英国社会难以克服的种族遗留问题。"非正统的英国人"一词本身包含着许多对立与矛盾，首先，从古至今，到底什么是真正的英国人就是个难以回答的问题。要了解"非正统"，就要先弄清什么是"正统"，是血统纯正的盎格鲁—撒克逊异性恋白人男性，还是拥有大不列颠国籍的公民？在国民身份是一种主观建构或意识形态操纵的情况下，"非正统英国人"显然指那些虽然具有法律意义上的英国国籍身份，但因为人种的问题，依然受到歧视与不公正对待的传统英国社会边缘人。

---

① ［英］朱利安·巴恩斯：《福楼拜的鹦鹉》，但汉松译，南京：译林出版社，2016年，第198-199页。

② ［美］朱迪斯·巴特勒：《性别麻烦：女性主义与身份的颠覆》，宋素凤译，上海：上海三联书店，2009年，第36页。

　　巴恩斯的笔下有许多可以归类为"非正统英国人"的他者，如《伦敦郊区》里的托尼，《英格兰，英格兰》里的皮特曼爵士等。《伦敦郊区》的主人公"正统英国人"克里斯羡慕地介绍自己的好友托尼："托尼因为父母都是波兰犹太人，而有一个引人注目的外国名字：巴巴罗斯基。在漂泊的意义上，托尼远胜过我。他日常说两种语言，在三种文化中穿梭，而且承受着一种隔代遗传的痛苦。他是真正的漂泊者。"①小说里，托尼一直未婚，从事着作家这样朝不保夕的工作，从来没有真正意义上地安定下来，所以，克里斯一直羡慕托尼的波希米亚式生活。但结合上述描述来看，这种"隔代遗传的痛苦"是否在隐晦地表达饱受种族歧视的"非正统英国人"的漂泊之殇？这种荒谬但强烈的偏见甚至可以超越阶级，即便是商业大亨皮特曼爵士也未能幸免："早在几十年前，皮特曼爵士就去除了名字里的中欧色彩。尽管出生在莱茵河以东的某个地方，但小杰克实际上是一位匈牙利玻璃制造商的水性杨花的英国老婆和一位打拉夫堡来的司机在车库里私通的结果。所以，抛开他的成长、他最初的护照，以及不时发错的元音不谈，他其实是百分之百的英国血统。"②为了掩人耳目，即便口音已经暴露了一切，皮特曼爵士仍然极力掩盖自己的中欧背景，只为了看上去是"正统英国人"。

　　除开这些生动的人物形象，巴恩斯的许多作品也表达了关

---

　　①　[英]朱利安·巴恩斯：《伦敦郊区》，轶群、安妮译，北京：外语教学与研究出版社，2020年，第32页。
　　②　[英]朱利安·巴恩斯：《英格兰，英格兰》，马红旗译，南京：译林出版社，2015年，第36页。

于种族的深刻思考，如《10½章世界史》"偷渡客"章节里，那些被无差别虐杀的动物"都是些杂交动物"①。"三个简单故事"章节里，圣路易斯号满载"像老鼠一样逃窜"②的纳粹难民，其中大部分是犹太人，它需要不停向港口医官证明，"船上没有人是'白痴，或者精神失常，或者患有讨厌的疾病或接触性传染病'"③。最后，这艘"让世界丢脸的船"只允许二百五十个犹太人下船，"可你怎么挑选出二百五十个准许走下方舟的人来？谁来分开洁净的和不洁净的？用抽签方法吗？"④这些残酷的种族歧视描写，体现了巴恩斯对帝国心态残余荼毒的不满，更表达了他对人类文明整体倒退的悲怆。

杨承豪(Cheng-Hao Yang)认为，随着经济社会的发展，传统的人民与国家效忠关系正在慢慢消解，而国民的归属(affiliation)呈现多样化的态势，例如种族、宗教正在成为新的归属指标。⑤而种族论的阴谋可以追溯到社会阶层和种族不同是否会带来智力的差别，或者说先天与后天之辩之上。"也许是隐匿的意识形态操控，先天论认为人的能力是继承而得的，

① ［英］朱利安·巴恩斯：《10½章世界史》，林本椿、宋东升译，南京：译林出版社，2010年，第14页。

② ［英］朱利安·巴恩斯：《10½章世界史》，林本椿、宋东升译，南京：译林出版社，2010年，第165页。

③ ［英］朱利安·巴恩斯：《10½章世界史》，林本椿、宋东升译，南京：译林出版社，2010年，第166页。

④ ［英］朱利安·巴恩斯：《10½章世界史》，林本椿、宋东升译，南京：译林出版社，2010年，第167页。

⑤ Cheng-Hao Yang. "From the Actual to the Possible: Cosmopolitan Articulation of Englishness in Julian Barnes's Arthur & George". *Wenshan Review of Literature and Culture*, 2013, (2), p. 161.

是固定的。这是一种错误的想法。许多思考与能力来自接受教育获得的自我后天习得。"①种族他者在帝国主义英国的存在就是为了凸显白人至上的精英主义。在强制边界的二元对立下，种族他者被迫处于从属的地位。

这一点在小说《亚瑟与乔治》中体现最为明显。小说讲述了侦探小说家亚瑟·柯南·道尔(Arthur Conan Doyle)帮助印裔律师乔治·艾达吉(George Edalji)洗清被控剜杀动物的冤屈的故事。小说以交替视角与多重线索叙述了亚瑟和乔治两位主人公各自的故事。全书混杂了通俗侦探小说、法庭文学以及虚构小说等文类，也展现了主题的碎片化随机书写特征，充斥着文类混杂与平行结构设计。随着案件不断进展，小说深入细致地描述了种族歧视是如何影响并曲解真相的过程。实际上，亚瑟与乔治都不算是完全正统的英国人。亚瑟受到同胞尊敬，但他仍然体会到了内心与表面身份的隔阂。在一定程度上，他从内心里觉得自己是一个外人。乔治则恰恰相反，他于内在认为自己是英国人，但在小说的爱德华时期，种族理论盛行，乔治就是萨义德《东方主义》里的他者典型。② 所以，亚瑟与乔治都是巴恩斯所塑造的他者形象。整部小说的一个重要主题就是，反对狭隘的二元对立，反对种族歧视，实现与提倡消解传统二元对立、支持严肃与通俗混杂，形成不同文类、种族、物种、信仰

① Robert M. Young. The Limits of Man and His Predicament[C]. *The Limits of Human Nature*. New York: E. P. Dutton & Co., Inc, 1973: 177.

② Frederick M. Holmes. *Julian Barnes*. New York: Palgrave Macmillan, 2009: 61-62.

共存的平行世界式后人文主义当下。

《亚瑟与乔治》的两位主人公不仅性格迥异，肤色也呈现对比，亚瑟是白皮肤，乔治是黑皮肤：

> 爱尔兰血统，苏格兰出生，受到荷兰耶稣会以及罗马教义的教导，亚瑟成为一名英格兰人。对于亚瑟来说，英格兰的根是种植在永远发光、永不遗忘、历史悠久的骑士世界中。骑士保护他的淑女，强壮扶助弱小，随时不惜赴死，以期成就荣誉。亚瑟尽可能履行着各种规范。他言出必行；他救助穷人；他克制着本能的激情，尊重女性；对于帮助和照顾母亲，他有着长期的计划。①
>
> 乔治认为自己并不是帕西人。他是一个英国人，他是学习英格兰法律的学生。他将按照英国教会的习俗和仪式结婚。②
>
> 乔治是一个害羞的、认真的男孩，对他人的期待觉察敏锐。③
>
> 亚瑟是一个精力充沛的、任性的孩子，他很难安静地坐着。④

---

① ［英］朱利安·巴恩斯：《亚瑟与乔治》，蒯乐昊、张蕾芳译，北京：人民文学出版社，2007 年，第 29-30 页。

② ［英］朱利安·巴恩斯：《亚瑟与乔治》，蒯乐昊、张蕾芳译，北京：人民文学出版社，2007 年，第 54-55 页。

③ ［英］朱利安·巴恩斯：《亚瑟与乔治》，蒯乐昊、张蕾芳译，北京：人民文学出版社，2007 年，第 3 页。

④ ［英］朱利安·巴恩斯：《亚瑟与乔治》，蒯乐昊、张蕾芳译，北京：人民文学出版社，2007 年，第 5 页。

　　但在小说中，他们都是被边缘化的他者。亚瑟对乔治说，"你和我，乔治，我们是……非正统的英国人"①。乔治没想到他会这么说。他认为亚瑟爵士是最正统的英国人：他的姓名、他的教养、他的名气，他在这家伦敦豪华宾馆挥洒自如的做派，甚至让乔治等他，这一点都是英国味的。② 但如前所引，亚瑟实际来自爱尔兰和苏格兰，从白人研究的视角来看，爱尔兰人也是一种临界（liminal）身份，因为在英国主流历史中，爱尔兰人像黑人一样，遭到轻视。③ 而黑皮肤的乔治不仅被描述为邪恶的混血他者，还有着怪异的家庭生活和不伦的亲情。④ 萨义德在《东方学》中认为东方并不是一种自然的存在，而是一种利益谋划，对异世界的操控，更重要的是一种权力话语。⑤ 我们对于"我们"和"他们"的划分也可能是毫无理由的任意大脑虚构。⑥ 所以，"西方总是把东方当作妓院，龙找龙，虾找虾"⑦。

---

　　① ［英］朱利安·巴恩斯：《亚瑟与乔治》，蒯乐昊、张蕾芳译，北京：人民文学出版社，2007 年，第 285 页。

　　② ［英］朱利安·巴恩斯：《亚瑟与乔治》，蒯乐昊、张蕾芳译，北京：人民文学出版社，2007 年，第 285 页。

　　③ Ed Dobson. "The Partial Postcoloniality of Julian Barnes's *Arthur & George*". *Journal of Modern Literature*, 2018, vol. 41, no. 2, p. 124.

　　④ 李颖：《论〈亚瑟与乔治〉中的东方主义》，《湖南科技大学学报（社会科学版）》，2016 年第 2 期，第 43-48 页。

　　⑤ ［美］爱德华·W·萨义德：《东方学》，王宇根译，上海：三联书店，1999 年，第 6、16 页。

　　⑥ ［美］爱德华·W·萨义德：《东方学》，王宇根译，上海：三联书店，1999 年，第 67 页。

　　⑦ ［英］朱利安·巴恩斯：《英格兰，英格兰》，马红旗译，南京：译林出版社，2015 年，第 111 页。

　　《亚瑟与乔治》中的种族歧视总是伴随着英格兰帝国的自满：

> "乔治，你住在什么地方？"
>
> "教区牧师住处，大沃利。"
>
> "那是什么地方？"
>
> "斯坦福德郡，爸爸。"
>
> "在什么位置？"
>
> "英格兰中部。"
>
> "英格兰是什么，乔治？"
>
> "英格兰是帝国跳动的心脏，爸爸。"
>
> "很好。通过帝国的动脉和静脉，甚至流到最远海岸的血液是什么？"
>
> "英格兰教会。"
>
> "很好，乔治。"①

伴随帝国与教会流动的血液也成为乔治受到冤屈的原因。帝国与殖民总是相伴出现，繁荣与征服总是预示着种族排斥与吞并：

> 他躺在那里，想着世界地图上的红线，就像动脉和静脉一样连接着英国和其他地图上粉红色的地方：澳大利亚、印度和加拿大还有其他星星点点的岛屿。他想一定有像电缆一样的管道被放置在海洋底的河床上，通过这些管道，

---

　　① ［英］朱利安·巴恩斯：《亚瑟与乔治》，蒯乐昊、张蕾芳译，北京：人民文学出版社，2007 年，第 21-22 页。

血液潺潺充盈到悉尼、孟买和开普敦。血统，这是他曾经
听过的一个词语。①

霍米·巴巴(Bhabha)在《文化的定位》中说道，如果后现代主义
仅仅是宏大叙事的碎片化消解，那么它就成为非常狭隘的存在。
它更多的意义在于发现那些种族中心主义的认识论局限，消解
妇女、被殖民者、少数族裔等被隔离的边界。新世界的版图将
由殖民迁徙、文化流散叙事和原住民、难民文学组成。总会有
桥梁将人们送往超越这些边界的别处(beyond)，别处就是一种
存在于当下的干预空间(space of intervention)。②

在小说所处的 19 世纪背景下，英国殖民主义盛行，种族歧
视也司空见惯。乔治感叹，英国把铁路铺向全世界，但却仅仅
把它作为一种便捷的交通工具，而不考虑其中权利与责任的紧
密联系。③文化中的"中心主义"是把某种地域文化的价值、实
际上是一种特定形态的相对价值提高到绝对价值的地位，去排
斥和反对其他的文化。它否定了价值的差异性。殖民主义时代
的"欧洲中心论"就是这样的一种相对主义。实际上，任何一种
特殊的地域或民族文化都不能取代绝对价值。④ 在《亚瑟与乔

① ［英］朱利安·巴恩斯：《亚瑟与乔治》，蒯乐昊、张蕾芳译，北
京：人民文学出版社，2007 年，第 22 页。
② Homi K. Bhabha. *The Location of Culture*. London：Routledge，1994：
4，5，7.
③ ［英］朱利安·巴恩斯：《亚瑟与乔治》，蒯乐昊、张蕾芳译，北
京：人民文学出版社，2007 年，第 65 页。
④ 刘尚明：《绝对价值观念何以可能?》，北京：人民出版社，2014
年，第 41 页。

治》中，乔治就成为被种族歧视迫害的他者，成为英国帝国扩张与殖民主义的牺牲象征。

首先，人们就他的外貌进行嘲讽。乔治被称为"眼球突出的书呆子混血儿"①。人们觉得他长得就像个杀害马匹的人。但没有人看起来像什么，或者说不像什么。人们以貌取人，认为乔治不像律师，而是个典型的冷漠东方人：

> 黝黑的脸庞上没什么典型的律师特征，全黑的大眼睛，突出的嘴唇，又小又圆的下巴。他有典型东方人的漠然外貌，当迫害经历被展开说明的时候，他虚弱的微笑背后没有流露任何情绪。②

其次，人们就他和家人的肤色大做文章，声称"不想要一个黑人在讲坛上告诉他们自己是罪人"③。同时，将所有的问题都归结于乔治一家来自印度的种族身份："所有事都和你父亲是否是印度人，或者帕西人，或者霍屯督人有关。"④他们被形容成有特殊癖好、举行神秘宗教仪式的他者。当乔治被收押时，他发现并不只是犹太人被送到帕克贺斯特，病人和那些被认为神

---

① ［英］朱利安·巴恩斯：《亚瑟与乔治》，蒯乐昊、张蕾芳译，北京：人民文学出版社，2007年，第365-366页。

② ［英］朱利安·巴恩斯：《亚瑟与乔治》，蒯乐昊、张蕾芳译，北京：人民文学出版社，2007年，第148-149页。

③ ［英］朱利安·巴恩斯：《亚瑟与乔治》，蒯乐昊、张蕾芳译，北京：人民文学出版社，2007年，第105页。

④ ［英］朱利安·巴恩斯：《亚瑟与乔治》，蒯乐昊、张蕾芳译，北京：人民文学出版社，2007年，第139页。

经有点不正常的人也被送到那里。① 庭审律师质问乔治时说道：
"一个二十七岁的男人没有自己的剃刀，每晚和父亲锁在一间
卧室里，父亲睡觉还很警醒。你知道自己是多么罕见的人
吗？"②因为乔治和父亲是帕西人，人们就把他们看作喜好巫术
的野蛮未开化族群：

> 可能还包括一些祭祀法则在其中。可能我们在找的神
> 秘工具，是一种发源于印度宗教仪式的刀子。艾达吉的父
> 亲是帕西人。他们不是崇拜火吗？③

> 这时候会出现一些病理现象，血中的邪恶倾向也会冒
> 出来。他血管里流着一半苏格兰血。另一半是帕西人的血。
> 我自己就是苏格兰和爱尔兰的混血，这会让我去剖开一头
> 牛吗？你在哪儿看过英国人向牛、马、羊动刀的？血统一
> 混合麻烦就出现了。两个种族之间存在着无法打破的界限。
> 为什么各地的人类社会都讨厌混血儿？因为他的灵魂在向
> 往文明的冲动和听从野蛮世界的召唤之间徘徊。极端的情
> 形，混血会产生一种野蛮返祖现象。就像满月会在某些吉
> 卜赛人和爱尔兰人中引发疯狂一样。④

---

① ［英］朱利安·巴恩斯：《亚瑟与乔治》，䣝乐昊、张蕾芳译，北
京：人民文学出版社，2007 年，第 206 页。

② ［英］朱利安·巴恩斯：《亚瑟与乔治》，䣝乐昊、张蕾芳译，北
京：人民文学出版社，2007 年，第 137 页。

③ ［英］朱利安·巴恩斯：《亚瑟与乔治》，䣝乐昊、张蕾芳译，北
京：人民文学出版社，2007 年，第 118 页。

④ ［英］朱利安·巴恩斯：《亚瑟与乔治》，䣝乐昊、张蕾芳译，北
京：人民文学出版社，2007 年，第 363-364 页。

接着，各方人士开始无端指控乔治及家人是杀害马匹的罪犯。从乔治家的邻居开始，他们"收到恐吓信件，辱骂他们为犹太法利赛人；一段时间后，家人觉得迫害变成了家常便饭。但父亲一直在宣扬历史上帕西人在英国总是受到欢迎，但乔治发觉他内心有种'可耻的讽刺感油然而生'"①。即便是代表传统公信力的警方和检方也不例外。这充分说明了真相要屈服于评审团所相信的。② 警官强迫他承认自己有罪，态度粗鲁，还对着他的靴子吐唾沫，吓得 16 岁的乔治哭了起来，并为自己的孱弱而羞愧。在经历了种种迫害、名誉损毁、无端牢狱之灾，以及在亚瑟等人的帮助下终于洗脱冤屈后，乔治得到的答复和处理结果是：

> 乔治是"无辜但有罪的"。格莱斯顿委员会这样说，英国政府通过内政部这样说。无辜但有罪。无辜但头脑混乱、充满恶意。无辜但沉溺于顽劣的恶作剧。无辜但有意干扰警察的正常调查。无辜但自找麻烦。无辜但没有获取赔偿的资格。无辜但没有获得道歉的资格。无辜但该受三年拘役。③

---

① ［英］朱利安·巴恩斯：《亚瑟与乔治》，郦乐昊、张蕾芳译，北京：人民文学出版社，2007 年，第 58 页。

② Peter Childs. *Julian Barnes*. Manchester：Manchester University Press，2011：142.

③ ［英］朱利安·巴恩斯：《亚瑟与乔治》，郦乐昊、张蕾芳译，北京：人民文学出版社，2007 年，第 415 页。

巴恩斯通过这样重复的修辞讽刺表达了对 19 世纪帝国种族主义的唾弃与不屑。在爱德华时期的英格兰，无论是个人还是集体，都需要他者来彰显自己的存在与强大。自我与他人从来都是一种矛盾对立的关系。正如萨特所言，他人即地狱，意识之间的本质关系是冲突。

乔治是被殖民话语所迫害的他者，当残害动物的案件发生后，警方在证据不足的情况下，武断认定他为凶手，并且为了说服法庭让乔治入狱，主动伪造（fabricate）证据。① 但乔治知道，整个故事是由支离破碎的情节、巧合假设虚构出来的。他发出感叹："我一生中，我见得多了，有罪的人其实是无辜的，无辜的人其实是有罪的。"②他知道，尽管他是无辜的，但是虚构的罪名由一个戴着假发穿长袍的人反复叙述，却会变得特别有理有据。霍尔姆斯认为，小说对乔治的塑造体现了叙事的不稳定性。乔治撰写了一本关于铁路的书，因为他认为人生就像一场通往正义的旅程，按照铁路时刻表一样规律地前进。对于乔治而言，法律代替了《圣经》，成为他创建身份的基石。他的两难境地说明，自我形象不仅建立在我们对自己诉说的故事之上，同时也来源于他人如何描述我们。③

---

① Cheng-Hao Yang. "From the Actual to the Possible：Cosmopolitan Articulation of Englishness in Julian Barnes's Arthur & George." *Wenshan Review of Literature and Culture*, 2013,（2）, p. 175.

② ［英］朱利安·巴恩斯：《亚瑟与乔治》，蒯乐昊、张蕾芳译，北京：人民文学出版社，2007 年，第 358 页。

③ Frederick M. Holmes. *Julian Barnes*. New York：Palgrave Macmillan, 2009：66.

　　萨义德告诉我们，种族的边界是一种人为的建构，多元主义要求人们走出自我。自我与他者虽然分离，但又相辅相成：在本体论上，我们最多和他人共在。正如莱布尼兹所说的单子，两个分离的、自我包裹的存在，每一个存在都通过守护自己的自我性、自我的同一性、自身的边界、自身的空间得到实现。萨特认为，自我产生于自我知识，但是这种自我知识由对他者的凝视所触发：这种凝视是一种仔细的凝视，一种带有评价的凝视，一种"使客观化的"凝视。他者把"我"视作一个客体，并通过这样来折中"我"的主体性；他把"我"制成"这样一种存在"，一种在其他存在当中的存在，一种在其他客体当中的客体，一种被他的、他者的利益和相关事物构成的东西。

　　在这种意义上，巴恩斯通过推翻人为的种族藩篱，提倡平等包容、和谐共处的种族观，是对传统种族二元对立的超限，因为自我与他者彼此需要互相确认而存在。《亚瑟与乔治》中的英国性被刻画成充满妥协、偏见和虚伪的存在。关于种族歧视，乔治无法或者不情愿去"看"，而亚瑟则看到了太多。[①] 在后现代主义社会，一切价值与标准都带有人为的意味。对他者的包容，意味着换位思考，理解并包容来自不同方面的视角与观点，这就体现了后人文主义的态度。

---

　　① Peter Childs. *Julian Barnes*. Manchester：Manchester University Press，2011：154-155.

第二节　消解边界的艺术手段

　　朱利安·巴恩斯不仅揭示了传统人文主义在性别、种族、物种上的二元对立局限并且加以消解，而且还在小说中致力消解文类边界、事实与虚构的边界。后现代主义怀疑任何一种连续性，认为意义的连贯、人物行动的连贯、情节的连贯都是一种封闭体写作，必须打破，以形成一种开放体写作。因此，后现代主义作家利用蒙太奇式的并置与闪回，将不同的情节片段编排在一起，而这种拼贴与蒙太奇的内在异质性激励着作者与读者都参与创作中，将作者的权威降为最低。后现代主义理念崇尚权威的解构，认为高雅与低俗、人种之间以及作者与读者之间的隔阂都是人为的桎梏，应当抛开，主张以平等宽容的心态开启众生的狂欢。

　　后现代主义的当下是混乱、不连贯的，体现在小说中就是特别的技巧展示，如常见的文类混杂(genre mixing)等非传统写作手法。① 洛奇把后现代主义小说的技巧特征归纳为六点：矛盾、变幻组合、中断、随意性、超越极限和短路。后现代主义创作的第一个重要特征即自相矛盾。后一句话推翻前一句话，后一个行为否定前一个行为话语。第二个创作特征是变幻组合(permutation)，即关键词不断重复，像魔方一样变幻组合，把

---

　　① Gregory J. Rubinson. *The Fiction of Rushdie*, *Barnes*, *Winterson and Carter*: *Breaking Cultural and Literary Boundaries in the Work of Four Postmodernists*. London: McFarland & Company Inc., 2005: 13.

人类的荒诞状态描写得淋漓尽致。第三个创作特征是中断（discontinuity）。现代主义文学的基础是话语的连续，而后现代主义将话语变成不连贯，甚至完全沉默的话语。通过非连续性的话语，后现代主义写作打破了世界的连贯意义、连贯时空、连续的虚幻假象，将世界书写成本来就是不连续的荒诞世界。第四个特征是随意性（randomness）。后现代主义写作突出随意性，强调拼凑的艺术手法，摒弃精心的构思，用随意的话语来突出世界的随意性和无序性。第五个特征是超越极限（excess）。后现代主义写作故意对隐喻式和转喻式的话语进行戏拟和模仿，从而把它们推向极端、推向毁灭，从而逃避两极话语的控制。最后一个特征是短路（short circuit），主要是指作者直接闯入叙事以突出文本虚构的性质。洛奇认为，人们在阐释文学文本时，总是把它当作一个总的隐喻，而与整个世界联系起来。这种阐释使文本和世界之间、艺术和生活之间形成一道沟壑，而后现代主义的作品则是将明显的事实和显而易见的虚构相结合，将作者和写作过程本身引入作品，在运用传统的过程中展现传统，把文学写作过程撕开，力图在沟壑之间造成短路。[①]

一、一元论与"小叙事"

（一）一元论：对二元对立的消解

中心与边缘的强制边界体现了传统人文主义的傲慢主体性，

---

① 王卫新、隋晓荻：《英国文学批评史》，上海：上海外语教育出版社，2012年，第310-312页。

而后人文主义反对人文主义本质论，认为人的主体性体现为关系和生成的过程。福柯首先对此发难，宣布"人死了"，在某种意义上解构和超越了二元对立。① 布拉伊多蒂则提倡用一元论的方式来化解二元对立，让生命概念朝着非人类或者普遍生命力的方向扩展②，达到物我两忘，主客皆无的境界。一元论就是暗示通过和多重他者相互作用的一个开放的、相互关联的、多定"性"的跨物种的生成流变。③ 欧洲生成游牧族需要抵制民族主义、排外主义和种族主义，重新将宽容视为实现社会正义的一个工具。④

本书认为，巴恩斯强调自我与他人的视角融合，因为自我与他者必须相互依存，而不是相互对立。二元论任何时候也不能满意地回答这两种彼此毫无共同点的本体是如何相互影响的问题。因此思想家们始终倾向于一元论，即倾向于用任何一个基本原则来解释现象。

同时，本书总结出巴恩斯反对人为地划分阶级，认为意识形态和强力意志是一切冲突的根源。而以普遍生命力为中心的平等主义，是后人类中心主义转向的核心。⑤ 斯宾诺莎的身心

---

① ［意］罗西·布拉伊多蒂：《后人类》，宋根成译，郑州：河南大学出版社，2016年，第32页。

② ［意］罗西·布拉伊多蒂：《后人类》，宋根成译，郑州：河南大学出版社，2016年，第72页。

③ ［意］罗西·布拉伊多蒂：《后人类》，宋根成译，郑州：河南大学出版社，2016年，第129-130页。

④ ［意］罗西·布拉伊多蒂：《后人类》，宋根成译，郑州：河南大学出版社，2016年，第77页。

⑤ ［意］罗西·布拉伊多蒂：《后人类》，宋根成译，郑州：河南大学出版社，2016年，第87页。

统一认为，所有活着的都是神圣的，应该给予最大的尊重。斯宾诺莎认为神是唯一的实体，无限而永恒，而人是受情感束缚的有限存在。因为不存在边界，任何事物都是相互联系的，伤害他者就是伤害自己。布拉伊多蒂提出一种新版斯宾诺莎主义，把斯宾诺莎一元论及以其为依托的批判激进内在形式，视为促进一种本体论和平主义的民主举措。① 当代一元论暗示了一种活力论以及作为普遍生命力的生命非人类定义或动态生殖力量。它是关于思想的具身化和身体的具脑化。② 布拉伊多蒂的游牧思想是积极的唯物论，其特征是一元论的关系论结构。③ 在 19世纪前半期，唯心主义一元论在哲学中占了统治地位；后半期，在哲学与之已经完全融合了的科学中，取得胜利的是唯物主义一元论。④ 而德勒兹的块茎理论直言，束状根系统并没有真的打破二元，只是在主客体之间建立了一种互补性。⑤

认识论上的一元论则认为，当事物被认识的时候，它们是和观念或认识的内容一一对应等同的。根据这种观点，这个世界从根本上并不是被划分成观念和事物二元，而只有事物的类；

---

① ［意］罗西·布拉伊多蒂：《后人类》，宋根成译，郑州：河南大学出版社，2016 年，第 124-125 页。

② ［意］罗西·布拉伊多蒂：《后人类》，宋根成译，郑州：河南大学出版社，2016 年，第 125-126 页。

③ ［意］罗西·布拉伊多蒂：《后人类》，宋根成译，郑州：河南大学出版社，2016 年，第 127 页。

④ ［俄］普列汉诺夫：《论一元论历史观的发展问题》，王荫庭译，北京：商务印书馆，2012 年，第 6 页。

⑤ 陈永国：《游牧思想——吉尔德·勒兹 弗利克斯·瓜塔里读本》，长春：吉林人民出版社，2011 年，第 126 页。

观念乃是偶然被知的那些事物的属类。① 万物根基相同，只是有不同的表现形式；一切来源于意识内心，所以差异与界限的根源在于自我的视角与内心。

巴恩斯在《10½章世界史》里的"插曲"一章就谈到爱与信仰是唯一的根基，其实就表达了爱是主客合一的问题。"插曲"里的讨论强调，想要成为一个好的恋人、艺术家或政客，就必须拥有富于想象力的同情心以及从他人角度出发的能力。所以，在巴恩斯眼中，这里的爱更多指对他异性的一种包容。我们爱物，就是我们抛弃自我而与他物相一致。只有物我合一，二者之间毫无间隙，才能产生真正的爱。越是抛弃自我的私欲，越接近于纯客观，即成为无私，我们的爱就越是深刻、伟大。爱，就是对他人的感受进行直觉。② 唯心主义者认为知识与情感在精神世界里的地位一样，无甚差别。爱也是一种知识，是能够把握实在最本质的力量，也是对物最深刻的知识。③

（二）"小叙事"：消解作为宏大叙事的神话

神话作为连贯的宏大叙事在后现代小说中扮演着重要的作用，它与历史、虚构、宗教以及权威紧密相连，为人类集体身

① ［美］拉·巴·培里：《现代哲学倾向——评自然主义、唯心主义、实用主义和实在论，兼论詹姆士的哲学》，付统先译，北京：商务印书馆，1962年，第123页。
② ［日］西田几多郎：《善的研究》，代丽译，北京：光明日报出版社，2009年，第167页。
③ ［日］西田几多郎：《善的研究》，代丽译，北京：光明日报出版社，2009年，第169页。

份提供连续性与统一性，从而成为后现代主义当下碎片化叙事解构的对象之一。要了解神话成为整体性宏大叙事的原因，首先应讨论神话的定义与本质。

传统的神话观认为，仪式和梦幻在语辞交流形式中的统一，就是神话。神话作为人类经验的结晶，源自自然节律和生命循环，构建了人的经验模式。文学就是通过神话的结构原则来讲故事的。文学是一种有意识的神话，神话观念、太阳神等变成了思维中惯用的隐喻。在所有的文化环境中，神话都渗透于文学之中并和文学融为一体，从而转变成一种无意识，而这种无意识在某种程度上就是人为操控与建构的开端与缺口。[①]

神话在时间的流逝中代代相传，它与历史有许多类似性，如都是人们所讲述的关于人类过往的故事，都是人类语言与符号的产物，都不可避免地具有人为建构性。德国哲学家卡西尔在《语言与神话》中就阐明了神话与语言、符号的关系：

> 在语文学家马克斯·米勒看来，神话既不是变形为荒诞故事的历史，也不是作为历史而被接受的寓言；可以同样肯定，神话也并非直接起源于对自然界宏大的形态和力量的观照。他认为，我们称之为神话的，是以语言为媒介并据之得以传播的某种东西；实际上，神话是语言的某种基本缺陷、某种固有弱点的产物。所有的语言指示（linguistic denotation）本质上是模糊的——而恰恰是在这种

---

① 马大康：《现代、后现代视域中的文学虚构研究》，北京：中国社会科学出版社，2014年，第145页。

> 模糊性中，在语词的这种"同源形似现象"（paronymia）之中，存在着全部神话的根源。神话是语言固有的必然产物；实际上，神话是语言投射在思维上的阴影。①

既然神话是语言和符号的产物，那么就像后现代主义肯定语言的独立地位一样，卡西尔认为神话也具有主体地位：

> 神话、艺术、语言和科学都是作为符号（symbols）而存在的，这并不是说，它们都只是一些凭借暗示或寓意手法来指称某种给定实在的修辞格，而是说，它们每一个都是能创造并设定一个它自己的世界之力量。②

然而，在后现代理论中，主体不再对语言居高临下，相反主体成为语言的功能。弗莱（Frye）就认为同为语言与符号产物的神话与历史之间可以相互转化：阐释是历史编纂的灵魂，这个过程就是在形态上把它变成"神话"，或建构为浪漫主义神话，或建构为喜剧性神话，或者悲剧性神话和反讽、讽刺性神话。③文学批评家克默德曾说，虚构作品的虚构性一旦不为人们所察觉，就会蜕变成神话。神话在宗教仪式的示意图中发挥作用，

①　[德]恩斯特·卡西尔：《语言与神话》，于晓等译，北京：生活·读书·新知三联书店，1988 年，第 31、33 页。
②　[德]恩斯特·卡西尔：《语言与神话》，于晓等译，北京：生活·读书·新知三联书店，1988 年，第 36 页。
③　马大康：《现代、后现代视域中的文学虚构研究》，北京：中国社会科学出版社，2014 年，第 153 页。

因为这种仪式预先假定事物的现在与过去能得到总体和恰当的解释；它是一系列完全固定不变的示意性动作。从这个角度来看，较之于文学，历史与神话更接近。如同神话一样，历史确信自己的真实性，力图通过自我建构，成为一个民族辨识自己、确证自己、凝聚自己的重要手段；文学虽然也有这种功用，并因此被阿诺德视为民族财富，却因为意识到自己的虚构性，而具有更多的个体自由。历史更执着于既成的集体形象，以求得安定感；文学却注重个体、开放自我、追求自由感和创造性。①

但神话与历史不太相同的是，谈起神话，人们往往强调它的虚构与幻想成分，很多时候是无法在现实世界中找到明显对应的，如卡西尔所说，神话的世界在本质上是一个幻象的世界。让我们产生这种错觉的根源就是心智的原始性和自我欺骗性。心智的这种自我欺骗来源于语言，语言总是在戏弄人的心智。神话并非出于一种表述和创造的积极能力，而是产生于心智的某种缺陷。② 历史与神话的话语指涉性与建构性主次也不同：历史作品强调话语的指涉行为，意图强化指涉的确切性；神话则强调话语的建构行为，采取种种手法加强话语的建构性和言外之力。

所以，神话在本质上是一种语言与符号操控的产物，是带有文学色彩的叙事，也是一种集体无意识。就像文学批评家弗

---

① 马大康：《现代、后现代视域中的文学虚构研究》，北京：中国社会科学出版社，2014 年，第 280 页。

② ［德］恩斯特·卡西尔：《语言与神话》，于晓等译，北京：生活·读书·新知三联书店，1988 年，第 33 页。

莱的神话—原型批评试图对文学整体作出宏大、深入的概括那样，神话往往是一个民族乃至全人类的元叙述。

在朱利安·巴恩斯的作品中，神话的影子与意象随处可见。《10½章世界史》中，诺亚方舟及方舟的变体一再出现，构成了贯穿全书的基本意象和情节主线。诺亚方舟的意义当然不仅在于拯救的那些人和动物，而是人类这个整体。① 它不仅概括了人类生存的本质，也概括了一部世界历史。"偷渡者"章节的方舟、"不速之客"里的游轮、"海难"里的美杜莎之筏等都体现了巴恩斯选择诺亚方舟这个具有高度概括性的形象所意指的西方文学创作中普遍的救赎主题。

众所周知，戏仿被认为是一种带有嘲笑与否定性的写作手法，同时也是攻击虚伪的有效方法。巴恩斯在《10½章世界史》中有效运用了传统神话与后现代主义先锋写作之反差所带来的戏谑性。巴恩斯通过援引神话故事，建立读者对《圣经》的期待和联想，用戏仿的手法将神话的宏大叙事解构，以无政府主义式的混乱代替有序的常规叙事。

神话的作用就像人们的日常生活一样，往往说不清从何处习得，但不知不觉中就成为人们脑海中根深蒂固的存在，因为日常生活代表人们已经习惯了的世界。所谓事实是以习惯方式构造并被习惯接受的对象和事件，而非纯客观的对象和事件，因为对象即人的对象，事件也为人的符号活动所建构，它们都经过符号化或再符号化而被人所感知和认识。所以，事实也是

---

① 参见林本椿，"史非史实，心非心形"，《10½章世界史》序言，林本椿、宋东升译，南京：译林出版社，2010 年，第 2-3 页。

人为制造的，它之所以被认为是客观的，是因为人们已经完全习惯于这种符号活动，以至于根本就意识不到符号的介入。① 这种无处不在的元叙事所带有的压迫性力量使人们无视其影响而乐得其所，忙忙碌碌却不知其所终，就像巴恩斯笔下的婕恩在总结回顾完自己人生的七大奇迹后感叹道：

> 绝大多数人平平庸庸，这是事实。你听着英雄故事和爱恨情仇、冷暖悲喜长大成人，你自以为是地把成年的生命视作对个人意志的不辍行使，可是真的不是如此。你随机行事，可只有到后来你才明白为什么这样做，即便你真的已经付诸行动。②

起初，是神话与仪式活动帮助人们克服面对死亡与虚无的恐惧。现代人独尊理性，却没有了神话，就难以避免要陷入绝望。刚刚过去的 20 世纪就是虚无主义大泛滥的见证。③ 批评者认为，语言具有真理内容的幻想已经完全破灭，所谓的真理内容只不过是一些心灵的幻影。这种观点进一步认为，不仅神话、艺术、语言是幻影，就连理论知识本身也是幻影，因为即使是知识也必得用概念来框定事物的性质，而概念不过是思维创造出来的

---

① 马大康：《现代、后现代视域中的文学虚构研究》，北京：中国社会科学出版社，2014 年，第 180 页。

② ［英］朱利安·巴恩斯：《凝视太阳》，丁林棚译，北京：外语教学与研究出版社，2018 年，第 216 页。

③ 叶舒宪：《后现代的神话观——兼评〈神话简史〉》，《中国比较文学》，2007 年第 1 期，第 52 页。

东西罢了。因此，科学为了区分实在世界的现象而逐步发展出来的全部图式（schemata）原来无非是主观武断的设计（schemes），是心灵编织出来的空洞而缥缈的玩意，它们并不能表现事物的性质，它们表现的只是心智的本性。这样，知识以及神话和艺术都被还原成某种虚构的东西。这种虚构之物因其有用而令人爱不释手。① 神话和语言一样，在心智建构我们关于事物的世界过程中执行着规定和区别的功能。② 所以，神话成为一种实用主义虚构和规训的手段，强调总体性和一致性，湮没微弱的声音，并蜕变为一种颓废的自恋式话语游戏。佩特曼（Pateman）也认为，"一个人的神话可能是另一个人的统治工具"③。

巴恩斯通过对世界史的戏仿，表达了对总体性神话的抗拒。他认为我们不能相信当权者和权威讲述的历史，不能相信官方和已被人接受的历史，不能相信宣传。我们应该考虑到那些遭受过历史磨难的人的困境。④ 与其关注那些冰冷的虚构英雄事迹，不如倾听普通人的微小故事。正如《凝视太阳》颂扬平凡勇气所点出的：她（女主人公婕恩）的一生碌碌无为，格雷格利的

---

① ［德］恩斯特·卡西尔：《语言与神话》，于晓等译，北京：生活·读书·新知三联书店，1988年，第35页。

② ［德］恩斯特·卡西尔：《语言与神话》，于晓等译，北京：生活·读书·新知三联书店，1988年，第42页。

③ Matthew Pateman. *Julian Barnes*. London：Northcote House Publishers Ltd，2002：46.

④ 参见林本椿，"史非史实，心非心形"，《10½章世界史》序言，林本椿、宋东升译，南京：译林出版社，2010年，第7页。

所作所为更加微不足道。不过，他为什么要有所建树呢？因为这是他拥有的唯一的生命？①

当宏大叙事的合法性受到质疑，二元对立与排他主义被解构，也就迎来了"小叙事"的诞生。利奥塔提出，大叙事应该让位于"小叙事"。"小叙事"可以"把目光聚焦于单个事件上，从而把大叙事抛弃。他认为，多样性的理论观点要比宏大的、包罗万象的理论好得多。利奥塔认为宏大叙事是具有合法化功能的叙事，是为权力、制度、统治方式辩护的形而上学话语形式，旨在用一种普遍原则统合不同的领域，形成某种普遍的思想意识与价值规范，从而为制度的认同与权力的运作提供合法性的基础。然而这种统合的结果，导致的是"总体性"的产生，是用一种强势话语来压制其他的弱势话语。② 而科学技术的发展带来对稳定性的威胁，以"奥斯威辛"罪恶与悲剧为代表的现代性毁灭与合法性丧失，使得后现代主义不相信宏大叙事。③

巴恩斯是反对宏大叙事、提倡"小叙事"的践行者。整个《10½章世界史》就是一部小人物的歌颂史，也是对传统权威的戏仿之作。严肃的圣经故事以小人物（木蠹）的视角讲出，被完全颠覆：你们一直听人说，诺亚贤明正直、敬畏上帝，而我则

---

① ［英］朱利安·巴恩斯：《凝视太阳》，丁林棚译，北京：外语教学与研究出版社，2018年，第216页。

② 陈嘉明：《现代性与后现代性十五讲》，北京：北京大学出版社，2006年，第211页。

③ 陈嘉明：《现代性与后现代性十五讲》，北京：北京大学出版社，2006年，第214页。

把他描绘成一个嗜酒成性、歇斯底里的无赖。①《福楼拜的鹦鹉》中三份不同的编年史代表着三种不同看待福楼拜的视角：第一份编年史是官方的，第二份是身边人眼中的，第三份是与动物互动的。爱情续曲《尚待商榷的爱情》与《爱，以及其他》中关于同一个场景，从三角关系中三人各自的视角出发，呈现出了不同的侧重与责任划分，即故事结尾的侵犯事件到底是斯图尔特还是吉莉安的过错，读者无从得知。《终结的故事》里同一封重要的信件，两人描述的是两种不同的版本：掌握了话语权的叙述者托尼声称是一封友好的祝福信，而受害者维罗尼卡却直指这是一封恶毒的诅咒信。

　　小说中视角主义（perspectivism）的展现暗示着后现代时期碎片化、多版本的真相本质。没有一种总体性的历史，只有一些细节和片段的历史；没有宏大的历史，只有具体而微小的历史。后现代知识信奉维特根斯坦式的语言游戏，信奉差异，信奉歧义，信奉多元性，信奉微观性。局部的知识无须借助宏大叙事，无须借助共识、真理和普遍性，也不再依赖规则标准，它容忍且激励任何一种异质性。后现代性正是以绝对的差异来回击形而上学和总体性的。②"小叙事"的代表人物利奥塔也倡导一种异质性、歧异性的哲学，一种悖谬的逻辑，反对任何绝对、普遍性的存在，意在"重写现代性"，为一种多元、平等的社会提

---

① ［英］朱利安·巴恩斯：《10½章世界史》，林本椿、宋东升译，南京：译林出版社，2010年，第7页。

② 汪民安，《身体、空间与后现代性》，南京：江苏人民出版社，2015，第194-195页。

供新的哲学基础。利奥塔所强调的就是质疑元叙事，解构总体性，继而重写现代性。①

宏大叙事的合法性危机来源于人们对那些貌似无可置疑的客观真理和社会正义的质疑。任何自命的真理与正义，都必须依托宏大叙事来说明，而任何宏大叙事又都是理性主义发展的产物，因此，它的另一个名称是"启蒙叙事"。作为个体的人的理性自觉能力丧失，就意味着人作为认知主体的消亡。那么，一切关于知识、关于真理、关于历史，乃至关于美与善的话语界定，也同样走向了崩溃。② 为了应对理性主义崇拜所带来的人性奴役和心灵驯服，当代作家抛弃了宏大叙事，纷纷采用小叙事的形式，让文学言说不再成为知识的陈述或义理的表达，而是作家表达自身情志与感知的个人话语。为了从语言中重构这个世界，作家就应该坚信自己对社会与现实的感知和对人生与时代的感受，从而抛弃业已走向形而上学的绝对观念叙事。它是作家应对荒诞而破碎的世界而还原自身存在的一种言说方式。所以，后现代时期整体性的消解也是一种机遇，因为后现代主义消解了文化等级，宣布所有创作都别具一格。于是，文学摆脱了话语的规则，摆脱了集体主义的权力叙述，回到作家个人的反理性人道主义叙事，或者称为福柯式的"微观叙事"③。

---

① 陈嘉明：《现代性与后现代性十五讲》，北京：北京大学出版社，2006 年，第 231 页。

② 汤奇云：《论小叙事的诞生》，《深圳大学学报（人文社会科学版）》，2018 年第 1 期，第 150、153 页。

③ 汤奇云：《论小叙事的诞生》，《深圳大学学报（人文社会科学版）》，2018 年第 1 期，第 154 页。

在后现代之后的后人文主义时代，神话注定要被解构为后现代主义拼贴，人类的不平等与剥削一定会在隐喻中成为被讽刺的对象。多元主义让每一个碎片化的叙事拥有了自我独立性的可能，发出自己的声音。

二、叙事内外的视角越界

(一)文本内外的平行世界

后人文主义对他者的关注表现在文本中就是后现代主义小说的多元世界论，例如福柯的"异托邦"(Heterotopia)就指大量分裂的可能世界中不同空间的共存；麦克黑尔提出的"多维世界"(Heterocosm)，寓意多重实体的存在。麦克黑尔认为，后现代主义的状况就是多元世界里的无政府主义景观，后现代小说的关注点已从现代派的话题转向了多种不同的现实如何共存、冲突和渗透的问题。[①] 对后现代主义小说家巴斯(Barth)和福尔斯(Fowles)来说，叙事的多维世界主要与人们的选择和生存自由有关。作为艺术作品的内容，它不一定需要通过与经验世界的匹配度来评判。虚构世界所拥有的本体层面独立，决定了它不建立在"真实"上，而是可信度、动机、逻辑和文内连贯性上。[②] 只有语言能让人想象不在场的非真实和奇幻，例如，僵

---

① Brian McHale. *Postmodernist Fiction*. London：Routledge，1987：27-29.

② Linda Hutcheon. *Narcissistic Narrative*：*The Metafictional Paradox*. Waterloo：Wilfried Laurier University Press，1980：89-90.

尸、魔鬼、独角兽和霍比特人只存在于文字中。对于读者来说，文字的意义来自文内文字，而非外部经验世界，这也就造就了"多维世界"。语言使得读者有能力创造意义和想象的世界。① 如果我们把世界分为感知的世界、回忆的世界和想象的世界，那么，前两个世界属于一个世界，因为严格的时间相位主导着它们，而第三个世界由于缺乏严格和绝对的时间相位，实际上是不能算作一个世界的，充其量只能是一个"拟世界"②。

巴恩斯的《亚瑟与乔治》分别以"亚瑟""乔治""亚瑟与乔治"三个标题间隔，从亚瑟和乔治的视角各自进行讲述，两人的故事穿插交替，时态复杂多变。全知叙述者知晓小说人物的所有心理活动，但保持了福楼拜式的疏离，同时，小说包含大量自由间接引语，但作者并没有就道德判断或不确定的神秘事件发表评价或论断。③ 更值得一提的是，小说体现出对多重世界或者说是平行世界的关注：

> "现实世界"这个词反复萦绕在他的脑海里。对每个人来说，要理解什么是现实世界，什么不是现实世界多容易啊。一个不明就里的年轻律师在这个世界里被判拘役，进了波特兰……福尔摩斯在那个世界把莱斯特雷德和他的同

---

① Linda Hutcheon. *Narcissistic Narrative*：*The Metafictional Paradox*. Waterloo：Wilfried Laurier University Press，1980：98.

② 方向红：《时间与存在：胡塞尔与海德格尔现象学的基本问题》，北京：商务印书馆，2014年，第92页。

③ Frederick M. Holmes. *Julian Barnes*. New York：Palgrave Macmillan，2009：59.

事甩在身后，解开另一个谜团，还有那个彼岸的世界，那个紧闭的门后面的世界，托伊曾毫不费力地、静悄悄地走入那个世界。有人只相信其中一个世界，有人相信两个，少数人三个全信。为什么人们想象进步意味着信仰减少，而不是信仰增加，为什么进步不是意味着打开胸怀，接纳宇宙更广阔的天地呢？①

首先，亚瑟是一个招魂术（spiritism）爱好者，他相信灵魂的转世。而有关灵魂的讨论与时间、现象与拟世界息息相关，譬如人的身体毁灭后，灵魂可能以别的形式存在：单子的第一个特征是其无广延性和不灭性。单子是植物或动物的"灵魂"维度，植物或动物的躯体有广延，但它们的"灵魂"没有广延；每一种动物或植物总以自己的方式开始并终结生命，然而，每一个作为个体的单子本身"是不可毁灭的"。单子的第二个特征是其永不停顿的构造性。单子不仅不会随着生命的结束而消亡，而且在任何时候都不会停止其构造活动。由于它是一种意向性的存在，因此，它总是以意向的方式构造出各种不同的形象或表象，诚如胡塞尔所言："单子的存在是在内时间性中从来没有开端和终结的自在自为的存在。"单子的第三个特征在于，它不同于外在的时空中的对象，它没有可以让其他对象或单子进入其中的空间，它也无法对外在对象施加任何影响，它是完全封闭、独立的存在。单子虽然没有自己"内部"的空间结构，但

---

① ［英］朱利安·巴恩斯：《亚瑟与乔治》，蒯乐昊、张蕾芳译，北京：人民文学出版社，2007年，第350页。

这并不意味着单子就是空无的代名词，它还具有另一个特征：
"拟世界性"和时间性。①

小说中，亚瑟不仅参与了招魂术协会的活动，还在自己的
葬礼上安排了一场与灵媒对话的仪式，他认为：如果操作者和
接收者之间有一种天然的感应，那么神交就确实可以发生。②
死亡是从幼时就萦绕在亚瑟心中的现实，他相信亡灵有时会与
生者对话。生命在肉体死亡之后还会延续。③ 亚瑟想象力丰富，
有时无法区分真实与幻想，而乔治则抗拒招魂术，因为从小被
教育相信上帝之言的乔治缺乏想象力。④ 对于乔治来说，除却
日常现实世界外，他所关注和沉浸的是自己的法律异世界：

> 乔治乘坐着从布洛克斯维奇到伯奇尔斯的火车，看着
> 窗外的灌木篱笆。他所看到的跟其他乘客看到的大异其
> 趣——他们看到的是盘错的灌木丛被风吹拂、鸟儿筑的
> 巢——而他看到的却是，土地按其所有者划分了正式的界
> 线，根据合同或者长期约定俗成的使用框定边界，用以增
> 进友好关系，并避免土地争夺。⑤

---

① 方向红：《时间与存在：胡塞尔与海德格尔现象学的基本问题》，
北京：商务印书馆，2014年，第151、152页。

② ［英］朱利安·巴恩斯：《亚瑟与乔治》，蒯乐昊、张蕾芳译，北
京：人民文学出版社，2007年，第50页。

③ Frederick M. Holmes. *Julian Barnes*. New York：Palgrave Macmillan，
2009：64.

④ Peter Childs. *Julian Barnes*. Manchester：Manchester University Press，
2011：144.

⑤ ［英］朱利安·巴恩斯：《亚瑟与乔治》，蒯乐昊、张蕾芳译，北
京：人民文学出版社，2007年，第83-84页。

其次，小说中存在着现实与虚构的平行世界。《亚瑟与乔治》是一部对话式小说(dialogic novel)，分别从"亚瑟"与"乔治"的不同视角展开，读者需要积极参与小说线索的解读当中。从现实层面来说，整部小说就是亚瑟的骑士罗曼史(chivalric romance)。亚瑟的父亲没有对他的母亲尽到骑士的责任，这个任务现在落到了他这个儿子身上。他无法用14世纪的方式解救自己的母亲，就只能通过写故事，在虚构中解救他人，来解救自己的母亲。[①] 就亚瑟的故事线来看，小说主要讲述了亚瑟是如何拯救家人、出于道义帮助乔治洗刷冤屈的故事，还有他徘徊于妻子与情人之间的情感纠葛，以及他寄希望于招魂术为众生找到永生出口的神秘主义倾向。乔治的故事则围绕他在家乡的少年时期、家人受到歧视迫害以及成年工作后无端被诬入狱展开。起初由于父亲坚定的宗教教导，乔治对自己所遭遇的种族歧视与迫害视而不见，但后来经过与亚瑟的交往并见证了亚瑟破解案件的过程后，最终选择看见与面对真相。

从虚构层面来说，这部小说中还嵌套着一部侦探小说，还充满了虚构指涉，如柯南·道尔、福尔摩斯等，读者也被邀请加入破案的过程。通过这种方式，小说暗示读者，现实就是一部集体的虚构，通过社会化、体制化与日常互动等方式，尤其是作为媒介的语言来建构和维系。在多元实体观念的影响下，虚构世界获得几乎与现实世界同等的地位。在索绪尔和维特根斯坦之后，语言不再是反映或再现的透明工具，它本身就是世界观。

---

① ［英]朱利安·巴恩斯：《亚瑟与乔治》，蒯乐昊、张蕾芳译，北京：人民文学出版社，2007年，第31页。

　　所以，与传统现实主义小说不同的是，后现代主义小说是作者与读者的共谋。《亚瑟与乔治》一方面反映了当时经验世界里的种族偏见，另一方面又是一部虚构柯南·道尔与乔治交集并且鼓励读者参与破案的元小说。元小说的两个关注点，其一是叙述结构，其二是读者的角色。自恋型叙事的特点就是使创作过程暴露自身，所以，元小说是一种"生产"，文本既向内自我指涉，又向外牵引读者。① 元小说在话语表述层面、话语行为层面和叙事时间层面造成相互冲突的时间关系：在话语表述层面，无论内容和形式都铭刻着作者写作特定时代的历史印记，不可避免地打下写作时间和表述对象的时间（过去时间）的印痕。可是从话语行为层面看，话语行为是随阅读而发生的，是现时正在展开的行为，具有当下性。这种当下发生的话语行为，将读者无可奈何地卷入眼前正在建构的文学虚构世界，令读者陶醉于此时此刻的经历之中。读者与作品世界之间发生的移情，读者与作品人物相互融合，都注定话语构建文学虚构世界的行为改写，发生在读者阅读的当下，是读者在此刻亲身参与的现时行为。②

　　文学活动并非对象性活动，它另行建构了一个虚构的世界，一个仅仅属于人的自身体验而不属于现实的另一个世界。于是，世界也就不再作为人的对象而存在，它让人处在另一个生存维

---

　　① Linda Hutcheon. *Narcissistic Narrative*：*The Metafictional Paradox*. Canada：Wilfried Laurier University Press, 1980：6-7.

　　② 马大康：《现代、后现代视域中的文学虚构研究》，北京：中国社会科学出版社，2014 年，第 309-310 页。

度上，处在非现实的虚假意向关系之中。因此，文学虚构的越界行为是直接由现实关系转向非现实关系，由对象性转向非对象性关系的，越界行为的关键在于意向性关系的转换。① 如古德曼所说，世界是人类符号活动的产物，是被人为构造的，存在着各式各样不同的世界，而没有一个所谓实在的世界。因此伊瑟尔认为，虚构有着实用主义的本性，它取决于我们对待它的态度，总是随着不同的需要和不同的语境以游移不定的方式展示自身，产生出虚构的不同形态，其边界永远处在变化之中。②

总结来看，《亚瑟与乔治》不仅塑造了两位主人公的平行世界，同时也嵌套着作者与读者的交替时空。小说的四个章节分别为：开始；以结尾开始；以开始结尾；结尾。小说开头以亚瑟祖母去世这样表达终结的场景开始，在结尾以乔治采纳新的世界观作结，③ 互相平行，又有所呼应。加达默尔谈到审美同时性问题时认为，艺术作品的存在是不能与它的表现割裂开的，只有在其表现中才产生结构的统一性，而作品的表现又只能发生在欣赏者亲历其中的时刻，发生在欣赏者观赏的当下，所以，无论作品的来源是多么遥远，它都只在观赏的当下开始表现，

---

① 马大康：《现代、后现代视域中的文学虚构研究》，北京：中国社会科学出版社，2014 年，第 203 页。

② 马大康：《现代、后现代视域中的文学虚构研究》，北京：中国社会科学出版社，2014 年，第 199 页。

③ Katherine Weese. "Detection, Colonialism, Postcolonialism：The Sense of an Ending in Julian Barnes's *Arthur and George*". *Journal of Narrative Theory*, 2015, vol. 45, no. 2, p. 302.

并诉诸欣赏者。① 克默德在《结尾的意义》中指出，人总是根据自己的内心需求来构造世界的时空结构，人为设定开端和结尾来赋予人生以意义，为了寄托焦虑和希望来划分千禧年、世纪以及其他非常主观的历史时期，并将对现在的感知、对过去的记忆和对未来的期待纳入一个共同的结构之中。人需要开端、结尾和时序。因此，没有客观的历史，只有根据不同范式所建立起来的历史，而这些范式恰恰是人的主观性产物。它们必须满足人类需要、产生意义和提供安慰。②

（二）内部与外部的视角越界

热奈特将视角越界(narrative metalepsis)定义为任何文本内与文本外的叙述者互相侵入的现象。它是对固有叙事边界的挑战，是对文本边界的跨越。③ 它可以被细分成不同类型，如劳瑞(Marie-Laura Ryan)将其分为本体越界(ontological metalepsis)与修辞越界(rhetorical metalepsis)。前者指不同等级文本间的常态互动，后者指仅仅通过个别修辞手段的浅尝辄止。弗卢德尼克(Fludernik)又将其分为作者越界(仅仅是为了强调故事的虚构性)、不同类别的本体越界(人物分别向下和向上的越界)和

---

① 马大康:《现代、后现代视域中的文学虚构研究》，北京：中国社会科学出版社，2014年，第308页。

② 马大康:《现代、后现代视域中的文学虚构研究》，北京：中国社会科学出版社，2014年，第175页。

③ Dorrit Cohn & Lewis S. Gleich. "Metalepsis and Mise en Abyme". *Narrative*, 2016, (1), p. 106.

修辞越界，同时，也将其分为真实的和想象的越界。① 科恩则将视角越界分为了外部越界（exterior metalepsis）（文本内与文本外）和内部越界（interior metalepsis）（文本内的不同故事层级）。②这样一来，内部越界实际上就是一种文学的嵌套结构（mise en abyme）。

　　巴恩斯的视角越界技巧在《福楼拜的鹦鹉》和两部爱情续曲中运用得最为广泛。按照上述分类，《福楼拜的鹦鹉》里充满了内部视角越界，即文本内分为多个故事层级，相互越界。例如，在"跨越海峡"一章里，作者心中有三个故事，"一个关于福楼拜，一个关于埃伦，一个关于我自己。我的故事最难开头。我妻子的故事更复杂，但我也不想讲那个。在我讲她的故事之前，我希望你有所准备。埃伦的故事是真实的。你也等着听我自己的故事，对吧？"③叙述者布拉斯韦特在实际叙述时经常在这三个故事中穿插，一会儿说起追寻福楼拜的故事，一会儿专注讨论福楼拜，一会儿开始说妻子埃伦，一会儿又开始谈自己内心的感受。"我是个诚实的人，我的目标是讲真话。我诚实，我可靠。我当医生时，从来没有杀死过一个病人。我听上去像一

---

　　① Alice Bell & Jan Alber. "Ontological Metalepsis and Unnatural Narratology". *Journal of Narrative Theory*, 2012, (2), p. 167.

　　② Dorrit Cohn & Lewis S. Gleich. "Metalepsis and Mise en Abyme". *Narrative*, 2016, (1), p. 106.

　　③ ［英］朱利安·巴恩斯：《福楼拜的鹦鹉》，但汉松译，南京：译林出版社，2016年，第106-107页。

个完美圣徒。可我不是。不,我没有杀死我的妻子。"①叙述者一直在以第三人称客观地评论福楼拜,突然插入一句惶恐错乱的自白,给读者造成了阅读的焦虑。这种阅读体验是运用视角越界技巧的作品经常想要刻意达成的效果,目的就是解构连贯统一的虚假叙事。同时,上段话的末尾也出现了一个修辞越界,即人物越出了文本边界,向读者发出了邀请。这一现象在两部爱情续曲中表现得更为明显,是一种典型的外部视角越界。

在两部爱情续曲中,经常有文本人物与读者对话的场景出现,即人物自白中突然出现与"你"的对话:

奥利弗:

你好!我是奥利弗·拉塞尔。来支烟吗?我知道你是不抽烟的。我抽一支你不介意吧?是的,我当然知道抽烟对身体不好,但那正是我喜欢抽烟的原因。上帝啊,我们才刚刚认识,你就像一只松鼠那样咄咄逼人了。这跟你到底有什么关系?②

奥利弗:

抽支烟?不抽?我知道你不抽——你以前说过。你反对抽烟的想法依然闪耀在霓虹灯里。我有一条恶作剧般的

① [英]朱利安·巴恩斯:《福楼拜的鹦鹉》,但汉松译,南京:译林出版社,2016年,第121-122页。
② [英]朱利安·巴恩斯:《尚待商榷的爱情》,陆汉臻译,上海:文汇出版社,2020年,第8-9页。

新闻要告诉你，今天我在报纸上读到，如果你吸烟，那么你得阿尔茨海默病的概率可能比不吸烟要小。惊到了吧，真的惊到了吧？来吧，抽一支，熏黑你的肺，保全你的脑。①

这样的视角越界目的之一就是要吸引读者的注意力，并且要提醒读者，人物话语的真实性是否要打上问号，因为这极有可能是小说人物哄骗读者的瞎编乱造。除此之外，人物还通过越界为自己赋权，不再是被动地被读者、作者所控制，而是获得与前者一样甚至更高的地位：

也许你自认为和以前基本一样，相信我，你已跟从前不一样了。②

我只有一个请求，请不要将这下一章命名为"来龙去脉"。请不要这样，拜托了。可以吗？③

总之，通过视角越界的创作技巧，巴恩斯想要表达他在《10½章世界史》"插曲"一章里说到的观点：你要爱某个人就不能没有

---

① [英]朱利安·巴恩斯：《尚待商榷的爱情》，陆汉臻译，上海：文汇出版社，2020年，第77-78页。

② [英]朱利安·巴恩斯：《爱，以及其他》，郭国良译，上海：文汇出版社，2018年，第1页。

③ [英]朱利安·巴恩斯：《爱，以及其他》，郭国良译，上海：文汇出版社，2018年，第10页。

富于想象力的同情心，就不能不学着从另一个角度来看这世界。没有这种能力，你就不能成为一个好恋人。①

三、文类混杂

种类混杂（Hybridization）是一种专事拼凑、仿作的文学技巧。在《亚瑟与乔治》中，传统小说、侦探故事、人物传记、法律争论等文类中都有所涉及。这本小说既是讲述 19 世纪两位男士之间交集与友谊的传统虚构小说，又是一个围绕破解杀马疑案展开的侦探故事，同时还是关于历史真实人物侦探小说家亚瑟·柯南·道尔的半虚构传记。在亚瑟为乔治辩护的描写中，专业的法律探讨与法律话语也占据了小说的一席之地，又增添了其非虚构的意味。巴赫金认为小说文类的流行正是来源于其对其他文类的广泛包容，同时它是一种处在不断发展中的事物，并且始终坚持文类间的对话与语言、声音的混杂。② 现代小说用并置打破叙述的时间流，并列地放置那些或大或小的意义单位，使文本的统一性不是存在于时间关系中，而是存在于空间关系中。③

提及巴恩斯的文类混杂写作特点，赵胜杰认为，首先，巴

① ［英］朱利安·巴恩斯：《10½章世界史》，林本椿、宋东升译，南京：译林出版社，2010 年，第 225 页。

② Gregory J Rubinson. *The Fiction of Rushdie*, *Barnes*, *Winterson and Carter*: *Breaking Cultural and Literary Boundaries in the Work of Four Postmodernists*. London: McFarland & Company Inc., 2005: 14.

③ 马大康、叶世祥、孙鹏程：《文学时间研究》，北京：中国社会科学出版社，2008 年，第 170-171 页。

恩斯跨越文类边界体现出他对小说和其他文类形式之间互文性关系的自我反省和自觉意识，凸显了小说和其他文类形式为人工制品的虚构属性。其次，这一形式实验还挑战读者和批评家对传统线性故事情节的阅读期待与阐释模式，因为当体裁瓦解时，在作者、读者、批评家之间达成的传统契约的条件与框架就被更改。再次，巴恩斯以其标志性的反文类写作方式形成不同文类之间的狂欢化，消解传统文类等级，实现不同文类之间的平等对话，体现出其兼容并蓄的艺术创作思想，这与后现代主义文化品格相契合。①

在提到元小说叙事中的侦探情节时，哈琴说道："侦探小说是自觉程度（self-aware）很高的类型，小说中通常会有一位侦探小说作家。这种文类崇尚秩序与逻辑的传统。同时，侦探小说鼓励读者的积极参与，阅读就是不断根据提示获得答案的解题过程。"②在《亚瑟与乔治》中，亚瑟从见到乔治的第一面起就认为他是无辜的，并提供了许多细节加以佐证，如乔治高度近视，根本无法在黑夜中实行犯罪。乔治为人极有教养，毫无暴戾之气，骨子里认为自己是一个英国人。同时，他面对白人的冒犯不瘟不火，完全沉浸于自己的法律事业与家庭生活中。这些例子让小说更具侦探文学的特点，面对扑朔迷离的案件，读者在侦探亚瑟的带领下，收集细节证据，一同寻找答案。

---

① 赵胜杰:《朱利安·巴恩斯新历史小说叙事艺术》，北京：中国社会科学出版社，2021年，第36页。

② Linda Hutcheon. *Narcissistic Narrative*: *The Metafictional Paradox*. Waterloo: Wilfried Laurier University Press, 1980: 72.

文类混杂的技巧在巴恩斯其他作品中也多次出现，如《福楼拜的鹦鹉》中融合了考试试题、学术研究、字典词条、编年史等各种各样奇特的文类，对传统的小说文类定义发起了严峻的挑战。《福楼拜的鹦鹉》在侦探小说的认识论框架下，将读者带入对答案的追寻之中，不仅是追寻鹦鹉，还有布拉斯韦特遮遮掩掩的动机。① "布拉斯韦特的庸见词典"章节则是对字典文类的一种讽刺与戏仿，过去严格的文类也充满主观性。《尚待商榷的爱情》与《爱，以及其他》虽然有小说的情节与人物，但更像戏剧式的对话与独白。《10½章世界史》更是融合了奇幻历险、法律庭审、书信和短篇故事的拼贴。从读者阐释的角度来看，文类是介于读者和文本之间的"期待视野"。依卡勒来看，这种期待视野实则是读者在阅读文本时所要探寻和遵循的某种连贯性秩序。可见文类不仅有助于读者划分文本，还规范着读者对文本意义连贯性和秩序的阐释。然而，在后人文主义文化语境中，文类的实验使得书写表现为模糊与跨越，甚至取消了隐含的统治或权威的界限。传统文类意味着意义的"同一性"，但是在后人文主义追求新奇、多变的语境下，超越文类边界已成为时尚，传统文类界限不复存在。相应地，蕴藏其中的"同一性"和"文学秩序"也遭到了瓦解和颠覆。②

---

① Daniel Lea："'Parenthesis'and the Unreliable Author in Julian Barnes's *A History of the World in* 10½ *Chapters*". *ZAA*, 2007, (4), p. 385.

② 赵胜杰：《朱利安·巴恩斯新历史小说叙事艺术》，北京：中国社会科学出版社，2021年，第38页。

小　结

　　人文主义执着于二元对立和设置边界，而这种划界并非毫无意义，正如齐美尔所言，划定界限不仅可以确立方向，还可提供价值上的安全感、解释上的确定性以及世界的可理解性。然而，在后人文主义语境下，价值相对主义和虚无主义泯灭了中心与边缘、善与恶等之间的界限，一切被设立了等级，原本有着固定边界的东西都烟消云散了。

　　巴恩斯在《10½章世界史》中批判了逻各斯中心主义的思维模式和行为模式，并开启了反中心主义的文化路线。他明确指出，数千年来人类一贯坚持由偶像和先祖上帝、诺亚创立的二元区分、等级化、排他性的中心主义思想行为，结果引发了人与动物、族群与族群、阶级与集团之间的矛盾冲突。在《亚瑟与乔治》《凝视太阳》等作品中，巴恩斯还充分揭示了物种、性别与种族的强制对立以及文类的规范边界。

　　但是，本章分析认为，巴恩斯的作品体现了对权威与武断的边界划分之消解，因为人造的宏大叙事、"非此即彼"的僵化二元预示着绝对主义的陷阱。面对这些边界的局限，巴恩斯的作品体现了自我与他者合一、包容并蓄的一元论思想倾向，并通过宏大叙事的消解与"小叙事"的支持以及视角越界、文类混杂等创作技巧，提倡多元化、平等宽容的世界观。

　　在传统人文主义的绝对与后现代主义的虚无都失效的当下，巴恩斯提倡一种承认边界局限并与之和解的包容态度，即传统的绝对关系是建构的，但绝对的虚无放弃了应有的道德责任。在发现边界的局限后，主动走出自我，面向他人，让边界成为动态的持存才是本真的存在。保持界限并不是拒他人于千里之外，而是为了界定自我的空间和责任感。巴恩斯的作品也体现出人类的文化出路在于完全摒弃中心主义思想方式和二元对立的观念，坚持反中心的思想方式，自然自由、万物一齐的观念，以及宽容互敬的大爱法则。①

---

① 肖锦龙:《文化洗牌与文化重建:英国当代先锋小说的后现代性》,北京:人民出版社,2018年,第16页。

第三章 "人的终结"——生存的
局限与和解

　　在解构了人的中心性、自主性和二元对立等传统人文主义赋予人的特质之后，后人文主义宣告了"人的终结"。福柯在《词与物》的结尾指出："人是近期的一项发明，并且也许正在接近其终点……人将被抹去，如同大海边沙地上的一张脸。"①这里的"人"是大写的人，是作为人类整体的人，是作为一种抽象本质、话语建构或者能指游戏的人性。

　　后现代主义在解构和否定大写的人的同时，也遮蔽和放逐了作为个体的人，并陷入了虚无主义的绝望。面对后现代的主体性危机，后人文主义一方面着力打破人文主义对"人"的形而上学理想的迷恋，另一方面也试图在"大写的人"的后现代碎片中寻找一个个"活生生"的人，重新思考人的现实存在与终极关怀，并逐渐弥合破碎的精神世界，重获完满的人性。② 正如《二

---

　　① ［法］福柯：《词与物——人文科学考古学》，莫伟民译，上海：三联书店，2002年，第506页。

　　② 金洁：《后人文主义之后——21世纪西方人文精神的新走向》，《河南科技大学学报（社科版）》，2019年第3期，第52页。

十世纪法国思潮》的作者约瑟夫·祁雅理所言："不管哲学家或
文学家要人做什么或说什么，他们都不能把人从语言或历史中
驱逐出去……可是如果他们再向前走，他们一定会发现在冰山
的那一边，即纯粹唯我心灵结构的那一边，还有许多人在欢
歌……可他们仍然是活生生的人，而不是从语言中汇总产生出
来的东西。"①这些"活生生的人"正是后人文主义之后人类的
希望。

当然，处于人类世的后人文主义不再将人看作绝对与完美
的自治主体，而是有限度的存在。后人文主义世界强调人的有
限性，一种存在于有限的身体与末日的危机之上的有限性。对
于个体的人而言，最终的局限就是死亡。个人对死亡的意识、
对死亡的发现乃至出自本能和情感对死亡的抗拒，构成了个人
的现实存在局限与悖论。只有当人有了对死亡的意识，意识到
人自身存在的有限性，他才能真正地珍惜存在。而对于死亡和
死亡之外的永恒之思索，则在人的有限性存在之外，给予人和
时间以新的照耀，赋予新的意义。② 特别是在尼采宣布"上帝已
死"之后，作为终极救赎的传统基督教信仰已飘摇不定。在当
下步入后世俗时代的英国，小说家们开始了"局部信仰"（partial
faith）的探索③，既对任何一种信仰都保持警惕，又不完全摒弃

---

① ［英］约瑟夫·祁雅理：《二十世纪法国思潮》，吴永泉译，北京：
商务印书馆，1987 年，第 178 页。

② 吴国盛：《时间的观念》，北京：商务印书馆，2019 年，第 4 页。

③ Eileen Pollard & Berthold Schoene eds. *British Literature in Transition*,
1980-2000: *Accelerated Times*. Cambridge: Cambridge University Press, 2019:
261.

信仰所能提供的安慰。这一中间派的调和道路，在不可知论者巴恩斯的作品中也有所展现。

第一节 个体与整体的生存危机

一、个体的衰老叙事

作为个体存在的终结篇，老年通常与脆弱、沉默、过时等形容词相联系。人们忙碌于现实的琐碎，习惯于忽略老年群体，认为他们应该偏安一隅，乐享晚年。朱利安·巴恩斯在多部小说中展示了生命个体迈至暮年与死亡的衰老叙事，其短篇故事集《柠檬桌子》《脉搏》以及半自传体散文《没什么好怕的》较为集中地刻画了老年生活，关注人类暮年的脆弱与生存困境，揭示了老年人所面临的种种问题与真实境况。

短篇故事集《柠檬桌子》以第一或第三人称讲述了一系列围绕"衰老"展开的故事，并且故事的主角都是老年人。"柠檬桌子"这一标题来源于最后一篇故事：作曲家西贝柳斯（Sibelius）在赫尔辛基的一家餐馆里有一张特殊的桌子叫作"柠檬桌子"，任何坐在那里的人都要谈谈死亡。"你知道的那些事儿"一章讲述了两位耄耋闺蜜珍妮丝和梅里尔的故事。在相继成为寡妇之后，她们约定每周一起吃早餐，共同面对衰老。她们回忆往昔、谈论爱人，感慨朋友很多时候只是临时的伙伴，但是当伴侣和孩子离开后，朋友又继续互相陪伴着走向人生的终点。"复活"一章讲述了老年屠格涅夫陷入爱河，与年轻女演员演绎了一段浪漫爱情的故事。"水果篮子"里的叙述者出生在一个母亲咄咄逼人、父亲唯唯诺诺的原生家庭。然而，父亲却在 80 岁的时候恋爱并有了外遇，最后的结果是叙述者要亲自劝退自己八旬父亲的 60 岁婚外情人。"树皮"故事里的德拉库尔痴迷于保健与长寿，通过吃树皮来养生，一切只为了完成"比同龄人活得更久"的老年新人生目标。"学习法语"讲述了一位 80 岁的单身独居女人西尔维亚给作家巴恩斯写信探讨死亡问题的故事。面对逐渐到来的衰退，孤独的她甚至找不到一个可以倾诉的人。"食欲"讲述了一位医生失忆后，虽然对妻子满口污言秽语却仍然会爱上妻子年轻时候样子的故事。最终章"沉默"则抒发了一位老年作曲家对事业辉煌不再的感伤。

　　另一部短篇故事集《脉搏》则更像是一部人性幽微的体察史。故事集的大部分主人公或多或少存在着感官的缺陷，他们是聋哑人、嗅觉失灵者、盲人、皮肤病患者等。巴恩斯通过人类感官缺陷的设定，不仅体现了人之限度，而且通过强调人类情感，质疑了理性的限度。"东风"讲述了一位前东德女游泳运动员一直生活在训练阴影下的故事。"与约翰·厄普代克上床"讲述两个性格迥异，但同为作家的女性好友简与艾丽丝之间相互攀比的故事。"擅入"讲述了与前女友凯茜分手后的杰夫，通过发表单身优势宣言，和结识新女友琳，来排解孤独的故事。"婚姻线"讲述男主人公重返与自己已离世妻子旅行过的旧地，从而放下过去的回忆的故事。在充斥着昨日美好的触景生情中，他发现自己无法驾驭悲伤，只能为悲伤所驾驭。"画师"讲述了聋哑人沃兹华斯因为感官的缺陷反而比常人在识人看物上更为敏锐。"同谋"讲述了同样患有皮肤障碍、需要戴手套的叙述者与女医生之间突破障碍，终于互相触摸的故事。在"和谐"这个故事中，已小有名气的钢琴天才玛丽亚突发失明，父母请医生M用磁石疗法将其治愈，却发现恢复了视力的玛丽亚钢琴水平突降，极有可能失去从前的光环。这时父母不惜粗暴中断治疗，让玛丽亚继续在黑暗中演奏。

近年来，文学研究开始关注老年与衰老的议题，"文学老年学"（literary gerontology）研究发展势头强劲。美国罗格斯大学出版社就出版了"文学老年学"系列书籍《老龄化的全球视角》（*Global Perspectives on Aging*）①，其中反对"年龄歧视"（ageism）的书籍已成为经典书目。英国现当代文学研究领域著名学者哈勃（Hubble）与图（Tew）撰写的《老年、叙事与身份——新量性社会研究》（2013）也关注叙事与老年身份互动的议题。② 福尔科斯（Falcus）研究了帕克三部小说中的衰老叙事，具体而言，即社会文化是如何通过"隐形""沉默"等表征强制规训老年的脆弱性与限度问题。③ 克里勃那克（Kriebernegg）分析了阿特伍德小说

---

① 包括 *Changes in Care*（2021），*Aging in a Changing World*（2021），*Growing Old in New China*（2021），*Aging Nationally in Contemporary Poland*（2020），*Through Japanese Eyes*（2020），*Linked Lives*（2020），*Gray Matters*（2020），*Ending Ageism, or How Not to Shoot Old People*（2017），*Successful Aging as a Contemporary Obsession*（2017），*Transnational Aging and Reconfigurations of Kin Work*（2017），*Aging and Loss*（2015）等。

② 参见 Nick Hubble & Philip Tew. *Aging, Narrative, and Identity: New Qualitative Social Research*. London: Palgrave Macmillan, 2013.

③ Sarah Falcus. "Unsettling Ageing in Three Novels by Pat Barker". *Ageing & Society*, 2012, (32), pp. 1382-1398.

里的老年"负担叙事"(burden narrative)以及老年的空间表征。①
就巴恩斯作品中的衰老叙事而言,皮克拉斯(Piqueras)梳理介
绍了文学老年学的发展脉络,并以《柠檬桌子》为例分析了其中
的衰老表征,得出小说人物试图与老年脆弱性和解,并提出身
体的衰弱(frailty)并不影响心灵的活跃这一观点。② 鲁宾逊认
为,巴恩斯的小说中充满了衰败(decline)的意象:如《美杜莎
之筏》上的蠹虫、吉莉安修复的古画和福楼拜的铜像。③ 许文茹
认为,巴恩斯的主要作品《福楼拜的鹦鹉》《英格兰,英格兰》
《终结的感觉》等小说在表达对个人记忆及历史的质疑,消解了
宏大叙事之余,也表达了作者强烈的生存关怀。④ 刘坤在对琳
达·哈琴关于老年话题创作的访谈中也提道:不同文化对待老
人的态度截然不同,褒贬并存。老人既对国家经济和医疗系统
构成威胁——西方媒体称之为"灰色海啸",又是国家财富之源
泉,稳定之根基。他们既受嘲讽又被敬畏。有人嫌他们老无所
用,有人奉他们为智慧宝典。社会对"创造力"与衰老的关系,
亦表现出两极分化的态度:老年艺术家或疲惫不堪,过度耗损,

---

① Ulla Kriebernegg. "'Time to go. Fast not Slow': Geronticide and the Burden Narrative of Old Age in Margaret Atwood's 'Torching the Dusties'". *European Journal of English Studies*, 2018, (22), no. 1, pp. 46-58.

② Maricel Oro Piqueras. "The Multiple Faces of Aging into Wisdom in Julian Barnes's The Lemon Table". *The Gerontologist*, 2019, (xx), pp. 1-8.

③ Gregory J Rubinson. "History's Genres: Julian Barnes's 'A History of the World in 10 ½ Chapters'". *Modern Language Studies*, 2000, (2), pp. 172.

④ 许文茹:《论[英]朱利安·巴恩斯〈终结的感觉〉中的记忆、历史与生存焦虑》,《山东社会科学》,2016 年第 11 期,第 170-174 页。

几近终结；或迎来事业"第二春"，精力充沛，老骥伏枥，创作不止。21 世纪的西方世界就老年化问题形成了一套强烈的"衰老叙事"和同样强烈的衰老抵制。有学者指出，抵制衰老表明我们身处的社会拒绝死亡、迷恋青春，不愿直面老年带来的现实问题。①

在朱利安·巴恩斯的作品中，老年生活的真实状态主要围绕着以下现象展开：对死亡的恐惧，感官的衰退、孤独感倍增、尊严丧失、朋友与社会地位的丧失、事业的危机等。

首先，个体衰老的脆弱性体现于时光已逝与死亡迫近，衰老正是位于生死之间的临界状态。巴恩斯在半自传体散文《没什么好怕的》中描写失忆的父亲在临终前的无奈与辛酸时提道，"母亲说，还好我没有看到他临终的样子：他不言不语，不吃不喝，瘦得只剩下一把骨头。最后一次探望时，当她问他是否认得她时，他答道："我想，你是我的妻子吧。或许，这是他在人世间说的最后一句话了。"②

面对死亡临近的威胁，人类衰老的脆弱显得凄美而无奈。《脉搏》中的最后一个故事"脉搏"讲述了普通中产阶级家庭的两代人，其中父母是一对恩爱夫妻，母亲在医院管理部门上班，父亲是一名事务所律师。后来，上了年纪的父亲得了嗅觉丧失症，闻不到任何味道；母亲一向是家里的主心骨，却突然患上

① 刘坤：《老年化、理论研究、重访后现代主义——琳达·哈琴教授访谈录》，《当代外国文学》，2016 年第 1 期，第 168 页。

② ［英］朱利安·巴恩斯：《没什么好怕的》，郭国良译，南京：译林出版社，2019 年，第 195 页。

了更严重的运动神经元症，不久即将离世。在过世前的病房里，母亲已经不能动弹，一周没讲过话。临终前，父亲去病房陪伴。他拉上隔帘，不想让人瞧见这亲密时刻，然后买了很多包鲜草药，带给她闻，希望她留下对这个世界美好的记忆。"'我'想象他相信她能闻到它们的芳香，希望它们能给她带来快乐，唤起她对这个世界美好的记忆——或许甚至让她想起某个异国的山腰或灌木丛林，彼时彼地，他们的鞋子踩出一阵野百里香的香气。我希望，他坚信在她的最后几天她心中只有最美好、最幸福的遐想。"①

同时，巴恩斯将虚无的衰老濒死状态具化成恐怖的意象，如《没什么好怕的》里说，"随着死亡的临近，人会散发出鱼样的腥臭气"②。"手臂萎缩成胡萝卜样，粗细和外表都像"③。"死亡证明说，父亲死于1）中风；2）心脏病；3）肺气肿。但他真正的死因是精疲力竭和放弃希望"④。同时，在世时的种种恩怨，在濒死时皆烟消云散，例如，你平生无论怎么逃离父母，他们都会在死时将你收回。⑤ 绝症提供了种种机会：共同回忆

---

① ［英］朱利安·巴恩斯：《脉搏》，郭国良译，南京：译林出版社，2015年，第271-272页。

② ［英］朱利安·巴恩斯：《没什么好怕的》，郭国良译，南京：译林出版社，2019年，第244页。

③ ［英］朱利安·巴恩斯：《没什么好怕的》，郭国良译，南京：译林出版社，2019年，第263页。

④ ［英］朱利安·巴恩斯：《没什么好怕的》，郭国良译，南京：译林出版社，2019年，第195页。

⑤ ［英］朱利安·巴恩斯：《没什么好怕的》，郭国良译，南京：译林出版社，2019年，第263页。

往事、相互道别、表达懊悔或宽恕。① 对于巴恩斯来说，他在人生终结之时，想要弄清楚的是，"首先，我是否会闻上去像鱼一样；我是否会被恐惧所攫住；知觉是否会分裂——如果会，我又是否能够意识到"②。

老年岁月就是在孤独中独自对抗死亡恐惧的过程，就像巴恩斯在自传里说的，"曾经的光辉岁月远不足以补偿晚年的无人问津/也绝不能让最后的时光好过点儿。人生变得完全以自我为中心——与死亡展开防御式的搏斗。不仅只有凝视墓穴是艰难的，直面生命也是如此"③。对于死亡的忧虑还根源于老年的矛盾状态，即智慧的增加遭遇了感官的衰退，越来越清晰的大脑，无法忽视死亡的迫近。西赛罗曾言，智慧与绝望是大多数人在老年阶段会体验到的特性。④ 就像古董收藏，正是因为磕碰的痕迹和岁月的纹路使得一件普通器物价值连城。岁月的洗礼与斑驳的表面成为审美的保障和品质的背书。巴恩斯在《柠檬桌子》"马茨·伊斯拉埃尔松的故事"里提到的男主人公，锯木厂老板博登先生，在给自己倾慕的林德瓦尔夫人讲树干的时候，也用一个形象的比喻表达了类似的观点："树就跟人一样，

① ［英］朱利安·巴恩斯：《没什么好怕的》，郭国良译，南京：译林出版社，2019年，第263-264页。

② ［英］朱利安·巴恩斯：《没什么好怕的》，郭国良译，南京：译林出版社，2019年，第297页。

③ ［英］朱利安·巴恩斯：《没什么好怕的》，郭国良译，南京：译林出版社，2019年，第207页。

④ ［古罗马］西塞罗：《老年·友谊·义务》，高地、张峰译，上海：上海三联书店，1989年，第3页。

需要六七十年才能成熟，同样百年之后就没用了。"①这句话不仅表达了老年生活的无奈，同时也暗示与林德瓦尔夫人相见不逢时，有缘无分，如若不想留下遗憾，就得抓紧所剩不多的时间。虽然获得了年轻时无法拥有的智慧，但发挥余热的空间又极端受限。这种矛盾性也体现在老年人的记忆特征上。通常来说，感官的衰退使得大脑灵敏度下降，记忆远不如从前鲜活，但事实是，老年饱受记忆过剩的困扰。巴恩斯就曾在多部作品中提道，人至老年，记忆不受控制地大量涌现，几乎将人吞噬。在《凝视太阳》的第三章，已近一百岁的婕恩觉得"她越来越生活在她的思想里，并且很满足那样的状态。记忆，那里有太多太多的记忆"②。《尚待商榷的爱情》里奥利弗在谈到记忆是一种意志行为时说道，"有人说，你年纪越老，过去的事情就记得越清楚。其实他们面临着一个巨大的陷阱：衰老的复仇"③。《终结的感觉》里当托尼收到维罗尼卡的邮件，终于得知她父母过世的凄惨晚景，以及维罗尼卡所承受的打击与痛苦时，他开始再次回忆与维罗尼卡曾经的点点滴滴。在此之前，叙述者以老年托尼的口吻感叹老年人的记忆不受控制，稍许触动，便会开启尘封的记忆，清晰地向人涌来：

---

① ［英］朱利安·巴恩斯：《柠檬桌子》，郭国良译，南京：江苏凤凰文艺出版社，2020年，第67页。

② ［英］朱利安·巴恩斯：《凝视太阳》，丁林棚译，北京：外语教学与研究出版社，2018年，第165页。

③ ［英］朱利安·巴恩斯：《尚待商榷的爱情》，陆汉臻译，上海：文汇出版社，2020年，第15-16页。

　　当你开始忘记事情的时候，人们的反应各有不同。你可以坐在那里，强迫你的大脑把熟人名字等通通交出来；或者你承认自己记忆力衰退；又或者任其自然，然后，往往在随着年老而来的漫漫不眠之夜里，错置的事实便猝然浮现脑海。我们的大脑不喜欢被模式化。你的大脑——你的记忆——也许会让你大吃一惊。它仿佛在说：千万别指望你可以这样顺顺利利、舒舒服服、慢慢腾腾地衰亡——生活可比这复杂多了。因而，脑海里会不时地浮现出零零星星的回忆，甚至那些熟悉的记忆也被拆分得支离破碎。我渐渐记起——毫无顺序和意义感可言——那些埋藏在记忆深处的零星细节。①

其次，衰老的脆弱叙事还体现在身体与心理层面的表达。老年生活伴随着一系列身体与感官的衰退。衰老是一系列的丧失，视力、听力、记忆力明显受损。一旦衰老导致衰弱，似乎就没人可以活得快乐②，因为人们通常认为衰朽是可耻的。《凝视太阳》中，女主人公婕恩就形象地描述了自己在变老后身体的改变："用棉花塞住你的耳朵，用卵石填满你的鞋子，戴上橡胶手套，在眼镜上涂上凡士林，这时你会感觉到瞬间变老了。"③

---

　　①　[英]朱利安·巴恩斯：《终结的感觉》，郭国良译，南京：译林出版社，2012年，第144-145页。
　　②　[美]阿图·葛文德：《最好的告别：关于衰老与死亡你必须知道的常识》，彭小华译，杭州：浙江人民出版社，2015年，第58页。
　　③　[英]朱利安·巴恩斯：《凝视太阳》，丁林棚译，北京：外语教学与研究出版社，2018年，第164页。

每天站在镜子前,自我能明显感觉到变老的迹象以及新陈代谢的失衡。一种有机体退化所带来的恐惧会攫取内心,所导致的自我战栗和自我厌恶也是另一种对生命的强烈渴望:

> 皮肤老化得越来越像皮革,布满了斑点,像爬行动物的皮肤一样,你的行为就开始变得像蜥蜴那样。有的时候她会戴上一双白色的旧手套,而不去看她自己的那双手。婕恩不再特意在镜子里检查自己。这不是出于虚荣,而是由于失去了兴趣。你只会看到数不清的肌肉被拉长,变得松松垮垮,它们不是让你好奇,就是让你惊恐不已。和她成年时的身高相比,她又收缩了三五厘米;背开始有点驼,在房子里走动的时候需要扶着家具。她已经放弃关注公众事件很久了;她的性格不再像曾经那样重要;她的眼睛不再像先前那样蓝,而开始有一种乳灰色;万事万物开始变得那么缓慢,那么普通。①

同时,感官控制的无力感也会带来尊严的受损。因为身体机能的下降,老年人时常需要依赖他人的照料而存活,这就不可避免地让子女或朋友看到自己难堪的一面,而这份窘迫对于任何身份地位的人都是类似的,因为人类面临相同的脆弱性。例如,《英格兰,英格兰》中的富豪杰克曼爵士虽然野心与实力兼具,可以缔造一整个虚拟的英格兰王国,但面对衰老,他也无能为

---

① [英]朱利安·巴恩斯:《凝视太阳》,丁林棚译,北京:外语教学与研究出版社,2018 年,第 166-167 页。

力，日常充满了对尊严丧失的恐惧。例如，"他时常会有一种虚弱感，怕在皮特曼大厦他的私人浴室里，被人看到的时候，裤子都没有提好，那该是多么不体面的结局啊"①。西方道德哲学家亚当·斯密认为，拥有财富和权势能给人带来快乐，可当人们受到疾病和衰老侵袭时，就会痛苦悲伤，就不会再被财富和权势吸引。② 巴恩斯在半自传体散文《没什么好怕的》里也详细提到了人至暮年，可能会面临的一系列生理难堪。此时自我成为疼痛的住所，记忆错乱、偏执暴躁，因为尊严受损而渴望死亡以成全体面。越来越动物性的退化和常年与医疗器械打交道让人抑郁不堪：

> 我害怕像父亲一样，坐在病床旁边的椅子里格外愤怒地苛责我——"你说你昨天会来"——后来他才从我尴尬的表情上推断出其实是他自己搞错了。我害怕像一位朋友一样，渴望死亡。我害怕像耄耋老人毛姆一样，将大便拉在地毯上。我害怕变成某个年长的朋友，每当养老院护士当着探望他的人说要换尿布的时候，他的眼里便流露出动物般的惊慌。想到某天我听不懂别人的暗示、想不起共同的回忆或某张熟悉的面孔，我害怕那时自己紧张得假笑，我可能会怀疑许多本以为知道的事物，而最终怀疑一切。我

---

① ［英］朱利安·巴恩斯：《英格兰，英格兰》，马红旗译，南京：译林出版社，2015 年，第 49 页。
② 姜丽：《人的脆弱性、依赖性与"正义的慷慨"——麦金太尔正义思想的新维度》，《道德与文明》，2018 年第 5 期，第 90 页。

害怕导管、座椅、电梯、衰败的身体和不中用的头脑。①

面对老年身体衰败、尊严丧失的局面，女性则通常会遭受双重压力，即女性特质的丧失。巴恩斯在《柠檬桌子》"你知道的那些事儿"里，借珍妮丝之口批评美国女人梅里尔对时间的抗拒，认为"女人过了某个年龄段后，不应该再假装成她们年轻时的样子。她们应该顺应时间，追寻中立，保持谨慎和自尊"②。西塞罗在《论老年》中也发表了类似的观点："就像观看演出一样，坐在第一排的人欣赏得很好，而坐在最后一排的人也能欣赏到。青年是在近处观看娱乐，当然得到的快乐就多一些，老年虽然坐得距离远一些，但也能得到足够多的快乐。"③自然的道路是唯一的，而且是单向的。人生的每个阶段都被赋予了适当的特点：童年的孱弱、青年的剽悍、中年时期的持重，老年的成熟。④ 对于大多数老年人来说，老年期是可厌的，他们甚至宣称自己肩负着如火山般的重担。⑤ 上述所有的不堪都在提醒人类，生存必有限度，所以，西塞罗说老年期自然的死亡，就像

---

① ［英］朱利安·巴恩斯：《没什么好怕的》，郭国良译，南京：译林出版社，2019年，第165-166页。
② ［英］朱利安·巴恩斯：《柠檬桌子》，郭国良译，南京：江苏凤凰文艺出版社，2020年，第126-127页。
③ ［古罗马］西塞罗：《老年·友谊·义务》，高地、张峰译，上海：上海三联书店，1989年，第31页。
④ ［古罗马］西塞罗：《老年·友谊·义务》，高地、张峰译，上海：上海三联书店，1989年，第21页。
⑤ ［古罗马］西塞罗：《老年·友谊·义务》，高地、张峰译，上海：上海三联书店，1989年，第3页。

"火燃尽了就熄灭了；果子成熟了自然坠落了；远航后看到陆地，马上可以进港了"①。并且，"人适时死去是很称心如意的事，因为自然像为其他一切事物一样，为有生命的东西规定了界限"②。

《柠檬桌子》里关于老年身心衰败的描写中还特别关注了老年情欲的问题。如"卫生"中的老年杰克逊少校定期与芭布丝（妓女）幽会，仅仅是为了维持自己功能正常。皮克拉斯（Piqueras）就认为《柠檬桌子》是一部破除简单成见的故事集，指出老年的情感与欲望依然旺盛。③《柠檬桌子》所要表达的就是实际上老年时期的身心和欲望都与从前一样在不断生长。"水果篮子"的故事里，81 岁的老人，在过了 50 多年的稳定婚姻生活后，突然要为了一个 60 来岁的女人离家出走。当问及当事人原因，他回答道："这跟生理需求没关系，我只是恋爱了。为什么我们认定人的心会随着性功能的丧失而封闭起来？就因为我们想要——抑或是需要——将老年阶段视为人生的平静期，不允许再有任何波澜？"④故事里的"我"也开始慢慢体会父亲行为的内核实质是生命欲望的表达，即"父亲拒绝将毛毯裹在膝

① ［古罗马］西塞罗：《老年·友谊·义务》，高地、张峰译，上海：上海三联书店，1989 年，第 43-44 页。

② ［古罗马］西塞罗：《老年·友谊·义务》，高地、张峰译，上海：上海三联书店，1989 年，第 52 页。

③ Maricel Oro Piqueras. "The Multiple Faces of Aging into Wisdom in Julian Barnes's *The Lemon Table*". *The Gerontologist*, 2019, (xx), p. 2.

④ ［英］朱利安·巴恩斯：《柠檬桌子》，郭国良译，南京：江苏凤凰文艺出版社，2020 年，第 422 页。

盖上，顺从地点头，坦承他们的黄金时代已经结束。他们行动迟缓，不再血气方刚。他们的生活之火已然熄灭——或者只有无休无止的松弛怠惰"①。同样的发泄冲动也出现在《凝视太阳》里：婕恩在 50 多岁时突然有一种到别处去的欲望，到任何地方都行。这种新的冲动实际上是对性欲的取代，一种想要挣脱束缚的渴望。

除了生理方面的窘迫，老年人的心理状况也面临着许多危机。其中首当其冲的就是孤独感。如果有机会，年轻人喜欢结识新朋友，而不是跟兄弟姐妹待在一起；老年人则刚好相反。研究发现，随着年龄增长，人们交往的人日渐减少，交往对象局限于家人和老朋友。他们把注意力放在存在，而不是做事上；更关注当下，而不是未来。② 随着年龄的增大，老年人越来越觉得与当下的时尚潮流格格不入。曾经熟悉他们的长辈一一离开，同伴们也疾病缠身，这意味着与他们有着共同经历的人日益减少，所以巴恩斯认为与老年人交谈必须要配备"翻译"，也就是熟悉他们的老朋友或者伴侣。在《凝视太阳》中，在婕恩已经快 100 岁的时候，她的儿子格雷格利发现与母亲的沟通越来越费劲，母亲的话越来越难懂。他开始质疑"是不是一个人老了就是这个样子：你所说的一切都需要上下文。上了岁数的人就像幼儿一样需要翻译。当老年人失去他们的伴侣，他们就失

---

① ［英］朱利安·巴恩斯：《柠檬桌子》，郭国良译，南京：江苏凤凰文艺出版社，2020 年，第 423 页。
② ［美］阿图·葛文德：《最好的告别：关于衰老与死亡你必须知道的常识》，彭小华译，杭州：浙江人民出版社，2015 年，第 85 页。

去了自己的翻译——他们失去了爱，也失去了表达话语的一切能力"①。这种无人理解的孤独感会在伴侣离世后变得更为严重。巴恩斯的半自传体小说《生命的层级》就讲述了爱妻去世后，他的悲恸状态与人生感悟。当卡瓦纳去世后，巴恩斯看了无数小时电视上播放的无意义足球赛，他拒绝他人的安慰，并且不断地谈起自己与她的过去。那些丧亲的人最大的悲伤不是愤怒或绝望，而是对已亡人持续的企盼。《福楼拜的鹦鹉》里"纯粹的故事"一章描述了主人公在妻子埃伦过世后，行尸走肉般的状态："走出来的状态并不像火车驶出隧道那样，呼啸着穿过，进入阳光地带，然后快速驶向英吉利海峡；你走出来的状态，就像是一只海鸥从浮油中出来。你终身遭受浇柏油、粘羽毛之刑。而且你仍旧会天天想她，想象她起死回生来和你交谈。"②

除了伴侣随时可能离开的恐惧，老年人的孤独感也体现在与子女的代沟上。老年人总是喜欢回忆，思维向度具有向后的特点。人生旅程就像植物的生长轮回，从成熟的果实里，我们看到了种子。年轻的心总想着向外闯，而年老了却渴望着回归。③《终结的感觉》里，托尼实际与女儿苏茜的关系一直不太亲近，这一点从他不断重复自己与苏茜相处得很好的刻意掩饰

---

① ［英］朱利安·巴恩斯：《凝视太阳》，丁林棚译，北京：外语教学与研究出版社，2018年，第184-185页。

② ［英］朱利安·巴恩斯：《福楼拜的鹦鹉》，但汉松译，南京：译林出版社，2016年，第213页。

③ 马大康、叶世祥、孙鹏程：《文学时间研究》，北京：中国社会科学出版社，2008年，第206-207页。

可以看出来，实际上他却记不清女儿的实际年龄到底是多大。他已经意识到自己与晚辈的代沟："年长的人愈发刻板地以为自己高高在上。现在的年轻一代已经觉得没必要，也没义务与长辈保持联系。"①托尼认为不给子女添麻烦，让他们自由生长就是对子女最好的安排。但事实是，这是一种对自己平庸人生备感失望的冷漠表现。女儿苏茜其实非常渴望来自父亲的关心，但托尼却一直处于自私的世界中不知不觉，直到莎拉的遗嘱和艾德里安的死成为重要的转折，让他重拾过去、重审自我。在经历了伦理与道德的自我审视后，托尼与苏茜的关系变好了，他陪伴苏茜生产，更多地参与她的生活。《没什么好怕的》里，巴恩斯自己也对略有偏心的父母抱有微词，认为哥哥享受了比自己更多的优待。很多时候，父母和孩子各执己见，坚持从自己的角度出发，拒绝妥协与包容，就造成了不理解的孤独感。现实的情况经常是，子女忙于生计，无暇抽身照顾父母，导致他们处于无人陪伴或寄养的状态。《脉搏》的最终章"脉搏"就描述了这样一个心酸的场景：儿女不在身边的年迈父亲在老伴走后自己去看医生，不料遭到嘲讽。医生建议他安装一个烟雾报警器，因为"他说，他不愿意想到，我一直在熟睡，直到被火烤醒了才意识到房子着火了"②。

　　最后，衰老叙事的脆弱性还体现在老年人社会功能的丧失

---

① [英]朱利安·巴恩斯：《终结的感觉》，郭国良译，南京：译林出版社，2012年，第79页。
② [英]朱利安·巴恩斯：《脉搏》，郭国良译，南京：译林出版社，2015年，第273页。

上。步入老年，人们会慢慢经历朋友和社会地位的丧失。在"与约翰·厄普代克上床"故事中，巴恩斯曾借无信仰且浮夸的艾丽丝之口说："人生，大多是逐渐丧失乐趣的过程。"①朋友和社会地位是增加人的社会性的最重要的两项元素，是人获得尊重与自信的源泉。作为群居性动物，人们的朋友越多，社会地位就越高，人们就越会对自我产生认同。而巴恩斯笔下的老年常常会经历朋友日益变少的尴尬，如"沉默"中事业巅峰已逝的老年作曲家感慨："这些日子，朋友抛弃了我。我已经无法判断是因为我的成功还是失败。这就是晚年的困扰啊。"②在彰显自我的指标消失之时，处于老年阶段的人们越来越被同化。所有过去个性化的往事都淹没于老年的褶皱之中，就像《终结的感觉》开始部分，庸常麻木的老年托尼所说："我们年轻时觉得那么重要、明显的年龄差异，随着时间都消蚀不见了。最后都归属于一类了——不再年轻。"③巴恩斯在半自传散文《没什么好怕的》中提道："60 岁时，我仔细观察周边的朋友圈，发现其中好多友情已不再是记忆中那副样子了。新的友谊关系当然也会建立起来，但却不足以转移对那即将到来的可怕冷却的忧虑。"④在经

①　[英]朱利安·巴恩斯：《脉搏》，郭国良译，南京：译林出版社，2015 年，第 48 页。

②　[英]朱利安·巴恩斯：《柠檬桌子》，郭国良译，南京：江苏凤凰文艺出版社，2020 年，第 455 页。

③　[英]朱利安·巴恩斯：《终结的感觉》，郭国良译，南京：译林出版社，2012 年，第 78 页。

④　[英]朱利安·巴恩斯：《没什么好怕的》，郭国良译，南京：译林出版社，2019 年，第 206-207 页。

历朋友与社会地位的丧失后，接着，就是事业的危机。巴恩斯自己在 60 岁以后出版了近 10 部作品，他曾调侃过自己的读者和研究者也许会怪他写的东西太多，也曾设想过他的墓碑前是否会有读者前来吊唁。同时，在巴恩斯笔下也有很多行至暮年，仍不肯屈服于身体机能衰退、退出舞台的艺术家形象，如《柠檬桌子》最终章"沉默"里的成功作曲家，到了晚年依然想要保持旺盛的创造力，但他明确感受到了衰老带来的人类限度在艺术与事业创造上的影响：

> 对于作曲家来说，步入老年是多么恐怖的事情！一切都没有原来那样快了。而且，自我批评达到了不可思议的程度。别人只看到名誉、掌声、盛宴、国家养老金、慈爱的家人、世界各地的拥护者。他们只会注意到，我的鞋子和衬衣是从柏林定做的。在我八十岁生日时，我的头像上了邮票。人们很是注重这些成功的装饰。但我将它视为人生的最低形式。①

就像没有选择地被动接受变老一样，巴恩斯认为，社会对老年人实则是一种强制规训，即人们在他人的叙述中变老，这是一种近似人为的阴谋。例如，《凝视太阳》里婕恩快 100 岁的时候，她感到自己首先是在别人眼中变老，然后自己才被慢慢同化、说服，转而接受的：

---

① ［英］朱利安·巴恩斯：《柠檬桌子》，郭国良译，南京：江苏凤凰文艺出版社，2020 年，第 459 页。

你从来不会瞬时变老，甚至变老的主要过程也不是感官的弱化。首先，你变老，但在你的眼里并非如此，而是在别人的眼里变老；然后，你慢慢地同意别人对你的意见。并不是你不能像以前那样行走得更远，而是因为其他人不期待你走多远；而如果他们没有这样的期待，那么你就没有必要那么倔强而无望地坚持下去。①

通过这样的描述，巴恩斯实际指出了"年龄歧视"（ageism）的内核，即仅仅因为老龄而引起的痛苦。② 从《柠檬桌子》《脉搏》《生命的层级》以及《没什么好怕的》中巴恩斯针对物品展开的老年巧思，如"美发简史"里的头发、"马茨·伊斯拉埃尔松的故事"里的树木年轮、"树皮"中的树皮等，结合他对老年情感与感受的描绘，如"你知道的那些事儿"和"与约翰·厄普代克上床"中的女性友谊，"复活"与"警惕"里的爱情，"卫生"与"水果篮子"里的情欲，以及《脉搏》的"感官"系列小故事，还有巴恩斯对不同老年人物关系的刻画，综合成了一幅老年叙事后人文转向③的物、感官与关系的集合。

---

① ［英］朱利安·巴恩斯：《凝视太阳》，丁林棚译，北京：外语教学与研究出版社，2018 年，第 164-165 页。

② Margaret Morganroth Gullete. *Ending Ageism, or How Not to Shoot Old People*. New Jersey: Rutgers University Press, 2017: preface, xiii.

③ 参见 Gavin Andrews & Cameron Duff. "Understanding the vital emergence and expression of aging: How matter comes to matter in gerontology's posthumanist turn". *Journal of Aging Studies*, 2019, (49), pp. 46-55.

二、人类灭绝的末世危机

但凡提到人类灭绝的末世危机，人们就会想到反乌托邦小说里科技的过度发展与无节制的消费导致统治者堕落的无尽享受以及贫苦大众的无尽悲苦。近年来产生的气候小说、生态小说、科幻小说、灾难小说都根植于文学想象对人类末世的担忧。"'9·11'之后，大量反乌托邦小说涌现，它们喜欢使用圣经隐喻，还大篇幅地描绘末日荒凉的景象。然而，有些奇怪的是，读者不但不感到害怕，反而因为人文主义的破产而感到一种兴奋，因为人们内心已不再奢望拥有公平美好的社会。"①

作为后人文主义者的巴恩斯也关注到了人类灭绝的末世危机，这一点在《10½章世界史》的"幸存者"一章有所体现。"幸存者"用一种预言式叙事讲述了一场真假莫辨的核灾难。女主人公凯西敏感并能感知未来。小说设置了双重情节，给出两条情节线让读者自行判断其真假。其中一条是凯西的现实生活，她与男友纠葛不断，后来怀孕却遭到抛弃。凯西受不了打击，住进了精神病院，故事中所嵌套的乘船航海情节都是她的臆想，实际上她从来没离开过，一直在病房里。另一条情节线是凯西预感到了一场全人类的核灾难。她带上宠物匆匆坐船逃走，在海上漂泊了一段时间又回到了陆地，因为核灾难只是她预见的未来，最终可能因为种种原因而并没有发生。

凯西说，"女人和地球上所有的自然循环、出生、再生的

① Andrew Tate. *Apocalyptic Fiction*. London：Bloomsbury Academic，2017：130.

联系都比男人密切"①，而且她充分肯定和表达了女性的神秘预感力，"说不定女人会感觉到这些事情，就像有些人知道要地震了"②。这些观点表达了生态女性主义的观点，强调女性与自然生态密切的联系。生态女性主义者认为，人对自然的控制与支配，与男性对女性的控制与支配是密切相关的。她们提出，女性因为创造生命、抚育生命的特殊经历，从而对生命有更深刻的理解，也更容易与自然保持亲近的关系。③ 生态女性主义者认为，女性对于男性就像自然对于文明一样，经历了一个从被尊敬主体逐步被客体化的过程。女性地位变化来源于男性对女性天然生育能力的恐惧。女性的这种创生能力使女性能够更直接体察自然界的生死循环并与自然建立一种和谐共处的关系。④ 女性与自然同属二元对立中的劣势一方，往往在人文主义功利性发挥到极致，人类灭绝危机一触即发的时候，发出强烈警示性呼喊。

在"幸存者"故事里，巴恩斯表达了对人类整体处境的担忧，如环境恶化、生物灭绝等，历史正在走向终结，人类正在毁灭自我。"他们好像没意识到，这世界正走向尽头。"⑤故事里

---

① ［英］朱利安·巴恩斯：《10½章世界史》，林本椿、宋东升译，南京：译林出版社，2010 年，第 78 页。

② ［英］朱利安·巴恩斯：《10½章世界史》，林本椿、宋东升译，南京：译林出版社，2010 年，第 78 页。

③ 徐雅芬：《西方生态伦理学研究的回溯与展望》，《国外社会科学》，2009 年第 3 期，第 9 页。

④ 李敬巍，时真妹：《从解构到重构——生态后现代主义批评的双重维度》，《外语与外语教学》，2011 年第 1 期，第 93 页。

⑤ ［英］朱利安·巴恩斯：《10½章世界史》，林本椿、宋东升译，南京：译林出版社，2010 年，第 87 页。

循环重复的一句话是"事情样样都相连"。在全球化的当下，无论是经济还是环境都无法再实行孤立主义，微小的事故可以引发蝴蝶效应。正是这种共同命运让人不得不重视他者，因为自我与他者休戚与共。故事里提到的"俄国事故"明显影射切尔诺贝利事故。事故发生之后，"人们莫名其妙地为这事激动。坏事大多出在别人那里"①。然而，这样狭隘利己的幸灾乐祸并没能坚持多久，因为毒气很快扩散了，人们买食物都要问清来源。"毒气云团飘到驯鹿吃草的地方，毒素随雨降下来，地衣变得有放射性，驯鹿吃了地衣，也有了放射性。"②

　　这样全球性的生态危机意味着全人类的生存危机。传统人文主义价值观强调人类中心主义与人的主体性，就人与自然的二元对立而言，人的主体性往往体现在对自然的征服之上。人的价值来自其生命主体地位，而动物也不同程度拥有作为生命主体的特征，所以也有价值。敬畏生命的伦理主张应将道德关怀的范围扩大到所有生命以及拥有超越工具和内在价值的系统价值的自然之上。只有人类才有超越物种自身及其同类后代利益的利他主义精神。③ 所以，与自然对立的现代主义"非此即彼"的伦理观是不可取的，因为过分利用自然资源会遭到无情报复。后人文主义"亦此亦彼"的环境伦理学则是

　　① ［英］朱利安·巴恩斯：《10½章世界史》，林本椿、宋东升译，南京：译林出版社，2010年，第75页。
　　② ［英］朱利安·巴恩斯：《10½章世界史》，林本椿、宋东升译，南京：译林出版社，2010年，第75页。
　　③ 徐雅芬：《西方生态伦理学研究的回溯与展望》，《国外社会科学》，2009年第3期，第8页。

更合拍的。①

故事里，凯西被塑造成一个精神状态可疑的人，那么她的叙事理所当然就成了不可靠叙事："我肯定我是见到的。我总不会编造吧，对不对？这让我很高兴。鱼会飞，驯鹿也会飞。"②她说：我的这些梦等我醒了还在继续。就像喝醉了酒还没醒透。她觉得自己看到天边有另一条船，就朝它驶去。她开始做更多噩梦，到白天噩梦也迟迟不散。梦里你讲话变得一本正经，而真实生活中你不会这样。③

虽然凯西所描述的核灾难有可能只是她精神错乱后的噩梦，这样一种现实与虚构模糊的状态比喻了人类的现状，也许事实是所有人类都在梦里，而凯西是唯一清醒的那个人。就像她末尾对医生说的："该死的核战争都发生了，而你讲来讲去就是格雷格。我叫凯瑟琳·费里斯，我三十八岁，我离开北方，来到南方，因为我能看到正在发生的事情。我们这些关心地球的人有责任继续活下去。我被带毒的风吹过。我的皮肤在剥落。我老是口干舌燥。"④凯西的皮肤开始生出可怕的毛病。她的皮肤在剥落。头发自己在掉，每天都掉。她担心风里有什么毒，

---

① 王宁：《后现代生态语境下的环境伦理学建构》，《理论与现代化》，2008年第6期，第65页。

② 王宁：《后现代生态语境下的环境伦理学建构》，《理论与现代化》，2008年第6期，第83页。

③ 王宁：《后现代生态语境下的环境伦理学建构》，《理论与现代化》，2008年第6期，第84-87页。

④ ［英］朱利安·巴恩斯：《10½章世界史》，林本椿、宋东升译，南京：译林出版社，2010年，第97页。

她很想知道她中毒的程度。人类剥削利用，然后污染中毒。外面海洋里灌满了毒。鱼也得死。① 地球的生态环境正在恶化，可人类还陷在人类中心主义里出不来，而要克服人类中心主义和相应病症，就必须创造出每种生命都能获得倾听的话语平台。②

面对全球化的人类生存危机，人文主义的功利化生态主义价值观也转变成了奈斯所提出的"深层生态学"（Deep Ecology）。此生态观来源于斯宾诺莎的整体观念和平等思想，受到怀海特有机哲学思想以及海德格尔存在主义思想影响，是在把生态系统作为一个整体的基础上，充分认识环境的自我价值，对人与环境的伦理深入反思，批判人类中心主义的生态观。③ 而"深层生态学"中人的主体性则遵从自我实现论。它主张人的自我经历从本能的自我到社会的自我，再到形而上的生态自我的过程。这种自我的实现是在人与生态的互动中完成的，是深生态学追求的终极目标，可以超越利己与利他主义的对立。④

凯西认为，"忧虑者生存，只有能看清正在发生什么事情

---

① ［英］朱利安·巴恩斯：《10½章世界史》，林本椿、宋东升译，南京：译林出版社，2010年，第80-98页。
② 王晓华：《后现代话语谱系中的生态批评》，《文艺理论研究》，2007年第1期，第110页。
③ 胡晓兵：《深层生态学及其后现代主义思想》，《东北大学学报（社会科学版）》，2003年第5期，第318页。
④ 徐雅芬：《西方生态伦理学研究的回溯与展望》，《国外社会科学》，2009年第3期，第9页。

的那些人才能生存，规律肯定是这样"①。但人类大部分时候是骄傲自大、作茧自缚的，就像故事里的那只熊一样，自己给自己挖坑。"大脑聪明过头反而害了自己，简直忘乎所以了。是人脑发明了这些武器，对不对？你无法想象动物会发明毁灭自己的办法，是不是？可我们就是那个样子。大脑就是忘乎所以，不知道什么时候该止步。他们自己炸自己。"②

建构后人文主义生态价值观就是要解构人类中心主义。③生态后人文主义价值观要求抛弃功利主义，强调人类利益与自然系统所有生物利益相互依存、协调成一个有机整体，是强调人与自然和谐发展的价值观。④ 然而，一遇到切实的危险，人类的本能就是受到威胁就逃散。但逃避现实等于死亡。从根本上讲，后人类生态主义不可能消除生态问题，它只是减弱了生态问题出现的概率。究其实质，所谓生态保护，最根本的不是单纯保护自然，而是通过保护环境来维护人类的长远生存发展。⑤ 而后人文主义时代的巴恩斯通过作品提示，现在是时候将目光真正转向大自然，直面人类过剩的欲望。

---

① 徐雅芬：《西方生态伦理学研究的回溯与展望》，《国外社会科学》，2009年第3期，第86页。
② ［英］朱利安·巴恩斯：《10½章世界史》，林本椿、宋东升译，南京：译林出版社，2010年，第92-93页。
③ 王晓华：《后现代话语谱系中的生态批评》，《文艺理论研究》，2007年第1期，第109页。
④ 卢巧玲：《生态价值观：从传统走向后现代》，《社会科学家》，2006年第4期，第81页。
⑤ 王峰：《后人类生态主义：生态主义的新变》，《河南大学学报（社会科学版）》，2020年第3期，第44页。

第二节 死亡与救赎的限度

一、死亡恐惧

巴恩斯从青少年时期开始，就一直深受"死亡恐惧"的困扰。他的父母早在20世纪90年代过世，但是他们的离世始终萦绕在他心中，未能释怀。关于死亡的忧虑和思考常常出现在他的作品中。他在第一部小说《伦敦郊区》中讨论死亡的手法就曾经引起了批评家的关注。安吉拉·卡特曾认为他"拥有成熟的死亡观"。他坦承他自己"一直打算创作一部以'让我们来直接谈谈死亡吧'为开篇的作品"①。到了自传体随笔集《没有什么好怕的》(*Nothing to Be Frightened of*)中，他更是拿出少有的直率与坦诚，直接与读者探讨他对死亡的恐惧与思考。这本自传是一部逶迤前行的思想漫步，不仅包括他对父母走向死亡的回忆、他与哥哥关于死亡等话题的交流、家庭成员关于宗教的看法，也包括他与蒙田等哲学家、作家就关于死亡的看法所作的思考与对话。巴恩斯在作品中描述"死亡的必然""死亡的恐怖"与"来世"等话题，凸显死亡作为人类生存局限的终结性。

首先，巴恩斯多次在他的作品中表达了自己在日常生活中对死亡怀有的恐惧。在《没有什么好怕的》中，巴恩斯坦言自己是一个"极其怕死"的人，面对死亡，他首先感到的是一种弥漫

---

① Julian Barnes. *Nothing to Be Frightened of*. London：Vintage Book，2009：100.

身心的恐惧①，而且很早就听到了"死亡闹铃"的召唤：

> 离尽头更近了，仿佛形而上的谨慎和惶恐正在削弱一个无神论者的决心。不过，早在十三四岁的时候，我就有了死亡意识。Le réveil mortel，"死亡闹铃"。在某个恼人的时刻，你突然从睡梦中惊醒，被重重地抛入黑暗、恐慌之中，残酷地意识到这是一个租住的世界。②

身处这样一个租住的世界，巴恩斯对死亡的恐惧已然成为他不可或缺的一部分。朋友问他会多频繁地想到死，以及会在什么情况下想到。他回答：每天醒来后至少一次，而且，到了夜间，死的念头也会间歇地袭来。③ 巴恩斯在自传中这样说：如果将恐惧感分为一到十个等级，那么对于死亡的恐惧大概可以列为第十一级。④ 他描述了人在临终前的难堪、害怕、不可预知性以及心态的变化过程：

> 一个朋友告诉我他是怎样被安置在医院的一个顶楼病

---

①　［英］朱利安·巴恩斯：《没什么好怕的》，郭国良译，南京：译林出版社，2019年，第212页。

②　［英］朱利安·巴恩斯：《没什么好怕的》，郭国良译，南京：译林出版社，2019年，第27页。

③　［英］朱利安·巴恩斯：《没什么好怕的》，郭国良译，南京：译林出版社，2019年，第28页。

④　［英］朱利安·巴恩斯：《没什么好怕的》，郭国良译，南京：译林出版社，2019年，第238页。

房，无人问津。这不仅仅是由于他咽喉癌导致的坏死腐肉所发出的恶臭，更是失败所散发出的更大范围的难闻味道。"不要温柔地走进那美好的夜晚。"狄兰·托马斯对他奄奄一息的父亲诉说道；然后，再次申明他的观点："愤恨，怒斥那消弭的灯火。"无论一个人可以说服自己到什么程度，即死亡的程度并不可怕，但他在走向绝症时仍然心怀畏惧。安之若素——或者心平气和——不大可能是选项。而且，死亡"绝不可能"像我们希冀的那样来临：方式、地点、陪同者无一例外地会让我们失望。死亡的发生经由否认、愤怒、不甘、绝望到最后的接受这样五步。①

我们固然都是要死的，但能否坦然走向死亡是巴恩斯提出的考验。这本半自传随笔集的英文书名中含有的"Nothing"一词一语双关、别有用意。从字面意义上看，它的意思是说死亡不足为惧，没有什么是令人恐惧的，但隐含的意思却点出了"死亡"最令人可怕的地方就在于"虚空"（nothing）。所以对死亡的恐惧不仅是害怕生前的迷惘，更是害怕死后的深渊。《伦敦郊区》是巴恩斯的第一部小说，也是他个人的成长史。在书中以"死亡"为题的那一章里，主人公克里斯认为，死亡恐惧进驻他意识的时机和他不再信仰上帝这二者之间一定有某种程度的因果联系。②

---

① ［英］朱利安·巴恩斯：《没什么好怕的》，郭国良译，南京：译林出版社，2019 年，第 215 页。

② ［英］朱利安·巴恩斯：《伦敦郊区》，轶群、安妮译，北京：外语教学与研究出版社，2020 年，第 59 页。

因为如果相信死亡并不是终结，而是重生的开始的话，死亡并不值得恐惧。可恰恰他在不再信仰上帝之后，死亡就成了消亡的最终点，因而他无法面对死前无比清醒的过程，最终他转向艺术的不朽以平衡自己的不安。但巴恩斯认为，艺术虽然能比肉体凡胎延续较长的生命，但与永恒存在的虚无——死亡相比，还是力量不足："正是因为怕死人们才创造了诗、散文和音乐。我们创造艺术，是为了挑衅或战胜死亡吗？为了超越死亡，将它置于相应的所在？我曾经沉醉于戈蒂耶笔下得意的诗句——一切终将消逝，唯有强大的艺术永存；即便是艺术战胜死亡的最伟大胜利也是可笑得短暂。其实这仅仅是在死囚牢房的墙上刮了一下而已。我们这样做只想表明：我也曾到过这里。"[①]

在巴恩斯近作《时间的噪音》中，俄国作曲家肖斯塔科维奇因为自己的音乐创作开罪了当权者，所以虽然他是举国闻名的作曲家，但他依然每天生活在随时可能被当局带走的未知恐惧中。即便如此，他依然企图掌控自己死亡的时刻，时时提着箱子，好像一切尽在他的掌握之中，但字里行间还是掩盖不了他对关押的预计、死亡的恐惧：

> 他开始了在电梯前的守夜。搁在小腿边上的行李箱让他安心，也消除了别人的疑虑；这办法很实用。这让他看上去好像控制着事态的发展，而不是受事态控制。提着行李箱离家的人，通常都会回来的。穿着睡衣被从床上拽走

---

① ［英］朱利安·巴恩斯：《没什么好怕的》，郭国良译，南京：译林出版社，2019年，第244页。

的，通常不会。这是不是真的，一点也不重要。重要的只有这一点：他看上去好像并不害怕。他脑子里有这样一个问题：站在那里等他们算勇敢还是怯懦？或者都不是，仅仅是明智的？他并不指望能找到答案。①

正是因为死亡超出了人类的控制范围，所以人们对死亡充满恐惧。就像《凝视太阳》里格雷格利的工作是保险员，但他自己却觉得人寿保险非常矛盾，因为你不能保证寿命，但人们觉得他们有这样的能力。②

对死亡的恐惧还源于其高度个体化的特性。巴恩斯在《生命的层级》中悼念亡妻时说："死亡，一件既平庸又独特的事情，我们都不擅长应对。正如福斯特所言，'一场死亡也许可以说明自身，但并不能阐释另一个人的死亡'。一份悲伤并不能启迪另一份悲伤。"③巴恩斯在《没什么好怕的》中也提到了死亡的不可回溯性与无法复制性："但有谁能教我们如何死亡呢？很显然，在这个问题上我们无法获得前人的建议或指引。"④对死亡，对死去，对它那不可避免的大限，我们所能说的一切都来自第二手的经验。我们通过道听途说而得知，所有都来自命名它

① ［英］朱利安·巴恩斯：《时间的噪音》，严蓓雯译，南京：译林出版社，2018 年，第 57 页。

② ［英］朱利安·巴恩斯：《凝视太阳》，丁林棚译，北京：外语教学与研究出版社，2018 年，第 129 页。

③ ［英］朱利安·巴恩斯：《生命的层级》，郭国良译，南京：译林出版社，2019 年，第 70-71 页。

④ ［英］朱利安·巴恩斯：《没什么好怕的》，郭国良译，南京：译林出版社，2019 年，第 220 页。

们、陈述命题的言语，共同的通俗的或宗教的话语。① 换言之，
人类有限的话语远远无法清晰描述神秘而终极的死亡体验。

　　总而言之，巴恩斯认为死亡的可怕性在于：首先，死亡不
可避免、不可预测，因而人们对于死亡无从规划；其次，死亡
使人们成了旁观者，而且经常是让人做足了旁观者再来参与他
自身的死亡，有时等待死亡的过程比死亡本身更为可怕；再次，
死亡损害了人们生存的尊严。在或漫长或短暂地驶向死亡的最
后一段旅途中，人的身体还有大脑不再受个人的支配，曾经体
面的、威严的、受人尊重的人变得猥琐、愚蠢、肮脏，成为他
人的负担和累赘，沦为大家的笑柄。人们或许会对这一衰老的
过程有着清醒的认识因而更加难以忍受它的折磨，或者完全忘
记和迷失了自我，成了活着的死人；最后，死亡之后的虚无是
最可怕的，坟墓会掩埋掉所有的伟大、辉煌、显赫。②

　　面对死亡的必然与虚无，巴恩斯认为应该时常思考死亡。
他从西塞罗等前人那里继承了一种直面死亡、讨论死亡的方式。
他认为，首先应该以正大光明的方式来探讨死亡。在他而言，
死亡并不是一个禁忌话题，大可不必将自己对死亡的恐惧隐藏
起来。他说，每个人对死亡的恐惧都是"真实的、正常的、健
康的"。他甚至提议，人们可以像西贝柳斯那样开一个"柠檬桌
子"死亡主题聚会，或者像福楼拜、屠格涅夫、左拉定期在"马

---

　　①　［法］艾玛纽埃尔·勒维纳斯：《上帝·死亡和时间》，余中先译，
北京：生活·读书·新知三联书店，1997 年，第 3 页。
　　②　张莉、郭英剑：《直面死亡、消解虚无——解读〈没什么好怕的〉
中的死亡观》，《当代外国文学》，2010 年第 3 期，第 81-83 页。

格尼聚餐"中那样讨论死亡。以公开的方式讨论与表达死亡，死亡好像就不再神秘和恐怖了。他引用蒙田说：反击的最好形式莫过于时刻记挂它。你得品尝一下死亡的味道，让死亡这个名字时常挂在你的嘴上。如此提防死亡，你就可以脱离它的奴役：进而言之，如果你教导人们怎样死，那就等于教导他们如何生。① 在《时间的噪音》里，肖斯塔科维奇也认为应该更多地思考死亡：

> 他相信，人应该更多地思考死亡，让自己习惯死的概念。让它不知不觉地降临，不是最好的生活方式。应该让自己熟悉它。你应该书写它：无论用语言，还是像他那样用音乐。如果我们能在活着的时候早一点思考死亡，我们就会少犯一些错误，这是他的信念。②

其次，提前安排与规划死亡也有助于消减恐惧，例如《终结的感觉》中退休的托尼已经俨然一副将身后事安排妥当的状态：

> 人生剩余的时间越少，你越不想浪费时间。这种想法合乎逻辑，不是吗？而至于你想怎样利用你省下来的时间……唉，这也许又是一件你年轻的时候未曾预想过的事

---

① ［英］朱利安·巴恩斯：《没什么好怕的》，郭国良译，南京：译林出版社，2019年，第46页。
② ［英］朱利安·巴恩斯：《时间的噪音》，严蓓雯译，南京：译林出版社，2018年，第181-182页。

情。比如说，我现在总花很多时间收拾东西。这种习惯也
是随着年龄养成的一种自我满足方式。我喜欢凡事有条不
紊；东西回收再利用；把公寓收拾装饰得整齐干净，可以
保持它的价值。遗嘱也已经立好；与女儿、女婿、孙辈以
及前妻的一应事宜不能说安排得十全十美，至少是妥妥当
当的了。至少我自己是如此认定的。现在我已经是心如止
水、波澜不惊了。你要是非要知道的话，我已经申请了死
后火化。①

再者，巴恩斯还试图像他哥哥一样以理性的方式自我劝解，试
图说服自己无条件地接受人的必死性。他认为哥哥面对死亡表
现出的超然十有八九归因于他的逻辑思考。② 从理性思考的角
度上看，相对于自然界的山川河流来说，人的生命短暂，这是
一个显著的生存局限。死亡的存在预示着一系列超出人类掌控
范围的事物，迫使人的主观能动性失效。全体生物和宇宙不断
新陈代谢，旧的事物消亡给新的事物腾挪出空间是生存的规律
与限度。在《没什么好怕的》中，巴恩斯指出了死亡作为生存限
度的合理性和必要性：

> 不管怎样，你总应该为地球上其他人腾出空间吧，正
> 如别人给你腾出了空间一样。人人都会被剥夺，为什么剥

---

① ［英］朱利安·巴恩斯：《终结的感觉》，郭国良译，南京：译林
出版社，2012 年，第 88-89 页。
② 巴恩斯的哥哥是一位大学教授和哲学家。

夺了你的就要抱怨？①

> 我们自己在地球上所分配到的时间是有一定限额的，而这额度是与人类种群的延续相一致的……我们相继死去，从而世界得以继续生存。我们之所以获得了生命这一奇迹，是因为数万亿的生物为我们铺好了前路并且继而死去了——在某种意义上，是为了我们。该轮到我们死了，这样后代就可以生存。就自然界的生态平衡而言，某个单独个体的悲剧成了正在进行的生命之福。②

所以，尽管恐惧死亡，但巴恩斯认为生命取决于死亡。人生就像一场比赛，如果没有终场吹响的哨声，那么整场比赛也就都没有了意义。

二、来世救赎的幻灭

对于恐惧死亡的人来说，持有灵魂救赎和重生不灭论的西方基督教传统无疑是一个巨大的诱惑。如果接受上帝的存在，那么个人的死亡反而意味着真正的重生。③ 这样一来，不仅可以一劳永逸地在精神上消除"必死性"，还可以享受永生的甜美。

---

① ［英］朱利安·巴恩斯：《没什么好怕的》，郭国良译，南京：译林出版社，2019年，第50页。

② ［英］朱利安·巴恩斯：《没什么好怕的》，郭国良译，南京：译林出版社，2019年，第213-214页。

③ ［日］西田几多郎：《善的研究》，代丽译，北京：光明日报出版社，2009年，第159页。

巴恩斯在多部作品中探讨过来世的问题，表现出了他对死后灵魂是否毁灭的兴趣，如《亚瑟与乔治》中的招魂术、《凝视太阳》中提到的"神灭论"以及《没什么好怕的》中关于人死后的哲思。人与动物的死亡区别在于，人的死亡在于灵魂与肉体的分离，动物的死亡则意味着基本生物机能的中止。① 莱布尼茨认为，死亡是单子或自我的虚无化。这个虚无不是绝对的无，而是另一种意义上的存在者。这个存在者虽然失去功能，但它仍然作为先验的共同体的背景和前提发挥作用并与这个共同体一起使身体和世界的构造成为可能。② 换言之，巴恩斯的来世观基于他不可知论者的身份来看，是愤世嫉俗的，如他称"对于基督徒来说，不屑于这个租借的世界合情合理，十分必要：过分依恋尘世——更不必说渴求某种形式的长生不朽——是公然冒犯上帝"③。"内省、诚心笃信宗教、上教堂祷告，恐惧症便可不治自愈。这是一碗神学的咸开心果。"④ 但同时，来世又是我们端坐的树枝，一旦锯断，自己也可能坠落：

> 上帝已死，不再在上苍看护我们，因而我们必须看护自己。我们杀害——或放逐——上帝的一瞬间，我们也葬

---

① ［法］路易-樊尚·托马：《死亡》，北京：商务印书馆，2001 年，第 31 页。

② 方向红：《时间与存在：胡塞尔与海德格尔现象学的基本问题》，北京：商务印书馆，2014 年，第 226 页。

③ ［英］朱利安·巴恩斯：《没什么好怕的》，郭国良译，南京：译林出版社，2019 年，第 71 页。

④ ［英］朱利安·巴恩斯：《没什么好怕的》，郭国良译，南京：译林出版社，2019 年，第 31 页。

送了自己的生命。没有上帝，没有来世，甚至没有我们。我们杀死这个长时间只是存在于想象之中的朋友，我们做得当然没错。反正我们也不奢望拥有来世。但我们锯断了长久以来端坐的树枝。从树枝上看出去的风景，从那高空俯瞰的景象——即使那只是海市蜃楼——也是蛮不错的。①

来世救赎的好处在于让人们此世有所顾忌，为死亡的必然性提供安慰，以上帝作为终极审判提供绝对的公正。没有了来世，人们在现世的所作所为便没有了顾忌。对于笃信来世的人来说，替死者净身就是在想象中清除死亡的污垢，因为它会影响死者灵魂在来世的命运。这样的仪式隐含着死亡是过渡的意思。步入暮年，在老年生活思绪联翩的常态中，死亡恐惧的不断侵扰中，人不可避免地会仔细地思考人生意义、来世等信仰问题。这种时候，灵魂不朽是支撑一个老人对抗恐惧的信念和慰藉。就像《脉搏》"与约翰·厄普代克上床"故事里，有信仰的简与无信仰的艾丽丝讨论信仰问题时的争论，前者认为"信仰使一切变得有意义起来，至少感到不那么绝望了"②。而后者认为，"所有的一切都是绝望的，但是你就是必须继续前行。生命这场游戏已经进入晚期，去改变信仰已无太大意义"③。

---

① ［英］朱利安·巴恩斯：《生命的层级》，郭国良译，南京：译林出版社，2019 年，第 88-89 页。

② ［英］朱利安·巴恩斯：《脉搏》，郭国良译，南京：译林出版社，2015 年，第 47 页。

③ ［英］朱利安·巴恩斯：《脉搏》，郭国良译，南京：译林出版社，2015 年，第 47 页。

那么彼岸的世界究竟是什么样？在《10½章世界史》的最终章"梦"里，巴恩斯曾尝试描绘来世的场景：在一个类似大型度假村的豪华建筑里，每个人都有专人服侍，有享之不尽的美食，有不受限制的购物，还可以见到各种名人，总之，各类物质欲望与消费需求都能得到满足。然后，每个人会来到一位管理档案的老先生那儿领取关于自己人生的定论，通常得到的答案是"你没问题"。在此之后，当人对一切欲望的满足感到厌倦时，他会提出想见上帝的要求，但得到的回答是"上帝取决于你，如今的天堂是民主的，听从人们的需要"①。由此可见，巴恩斯的上帝是人造的安慰剂，模样标准全凭个人。

如果无尽的永生真的剔除了死亡，往往也会变得乏味。就像"梦"里的人们渐渐开始忧虑，开始要求痛苦，要求死亡。齐美尔认为，人为知晓世界所做的努力，又称为求知意志，蕴含了人类的超越性。② 也就是说，即便是已经身处彼岸，人类也不会满足于现状而止步不前。巴恩斯也在《没什么好怕的》里重申了来世的无趣与维护死亡局限的必要性："永生是乏味的。拥有无边的生命只会让人空虚；忍受永生的人渴求死亡的慰藉却被无情拒绝。"③照此来看，来世救赎不过是现世人们的一种超越性寄托，它的意义不在于成为被实现的目标，而在于其对

　　① ［英］朱利安·巴恩斯：《10½章世界史》，林本椿、宋东升译，南京：译林出版社，2010年，第280页。

　　② ［英］基思·特斯特：《后现代性下的生命与多重时间》，李康译，北京：北京大学出版社，2010年，第25、26页。

　　③ ［英］朱利安·巴恩斯：《没什么好怕的》，郭国良译，南京：译林出版社，2019年，第230页。

现世生活的影响与意义。

总结巴恩斯的观点来看，天堂的美梦和"公正"的上帝也许能对抗残酷历史、全球熵化或者死亡，但它们终究不过是一种自我欺骗的幻想罢了。[①] 在《10½章世界史》的最终章"梦"里，地狱是一种宣传的主题公园，希特勒是一种景观，没有绝对的审判，只有相对的主观。巴恩斯对来世救赎的嘲讽与颠覆，也正是鲁什迪评论《10½章世界史》这部小说"太轻浮不够厚重"[②]的原因。

巴恩斯的众多小说与自传并没有就上帝是否存在给出具体的答案，但认为人们需要上帝来遏制恐惧。[③] 巴恩斯持有这种实用主义宗教观，是因为他深感宗教所夹杂的复杂人类建构，使其成为一个并不确定的确定。他对上帝的质疑，只是整个西方社会在"二战"之后理性崩塌、普遍价值破产之后的后现代病症：

> 上帝也许是个终极讽刺者。他可能在做他的实验，而我们正是迷宫中的老鼠。我们的任务就是确定永生藏在哪道门后。时间越来越紧——因为我们明白自己正身处一个名为死亡的精巧箱子之中——我们企图夺路而逃。但我们

---

① Gregory J Rubinson. "History's Genres: Julian Barnes's 'A History of the World in 10 ½ Chapters'". *Modern Language Studies*, 2000, (2): 177.

② Salman Rushdie. *Imaginary Homelands: Essays and Criticism* 1981-1991. England: Granta & Penguin Books, 1991: 243.

③ Vanessa Guignery. *The Fiction of Julian Barnes*. New York: Palgrave Macmillan, 2006: 59.

不知道，我们被困在箱子中无法逃脱，这正是这个实验的全部意义。虽然有许多看似是门的出口，但没有一扇是真的，因为这个世界上没有永恒的生命。上帝这个讽刺家想出的游戏是这样的：在卑微的生命中播下渴望永生的种子，然后静观其果。看着这些拥有思想和智力的人类像发疯的老鼠一样四处乱窜。看着其中一部分人是怎样指导他人并宣扬他们找到的才是唯一正确的那扇门（但即便是他们自己也无法打开），然后也许开始杀害那些下注于其他门的人。①

对上帝与来世的质疑在巴恩斯的作品里随处可见。《凝视太阳》里的好奇少女婕恩从童年起直到老年都一直在追寻有关"天堂"与"来世"的答案。从小时候的"天堂"是否顺着烟囱往上就可以找到②，到她去北京天坛（Temple of Heaven）旅游，作为对天堂的访问，到儿子格雷格利"对着天空（heaven）大喊，以掩饰惊慌"③，再到婕恩晚年的结论"来生？来生如同一天中看到两次日出"④都体现了婕恩对来世救赎的希望幻灭。作为英国战后小说家的一员，巴恩斯怀疑上帝的存在与宗教的绝对价值。西方

---

① ［英］朱利安·巴恩斯：《没什么好怕的》，郭国良译，南京：译林出版社，2019年，第227-228页。

② ［英］朱利安·巴恩斯：《凝视太阳》，丁林棚译，北京：外语教学与研究出版社，2018年，第15页。

③ ［英］朱利安·巴恩斯：《凝视太阳》，丁林棚译，北京：外语教学与研究出版社，2018年，第185页。

④ ［英］朱利安·巴恩斯：《凝视太阳》，丁林棚译，北京：外语教学与研究出版社，2018年，第227页。

战后哲学的绝对价值消解体现在，尼采在宣布"上帝死了"的口号后，传统的绝对普遍主义消解，将哲学带入了相对主义、多元主义这一道路。哈贝马斯强调建立在交往行为基础上的普遍性，而这种普遍性是由理解、对话、协调、共识所构成的。巴恩斯的主要家庭成员都不是基督徒：父亲是不可知论者，母亲是无神论者，而他自己则是个坚定的怀疑论者。在《没什么好怕的》的开篇首句，巴恩斯即阐明了自己的宗教观："我不信上帝，但我想念他。"①

在有限的人类与无限的上帝之间存在着无法逾越的鸿沟。凭借人类的理性，寻找到可依赖稳定的绝对价值几无可能。来世与救赎也只是一种对死亡恐惧的减轻与安慰，上帝的存在也无迹可寻。本应是因果循环的死亡与救赎在巴恩斯的笔下都成了人类生存局限的体现，因为死亡是不可避免的现实，救赎是无法实现的想象，生存成了无意义的徒劳。然而，巴恩斯也反对纯粹的无神论，即完全的相对主义和虚无主义。在此矛盾下，巴恩斯开始关注主体转变的重要性。从前作为宏大叙事的宗教转变成了个人的上帝，或者各种各样替代的转化，如对他人的爱，对审美的追求等。作为虚无主义时期的后人文主义者，巴恩斯从未放弃对真善美等绝对价值的追求，他相信即便无法获得完全绝对的真理，百分之六十的真理也好过百分之四十的。

---

① ［英］朱利安·巴恩斯：《凝视太阳》，丁林棚译，北京：外语教学与研究出版社，2018年，第2页。

第三节 终极价值的和解

一、不可知论的宗教观

巴恩斯遵循后现代主义物质传统，是典型的非宗教型作家，主要描写世俗伦理、人文自由的话题，但《凝视太阳》《10½章世界史》《亚瑟与乔治》《没什么好怕的》却都与奇迹和神秘有关。① 《凝视太阳》表达了对上帝、死亡和来世的焦虑，小说中的飞翔意象是超越的象征，是逃离地心引力的欲望。② 女主人公婕恩成为一名孤独的旅行者，环游世界以寻找人生的意义，并经历体会了崇高的自然。尽管希望获得确切的答案，但她仍然像济慈所说的"消极感受力"（negative capability）那样，接受了与疑虑共存。③ 《10½章世界史》也讲述了信仰、公正与救赎的话题，而它的讲述又是亵渎不敬的（irreverent），达尔文主义的（Darwinian）。④

巴恩斯成名后曾多次公开谈论自己对死亡的恐惧，因而收

---

① Sebastian Groes & Peter Childs. *Julian Barnes: Contemporary Critical Perspectives.* New York: Continuum, 2011: 51-52.

② Sebastian Groes & Peter Childs. *Julian Barnes: Contemporary Critical Perspectives.* New York: Continuum, 2011: 53.

③ Sebastian Groes & Peter Childs. *Julian Barnes: Contemporary Critical Perspectives.* New York: Continuum, 2011: 56.

④ Sebastian Groes & Peter Childs. *Julian Barnes: Contemporary Critical Perspectives.* New York: Continuum, 2011: 58.

到很多宗教信众的皈依劝解。对此，巴恩斯往往不无遗憾地表示拒绝。首先，在经验层面，他无法接受一个人格化上帝的存在；其次，在理性层面，他更倾向于用思考和写作直面恐惧，并在其中发现恐惧本身对于生命的价值。与此同时，巴恩斯清醒地意识到人类的经验与理性都有自身的限度，从而对这种限度之外的可能性抱持敬畏之心，从而不愿意像母亲一样轻易地宣称，无神论是唯一的真相。

不信教，同时也不决然否定——巴恩斯通过讲述家庭和自我的宗教经验，确立起这样一种个性化的不可知论态度，而这也是他精神世界的基础。同时他也认识到，在他成长的时代，宗教早已被大众所抛弃①，因为战后英国面临着一系列宗教危机：教派林立、教徒虔诚度下降、参加宗教活动人数下降等。但由于信仰上帝和潜意识中神的地位没有从根本上动摇，所以仍然可以看到宗教活动高涨的一面。② 就像巴恩斯在自传《没什么好怕的》开篇所说的那样，他不相信上帝，但他想念它。不论是从自我描述还是从所表达的观点来看，巴恩斯可以说是一个宗教不可知论者。简单来说，即他不相信基督教的种种宣言与一个全能的上帝，认为宗教作为一种绝对价值是有限度的，但又认为世间确实存在许多超出人类理解范围，需要人们保持敬畏的事物，如神迹与启示。

---

① 黄莉莉：《自传中的死亡书写与自我确立——评［英］朱利安·巴恩斯的〈无可畏惧〉》，《现代传记研究》，2018 年秋季第 11 辑，第 138-140 页。

② 张伟伟，杨光：《二战后英国宗教的世俗化》，《深圳大学学报（人文社会科学版）》，2008 年第 2 期，第 18 页。

宗教上的不可知论者主要指，对于"上帝是否存在"这一问题，不同于有神论的"是"与无神论的"否"的答案，无法作出回答的那一类人。① 作为不可知论者的巴恩斯在作品中对宗教与上帝的抗拒随处可见，如《10½章世界史》开篇"偷渡者"里出现的直接批评与讽刺："宗教充满了盲目与自大"②；"诺亚不是航海能手，选上他是看中了他的虔诚，而不是航海技能"③；"他那上帝就是个十分霸道的榜样"④。"宗教战争"章节里对全知全能上帝的讽刺："上帝无论做什么都有目的，允许小虫住进教堂，目的就是警告和惩罚人类的邪恶"⑤；"上帝以其永恒的智慧怎么会让木蠹这种生物登船呢？因此，可以推断方舟上没有木蠹"⑥；"上帝如果不想让它们吃木料，就不会给它们这种本能"⑦。"三个简单故事"章节里，在讲述约拿与鲸鱼的故事时，巴恩斯称"上帝总是不厌其烦地要证明自己是主宰，这会儿他

---

① Robin Le Poidevin. *Agnosticism: A Very Short Introduction*. Oxford: Oxford University Press, 2010: 8.

② ［英］朱利安·巴恩斯：《10½章世界史》，林本椿、宋东升译，南京：译林出版社，2010年，第6页。

③ ［英］朱利安·巴恩斯：《10½章世界史》，林本椿、宋东升译，南京：译林出版社，2010年，第17页。

④ ［英］朱利安·巴恩斯：《10½章世界史》，林本椿、宋东升译，南京：译林出版社，2010年，第18页。

⑤ ［英］朱利安·巴恩斯：《10½章世界史》，林本椿、宋东升译，南京：译林出版社，2010年，第60页。

⑥ ［英］朱利安·巴恩斯：《10½章世界史》，林本椿、宋东升译，南京：译林出版社，2010年，第63页。

⑦ ［英］朱利安·巴恩斯：《10½章世界史》，林本椿、宋东升译，南京：译林出版社，2010年，第66页。

编造出一个奇特的寓言来要他的奴才。上帝把所有的牌都抓在手里，不管玩什么花招都是他赢"①。

除了否认其存在，巴恩斯还质疑上帝的公平性，这也是战后小说家采取先锋式写作解构宏大叙事背后的逻辑，即如果上帝存在，那么为什么会出现这样一个荒凉得好似被遗弃的世界？就像阿多诺所说的名言那样，"奥斯威辛之后，再写诗是野蛮的"。巴恩斯认为，"人类内心深处对审判有需求与渴望，这无疑是宗教的本质诉求之一"②。但他小说中的人物经常因为自身的遭遇，而质疑上帝是否能成为一个公平的仲裁。例如，被牧师父亲教导要敬重教会的乔治，"发现自己对上帝的保护越来越没有信心"③："乔治发现自己非常容易质疑上帝。比如说，为什么他的母亲，一个善良的化身，时常救济牧区的穷人和病人，却要遭受痛苦？如果如父亲所说，上帝对万事万物负责，那么上帝就该对斯坦福郡警察局和它臭名昭著的无能负责"④。

《亚瑟与乔治》中遭受种族歧视的帕西人乔治、《10½章世界史》中被遗弃的犹太船民等边缘人物的遭遇都是变相对上帝公平、宗教力量的质疑。所有的宗教信条，不管其真伪善恶如

---

① ［英］朱利安·巴恩斯：《10½章世界史》，林本椿、宋东升译，南京：译林出版社，2010年，第160页。

② ［英］朱利安·巴恩斯：《没什么好怕的》，郭国良译，南京：译林出版社，2019年，第231页。

③ ［英］朱利安·巴恩斯：《亚瑟与乔治》，蒯乐昊、张蕾芳译，北京：人民文学出版社，2007年，第118页。

④ ［英］朱利安·巴恩斯：《亚瑟与乔治》，蒯乐昊、张蕾芳译，北京：人民文学出版社，2007年，第108页。

何，对我们来说都仅仅具有或然性，因为它取决于叙述者的权威。对于这样一种不公正的宗教，巴恩斯认为其存在的主要目的，是为死亡恐惧提供心理安慰，或者是服务于意识形态的需求。根据阿尔都塞的说法，宗教也属于国家意识形态机器的一部分。政府、军队、警察、法庭、监狱这类镇压性国家机器以外的意识形态国家机器就主要通过宗教、教育、家庭、法律、工会、传播、文化等进行规训、劝服。① 这样就不难理解巴恩斯所说，"人们信教，只是因为他们怕死"②。《10½章世界史》的末章"梦"里指出，相较于来世，人们更关心的是生命如何能够继续。

巴恩斯的小说认为一神论是野蛮而过时的③，他的作品也不太像同僚艾米斯和麦克尤恩那样，符合"新无神论小说"（New Atheist Novel）的种类。④ 虽然作为不可知论者的巴恩斯一直通过作品揭露宗教的限度，但他也没放弃对绝对价值观念的寻求。不像极端后现代主义完全消解了价值的绝对性和普遍性，他始终认为绝对的真善美是人们的终极追求，也是人们生存的理由，

---

① 马大康：《现代、后现代视域中的文学虚构研究》，北京：中国社会科学出版社，2014年，第101页。

② ［英］朱利安·巴恩斯：《没什么好怕的》，郭国良译，南京：译林出版社，2019年，第10页。

③ Sebastian Groes & Peter Childs. *Julian Barnes: Contemporary Critical Perspectives*. New York：Continuum, 2011：60.

④ Sebastian Groes & Peter Childs. *Julian Barnes: Contemporary Critical Perspectives*. New York：Continuum, 2011：52. 新无神论小说（New Atheist Novel）指主要描绘支持一些宗教对立面，如言论自由、个性自由、理性或世俗经验的小说类型。

它给予人们走向理想未来的信念与勇气。

作为后人文主义者的巴恩斯充分认识到了人类理性的局限，所以，保留了对超自然、非理性的信仰余地。例如，他在《10½章世界史》"幸存者"一章里谈道："就像人看自挖陷阱的熊一样，上帝看人类作茧自缚、自寻毁灭。凯西不信上帝，但这会儿她有点动心。倒不是她怕死。她不由得相信一个人正在看着发生的事情。故事再好也得有人讲"①。在"山岳"一章里，人类渎神的举动立马引发了地震，这种情节设计也表达了巴恩斯神秘主义的倾向，尤其是"地震让所有居民丧生，但葡萄树却安然无恙"②。

综上所述，巴恩斯虽然厌弃宗教的宏大叙事，但仍然认为鉴于人性的弱点与局限，需要有一种更高的制衡与监督力量。这种超越性的力量是处于人类理性之外的，但它也能通过一些神秘灵感或神迹显现给予人类世界以启示，这即为巴恩斯在绝对基督教价值与完全无神论主义之间的调和式不可知论宗教观。与此类似的调和折中主义世界观还有在绝对与相对之间产生的非理性主义，它其实是为善寻找一个更为生动有力的个人主义根基，例如，尼采酒神式的心醉神迷、柏格森所称摆脱机械规律的生命高扬、海德格尔所称"此在"在诗意的思想中进入"澄明之境"、弗洛伊德所称力比多的升华，以及马斯洛所称个体

---

① ［英］朱利安·巴恩斯：《10½章世界史》，林本椿、宋东升译，南京：译林出版社，2010年，第93页。

② ［英］朱利安·巴恩斯：《10½章世界史》，林本椿、宋东升译，南京：译林出版社，2010年，第150页。

自我实现时的高峰体验等。① 对于没有宗教信仰家庭传统的怀疑论者巴恩斯来说，宗教狂热早已让位给了审美狂热。他认为自己就是普通的中产阶级，用不可知论的宗教观代替了传统宗教指南。

二、美与崇高的超越属性

人类可以在有限的世界里认识完美，并不是取决于客体的品质，而是取决于主体的爱好与倾向。上帝的消失引起了替代现象的产生：与其说上帝，不如说人更满足于爱他人；与其说上天，不如说人更想要让生命为创造美服务，以超越他们本身生命存在。狂热的美的信徒面对崇高与低俗之间，无限的上帝和有限的人间无法跨越的距离，指引现代人爱和美两条道路。所以，有"以美育代替宗教"的思考，它是以审美去救赎虚无之路。审美救赎绝非一般审美活动可以达成，也并非审美主义可以问津，而是置身信仰维度，立足于终极关怀的无神终极关怀。②

就像休谟认为应该强调和相信人的直觉与感情一样，来世救赎是否存在，它一方面受人类理性理解力的限制，另一方面也关乎人们对它的主观倾向。具体而言，休谟认为经验无权对宇宙的原因作出形而上学的判断，但他的动机并非要彻底颠覆来世救赎，而是要驳倒对于宗教信仰的各种理性证明，从而将

① 邓晓芒：《中西文化视域中真善美的哲思》，哈尔滨：黑龙江人民出版社，2003 年，第 231 页。
② 潘知常：《审美救赎：作为终极关怀的审美与艺术》，《文艺争鸣》，2017 年第 9 期，第 86 页。

宗教信仰的根基建立在个人的良知和情感之上。休谟强调，一个怀疑主义者并不怀疑上帝的存在，而只会怀疑关于上帝存在的各种理性证明，怀疑人们凭着自己的有限性而对上帝的性质妄加臆断的做法。怀疑主义者不是由于对信仰对象本身、而是由于对自身理性能力的怀疑，才对上帝的性质等形而上学问题采取悬而不决的态度的。① 所以，巴恩斯在《凝视太阳》里讲到婕恩独自去旅行，见到自然界令人震撼的美景时，表达出以心灵与直观弥补理性缺憾的想法：

> 许多伟大、深邃的思想家总是告诉自己，如果世上存在如此美丽的事物，那么创造这美丽事物的思想怎么可能不是真的呢？一个教堂的力量相当于一百个能够用逻辑证明上帝存在的神学家。人的心灵总是渴望确定的知识，也许它最渴望的是一种当头棒喝的凿然。心灵所能理解，并需要不懈地去证明和认可的事物，往往是它所忽视的事物。②

上述感叹也吻合关于证明上帝存在的"设计论"③说法。但很多时候，无数说教与逻辑无法达到直观自然启示所带来的强大震慑力。

---

① ［英］赫伯特：《论真理》，周玄毅译，武汉：武汉大学出版社，2006 年，第 37 页。

② ［英］朱利安·巴恩斯：《凝视太阳》，丁林棚译，北京：外语教学与研究出版社，2018 年，第 115 页。

③ 参见 Stephen Law. *Humanism*: *A Very Short Introduction*. Oxford：Oxford University Press，2011：32.

　　西方文学中以卢梭与爱默生为典型，中国古人以袁宏道的"性灵说"为例证，都发现了自然与人的理性情感之间有着亲密的联系。自然界中隐藏着各种引起人类惊叹的美与崇高，引发人们对超越自身限度以外的存在思考。巴恩斯在《10½章世界史》"幸存者"章节中提到要回到大自然中寻找事物的逻辑："现在我们要回归自然。忧虑者生存，只有能看清正在发生什么事情的那些人才能生存，规律肯定是这样。"①人与自然密不可分，因为"样样事情都相连"②。

　　根据伯克(Burke)的说法，能够激发欣喜之情的，可称为崇高；若某事物的性质能够在我们心中激发起爱恋和温柔，就称其为美。③ 而崇高的最高效果是惊惧。惊惧是灵魂的一种状态，它通过某种不可抗拒的力量把我们席卷而去，根本来不及进行理性分析。④ 因为崇高的事物让人产生一种夹杂着讶异甚至是恐惧的愉悦。白雪皑皑的高山，似乎摧毁一切的暴风雨或者弥尔顿描写的地狱，这些都会让人产生崇高感，就如同巨大树木的形单影只、阴郁沉暗或者无限的观念所起的作用一样。⑤ 尺

----

　　① ［英］朱利安·巴恩斯：《10½章世界史》，林本椿、宋东升译，南京：译林出版社，2010年，第86页。

　　② ［英］朱利安·巴恩斯：《10½章世界史》，林本椿、宋东升译，南京：译林出版社，2010年，第74页。

　　③ ［英］埃德蒙·伯克：《关于我们崇高与美观念之根源的哲学探讨》，郭飞译，郑州：大象出版社，2012年，第45页。

　　④ ［英］埃德蒙·伯克：《关于我们崇高与美观念之根源的哲学探讨》，郭飞译，郑州：大象出版社，2012年，第50页。

　　⑤ ［英］埃德蒙·伯克：《关于我们崇高与美观念之根源的哲学探讨》，郭飞译，郑州：大象出版社，2012年，编者导言，第37页。

寸上的巨大，也是促发崇高感的一个有力的原因。而崇高感的
另一个来源就是无限。无限能使人产生一种欣喜的恐惧感，这
是崇高最本真的影响所在。① 伯克认为，"部分的连续与一致"
构成了"人为的无限""无限性的外在表现产生富丽堂皇的感
觉"。② 不管哪一类人受到自然的优美或伟大之物的冲击，或者
在艺术作品中发现优美或者伟大，他们仍然根据同样的原则而
感动。③ 所以，自然界的壮丽景观总会让人产生一种无限的惊
惧与崇高感，就像《凝视太阳》里所描述的飞行员在飞行过程中
靠近太阳时的景观与感受：

> 你径直朝着太阳爬升，因为你觉得那里是安全的。高
> 空中比平时明亮很多。你举起手放在面前，慢慢地张开手
> 指，从指缝中斜视太阳。你继续爬升，从指缝间凝视太阳。
> 你发现，你离它越近，越感到发冷。这本应是你该担心的
> 事情，但是你并不担心。你之所以不担心，是因为你感到
> 幸福。④

根据上述伯克关于美与崇高的观点，所有的色彩都依赖于光。

---

① ［英］埃德蒙·伯克：《关于我们崇高与美观念之根源的哲学探
讨》，郭飞译，郑州：大象出版社，2012 年，第 62-63 页。

② ［英］埃德蒙·伯克：《关于我们崇高与美观念之根源的哲学探
讨》，郭飞译，郑州：大象出版社，2012 年，编者导言，第 28 页。

③ ［英］埃德蒙·伯克：《关于我们崇高与美观念之根源的哲学探
讨》，郭飞译，郑州：大象出版社，2012 年，绪言，第 25 页。

④ ［英］朱利安·巴恩斯：《凝视太阳》，丁林棚译，北京：外语教
学与研究出版社，2018 年，第 34 页。

当太阳的光芒直射入眼中，令人一片茫然，失去了其他的感觉，这时它就会令人感到壮观。① 这些壮观的自然界循环凸显人类之渺小，就像"设计论"有神论认为，上帝是精巧的工匠，万物都是他巧夺天工中的一环。然而起初，《凝视太阳》的女主人公婕恩无法沉浸在一个由信仰和非理性所建构的世界里，她只希望活在能够提供可靠答案的世界。② 类似婕恩，怀疑论者认为整个大自然都是不真实的，或都是"无"，而真正的实体是"有"，它是唯一、永恒的存在，没有任何变化或多样性，因而是不可言状、超越一切经验的。怀疑论者唯一确定的事实就是理智和感觉之间的冲突无法调和，从而证明实体的本质是不可知的。③ 怀疑论者向人们发起挑战，让人们解释：既然我们仅仅通过知觉的种种复杂媒介与器官才能有所经验，那我们怎样能够知道物自体的本质呢？现象论者对此大胆地回答：并没有什么物自体，有的只是种种跟我们经验发生了关系的物体。并没有什么"实体"隐藏在感觉性表象的帷幕后面；物体的表象就是它们的真实面目。④ 所以，事物的本质，或真正的实体，只能通过各种现象与启示来显现。

<hr>

① ［英］埃德蒙·伯克：《关于我们崇高与美观念之根源的哲学探讨》，郭飞译，郑州：大象出版社，2012年，第69页。

② Eszter Tory & Janina Vesztergom eds. *Stunned into Uncertainty：Essays on Julian Barnes Fiction*. Budapest：Eötvös Loránd University, 2014：126.

③ ［美］威廉·佩珀雷尔·蒙塔古：《认识的途径》，吴士栋译，北京：商务印书馆，2012年，第170-172页。

④ ［美］威廉·佩珀雷尔·蒙塔古：《认识的途径》，吴士栋译，北京：商务印书馆，2012年，第181页。

巴恩斯也认为，人生的本质需要通过细细体察才能窥探一二，并在爱情续曲的第二部《爱，以及其他》中通过经历了激烈感情风波、最终生子安定下来的吉莉安和历尽沧桑的斯图尔特之口说出："你缔结婚姻，保护子女，维系爱情，经营人生。有时你会停下脚步，怀疑这一切是否真实。是你在经营人生，还是人生在经营你？只有通过观察这个世界本质的内在和外表，你才能成长。"①换言之，虽然人们大部分时间被生活的琐碎表象所淹没，但总会有驻足思考超越性的时刻。

《凝视太阳》中婕恩就一直在寻找人生课题确切的答案。她在经历了自己人生的起起落落后，决定独自踏上丈量世界的旅程，"只有你远离世界时，才能把世界看得清楚。你离开这世界是为了理解这世界，遁入知识之中"②。这也是批判后人文主义学者布拉伊多蒂所提倡的自我与事物保持客观的距离，因为主体的陌生化实践是一种清醒行为。③ 在世界各地的观光与自然奇景的览胜里，婕恩感受到了显圣与超越：

　　她来到图书馆查询世界七大奇迹。百科全书里是这样说的：罗马斗兽场、亚历山大城的地下陵墓、中国的长城、（英国的）巨石阵、比萨斜塔、（中国的）南京瓷塔、君士坦

① ［英］朱利安·巴恩斯：《爱，以及其他》，郭国良译，上海：文汇出版社，2018年，第163页。
② ［英］朱利安·巴恩斯：《凝视太阳》，丁林棚译，北京：外语教学与研究出版社，2018年，第137页。
③ ［意］罗西·布拉伊多蒂：《后人类》，宋根成译，郑州：河南大学出版社，2016年，第247页。

丁堡的圣索菲亚大教堂。或许每个人都可以自己排出世界
七大奇迹的名单。她脑子里这时浮现出一个计划——她准
备周游世界七大奇迹。①

在观光过程中，受到美与崇高的触动，婕恩触景生情，对自己的
人生进行了一场回顾与反思，并内化出了自己人生的七大奇迹：

迈克尔曾经认为她就像寸草不生的戈壁一样不能生育。
沙尘飞到了她的眼里，她蓦地感到一阵伤感。回音壁不应该是
一个人来玩的地方，就像爱情隧道不是一个人兜风的地方。②

婕恩认为坚持生命开端时的信仰并毕生不渝，是一种
勇敢。她的一生并不是坎坷曲折的一生，而是平淡无奇的
一生，是茕茕孑立的一生。除了几个万众瞩目的世界奇观，
婕恩还草拟了她生命中的七大私密奇观。(1)出生到这个
世界，这必须是排名第一的。(2)被人爱。是的，这在列
表上必须是排第二的，尽管比起第一项来说它常常只不过
是一段鲜明的记忆而已。你带着父母的爱出生到这个世界，
而后，当这爱离开你的时候，你才意识到它不是永恒的。
(3)幻灭。是的，当大人第一次让你失望的时候，你第一

---

① ［英］朱利安·巴恩斯：《凝视太阳》，丁林棚译，北京：外语教
学与研究出版社，2018年，第101-102页。
② ［英］朱利安·巴恩斯：《凝视太阳》，丁林棚译，北京：外语教
学与研究出版社，2018年，第104页。

次发现快乐中原来包含着痛苦。对婕恩来说，这个幻灭就是莱斯利舅舅和他的风信子。假如这样的幻灭来临得更早或更晚，是不是会更理想？（4）结婚。有些人会把性作为人生的奇观之一，但婕恩不这样认为。（5）生孩子。是的，这一项也应该出现在排名中，尽管婕恩当时昏了过去，没有意识。（6）汲取智慧。在这个过程中，你又一次处于麻痹状态。（7）死去。是的，这也必须位列其一。它可能不能排在最高位，但却是人生的顶点和高潮。那时的她对这些奇观是多么的无知。绝大多数人与他们生命中的奇观比邻却视而不见，他们就像住在一座精美、熟悉的纪念碑旁的村夫，只把这纪念碑视作采矿场。①

大自然的壮观景色让婕恩发现了人类理性的限度，以及自然景观的广袤。她的私人七大奇迹每项都在延续她最初的勇气，即寻找生命的答案，找寻绝对的价值，证实信仰的证据，例如上帝、天堂、来世。婕恩最终得出的结论是一种摒弃了宏大叙事的个人平凡奇迹，它出现在飞机靠近太阳时的美景之中，也出现在婕恩40多岁停经后怀孕的故事里，更直观的体会便是她望向初降人世的格雷格利。

如前所述，巴恩斯并不是一个彻底的无神论者，他的作品中偶尔会出现神秘主义、奇迹等超越性元素的存在，如《10½章世界史》中"海难"一章里出现的神迹蝴蝶："一只法国常见的白

---

① ［英］朱利安·巴恩斯：《凝视太阳》，丁林棚译，北京：外语教学与研究出版社，2018年，第214-215页。

蝴蝶翩翩出现在他们的头顶，落在风帆上。一些人觉得，这只平常无奇的蝴蝶是一个征兆，是来自天堂的信使，和诺亚的鸽子一样白。就连那些不相信神谕的持怀疑观点的人也抱几分审慎的希望，他们知道蝴蝶不会远离陆地飞行。"①《凝视太阳》中婕恩所沉浸的言语也无法解释的大峡谷奇景：

> 太阳帝国的边界是从雪线开始的——往上看，只见橘红色的山巅顶着几朵懒洋洋的橘色云彩，云彩的下面是橘红色的雪；在雪线之下，一切变成了干棕、浅黄和琥珀色，而在距山顶很远很远的峡谷处，有一条银色的带子被墨绿色簇拥着，就像单调的粗花呢布料镶着一条卢勒克斯金属线一样趣味盎然。婕恩紧握着结霜的防护栏，独自沉浸在愉悦的气氛中。令她感到欢愉的是，眼前的景致不再需要被翻译成文字，不再需要被报道，被讨论，被注解。在鱼眼广角镜头下，大峡谷的旖旎风光更为壮丽、深邃、广阔、宏伟、荒凉，更加美丽，更加令人敬畏，而这是她以前从不可能想象到的；即使这一连串令人激动的形容词也不能描述她的所见、所思、所感。这是一个语言无法描述的地方，是人的声音没法到达的地方，是无法解释的地方。②

---

① ［英］朱利安·巴恩斯：《10½章世界史》，林本椿、宋东升译，南京：译林出版社，2010年，第110页。

② ［英］朱利安·巴恩斯：《凝视太阳》，丁林棚译，北京：外语教学与研究出版社，2018年，第114-115页。

　　大峡谷如同大教堂一样涤荡心灵，或许这种作用对于那些有宗教倾向的游客来说最为强烈。它的存在就是无言的争辩，让人恍悟上帝的神力，惊叹于他壮丽的造物神迹。婕恩的反应正好相反。大峡谷给她带来的震惊使她陷入了一种不确定性中。据说一个人最大的精神悲剧是他带着宗教的情怀来到这个世界，却发现信仰已经不再可能。①

婕恩的评论印证了巴恩斯自己作为一个不可知论者的感受，即处于后信仰时代的英国社会，一方面日益感受到宗教的式微与局限，另一方面又被自然与启示的超越性震撼。自然的未知与无限让人产生敬畏之心。正是对事物的无知状态，才引起了我们对它们的歆羡，并且主要由此才促发了心中的激情。一旦对事物有了了解和熟悉，最惊人的事物也不太可能有什么影响了。在我们的所有观念中，最能对我们产生影响的，莫过于永恒与无限，但或许我们了解最少的，也就是永恒与无限了。② 因为如果存在一个永恒的更高力量，当它想要使我们被某些事物感动时，它并不依赖那些虚弱无力且不稳定的理性活动，而是使这些事物拥有某些能够阻止知性甚至是意志发挥作用的力量和物质，后者能够在理性能力赞成或者反对之前，紧紧抓住感官和想象力，牢牢控制我们的灵魂。③

---

① ［英］朱利安·巴恩斯：《凝视太阳》，丁林棚译，北京：外语教学与研究出版社，2018年，第116页。

② ［英］埃德蒙·伯克：《关于我们崇高与美观念之根源的哲学探讨》，郭飞译，郑州：大象出版社，2012年，第54页。

③ ［英］埃德蒙·伯克：《关于我们崇高与美观念之根源的哲学探讨》，郭飞译，郑州：大象出版社，2012年，第91页。

小　结

后现代主义宣告了大写的"人"的终结，但具体个人的衰老与死亡以及人类种族的生存危机依然存在，构成了后人文主义语境中人类共有的脆弱性。巴恩斯对于个体的死亡有着不同寻常的敏锐，对于死亡也有着难以缓解的焦虑。他从青少年时期起，直到成年后，经常想象与思考自己的死亡，所以如何面对死亡和消解死亡带来的虚无成为他多部作品中思考与讲述的主题。

死亡的必然性给人的存在设置了最后的限制，对死亡的恐惧让个人寻求另一种未知的慰藉——宗教救赎与来世。对传统人文主义者来说，宗教曾经为不安的人们提供过安慰性的永生神话。然而，巴恩斯发现，在他成长的时代，宗教早已被大众抛弃。他的家庭成员要么是不可知论者，要么是无神论者，这与宗教在英国的现状不谋而合。巴恩斯曾在进入牛津大学时宣称自己是一个"快乐的无神论者"，然而到了五六十岁，他又宣称自己为不可知论者。

巴恩斯在《没什么好怕的》开篇说道："我不相信上帝，但我想念他。"作为后现代主义代表人物的巴恩斯不愿像其他同辈人那样毫无留恋地放弃信仰，他固然知道宗教作为绝对稳定的终极价值已然破产，但他仍然怀念那个充满了意义与严肃性的世界。在多部作品中，他一次次言说死亡，直面死亡的恐惧，

试图和那些与他在文学上"没有血缘的亲人们"开展关于死亡的
对话，选择超越生与死的二元论之外，对不可知领域表达敬畏，
最终消解死亡的虚空。

对于巴恩斯来说，不可知论不失为一项好的选择，既在有
限的框架内坚持了真善美的超越性理想追求，也没有堕入毫无
信仰的虚无主义绝望。他指出，在充分尊重人类脆弱性的前提
下，认清死亡的本质与提前规划死亡就是以勇气驱散死亡的恐
惧。人的有限存在与无限的世界共存于悖论的统一。每个人都
受到现实时间的制约，但勇气能让人克服有限达至无限。当有
限的自我朝向超越，即便是身负局限的人类，也将达至无限。
作为人类生存的最终局限，死亡因其大限的身份而被神圣化，
它不再是生命的目的论终点，而是驱动前进的磁石。正如巴恩
斯笔下身处彼岸也怀念死亡的人物所表达的意念，死亡是为了
凸显现世的美好，提醒人们珍惜生命与努力奋斗。相较于永生，
巴恩斯笔下的天堂旅客认为，最好的答案是人愿意活多久就活
到多久，直到满足为止。《没什么好怕的》的标题也说明，当人
们提前思考死亡，它也就没什么好怕的。除开勇敢筹谋，创造
也是破除死亡恐惧、达至不朽的方式。

概言之，巴恩斯认为，人的生存局限首先体现在生存的危
机，即衰老所体现的人类脆弱性与生态危机所带来的种族灭绝
威胁。其次，死亡的必然性给人类生存设置了最终的局限，并
招致人对死亡的本能恐惧。在来世救赎成为幻象而饱受质疑的
现状下，人们失去了重生的慰藉，生存成为无目标的荒诞。面

对这样的生存局限，巴恩斯试图采取不可知论的宗教观以寻求绝对与相对的和解，并通过美与崇高来维护人类的超越性需求，同时积极发挥人的主观能动性，通过思考、书写等方式展现生命意志，抵御死亡的绝望，以调和由于绝对确定价值缺失而产生的生存焦虑。

结　　语

　　在后现代主义之后的当下，人们普遍面临一种道德相对主义和价值的缺失。两次世界大战之后，人们失去了群体、传统与共同的意义，感到一种无法触及的缺席感。这种空洞感是因为缺少个人信念与价值感而在内心里形成的。① 整个欧洲的危机实质上就是人之意义的丧失。在胡塞尔看来，人的生存意义只能表现于无限的绝对价值之中，而当下的人们却沉陷于误入歧途的理性主义精神危机和对实证主义科学的盲目迷信。② 我们的现状是进入了一种分裂与矛盾的时代，这是一个"文化堕矩"（cultural lag）的时代，即几乎任何事情都可能发生，任何事物都不能保证其自己具有一以贯之的确定性的时代。③

　　在后现代主义之后，变动与偶然成为规律与逻辑。整个世

---

　　① 李尼、王爱菊：《后现代主义文学的一个艺术特征——基于巴恩斯作品中"记忆即身份"主题的分析》，《学术论坛》，2020年第6期，第91页。

　　② 刘尚明：《绝对价值观念如何可能?》，北京：人民出版社，2014年，第54-58页。

　　③ ［英］齐格蒙特·鲍曼：《怀旧的乌托邦》，姚伟等译，北京：中国人民大学出版社，2018年，第213-214页。

界、人类经验、事实与真理都变成或然性存在，只能依靠建立在意志与信心之上的信仰才能为之所用。后现代主义的伦理危机即是崇尚理性与技术的世界推崇实际而排斥道德，从而产生了一个个无根基的自我。① 萨特认为当意义丧失，就会出现恶心的体验，自我的消逝是令人恐怖和恶心的。萨特认为人一直在寻找解释和理由，也就是尼采称之为人的形而上学本能，即人有一种寻求解释的需求，并且常常想要赋予自己的人生以意义。当找不到意义的时候，人们会自己创造一些话语来满足这一需求。

自 20 世纪 90 年代以来，后人文主义理论逐渐崭露头角、势头强劲。它的生发可追溯到 20 世纪 60 年代福柯《词与物》一书的发表以及哈桑于 1977 年发表的《作为行动者的普罗米修斯：走向后人文主义文化?》一文。经过三十多年的发展，在后人文主义的大旗下聚集了来自哲学、文学以及人类学等不同领域的研究论点，使得后人文主义成为众多"后理论"之中的重要显学。

后人文主义作为一种超越人文主义的思维方式，破除人类中心主义，打破传统边界，提倡一种兼容并蓄的世界观。一方面，后人文主义继承了后现代主义等后学的反本质主义特征。与后现代主义相比较，后人文主义更清晰地揭示了人的有限性②，并且向现代性的核心价值观念发起了猛烈冲击③。另一方

---

① 　参见［英］齐格蒙特·鲍曼：《后现代主义伦理学》，张成岗译，南京：江苏人民出版社，2002 年，第 89 页。

② 　姜文振：《"后人类"时代的伦理困境与人文之思》，《河北师范大学学报（哲学社会科学版）》，2021 年第 2 期，第 81 页。

③ 　王宁：《"后理论时代"的理论风云：走向后人文主义》，《文艺理论研究》，2013 年第 6 期，第 10 页。

面，后人文主义又不抛弃人文主义的价值之锚。它正视人生的有限和偶然，以弱理性取代强理性，主张多元性和差异性，具有文学文化的特点和实用主义关怀，即理查德·罗蒂所说的"人文主义的有限主义"①。后人文主义试图拂去徒劳与虚无的浮尘，走出虚无主义的荒漠，重拾稳定价值。在人文主义面临危机的后人类时代，针对如何获得诗意栖居的当代生存焦虑，后人文主义给出的答案就是牢记"我们是非统一的、多元的存在"②。正如批判性后人文主义学者布拉伊多蒂所指出的，后人文主义是一种渴望③，一种对传统人文主义的解构，一种关怀他者的进程。这种渴望是人类好奇心的表达，急切想要弄清人类本质到底为何。它也被称为对人文主义的一种改写，即人类与人的主体性不是被动等待灭亡，而是在危机中寻找新的出路。

朱利安·巴恩斯在延续传统与推陈出新的两股暗潮中迂回前进，历经数次创作风格的变化。他忠实于已然走向后人文主义的社会现实，用带有强烈实验性质的叙事方式针砭时事，通过写作介入世界，试图为读者提供人生其他可能的答案。他指出，身处中心和价值深度消解的后现代社会，为了避免坠入个人虚无主义的陷阱，人们应该在破除一切价值信仰的后现代思

---

① 刘剑：《走向后人文主义——理查德·罗蒂的文学理论和文化批评》，北京：中国社会科学出版社，2018 年，第 155 页。

② 陈世丹：《后人文主义：反思人在世界中的地位》，《新华文摘》，2021 年第 7 期，第 37 页。

③ Stefan Herbrechter. Postmodern［C］. *The Cambridge Companion to Literature and the Posthuman*. Cambridge：Cambridge University Press，2017：65.

潮中考虑一条折中的道路，在局限与超越之间采取自我和解的策略。

不可否认，巴恩斯的作品体现了各式各样的希望破灭，如艺术上的(《伦敦郊区》《10½章世界史》)、宗教上的(《10½章世界史》《凝视太阳》)、科学技术上的(《她过去的爱情》《10½章世界史》《凝视太阳》)、政治主张上的(《伦敦郊区》《10½章世界史》《豪猪》《英格兰，英格兰》)、历史上的(《伦敦郊区》《她过去的爱情》《福楼拜的鹦鹉》《10½章节世界史》《凝视太阳》《豪猪》《英格兰，英格兰》)。但是，正如佩特曼所指出的，巴恩斯的作品一直关注一个深刻的议题，即试图在道德虚空中寻找新的稳定价值。① 正是因为有所缺失，巴恩斯的作品中出现了各种努力追寻的尝试。在《伦敦郊区》中，克里斯托弗认为真理是"瞥一眼自己的内心"②。他偏好确定而不喜欢模糊，所以一直坚持对真理的探寻。在《豪猪》中，对于索林斯基而言，帕卡诺夫犯有一系列毁坏道德公正的罪行，但需要有确凿的证据才能指控他，而这些能够体现正义的证据恰恰是他所努力追寻的。③《福楼拜的鹦鹉》中，布拉斯韦特对所谓福楼拜鹦鹉的追寻实际上就是对爱的追寻。

在后人文主义时代的困境中，为了更好地生存与适应，人

---

① Matthew Pateman. *Julian Barnes*. London：Northcote House Publishers Ltd., 2002：84-85，89.

② Matthew Pateman. *Julian Barnes*. London：Northcote House Publishers Ltd., 2002：11.

③ Matthew Pateman. Julian Barnes. London：Northcote House Publishers Ltd, 2002：65.

们采取了各种各样的人生策略，如利奥塔曾提出"掩饰"（dissimulation）的策略，即将弗洛伊德的利比多释放作为肯定人生的能量之源，重拾被表征压制的欲望、身体与情感的价值。[①]鲍德里亚也曾提出"诱惑"（seduction）等被动、温和的抵抗策略。罗蒂的哲学后人文主义思想也解构了绝对价值，寻求个人的审美，走向共同体式的团结，也即他所说的"人文主义乌托邦"。在罗蒂看来，后人文主义是包含了后人类中心主义（post-anthropocentrism），即将人看作动态关联网络中的涌现（emerge）的生成本体论重建；后等级制（post-hierarchical），即强调共有脆弱，而非主宰压制的人类物种边界再思考；后主体（post-subject），即以"非统一"主体取代连贯的人，以及后二元对立（post-dualistic），即以后现代解构强调二元未分之前的人与非人同源互构的综合概念。[②] 在此后人文主义哲学内涵下，本书通过梳理巴恩斯作品，发现了贯穿其中的后人文主义思想倾向，即他认为人是有限的存在，而人又有超越性的需求，那么在一种求而不得的中间状态，人们只能采取和解的策略。在他的作品中，例如遗忘、宽容与艺术这些和解手段仍然是有效的。《10½章世界史》里谈到爱与真理的或然性时认为："尽管爱情让我们失望，但爱情仍然是与真实紧密相连的，因为客观真实虽然无法达到，但我们有众多的主观真实。我们必须相信43%的客

---

① Ashley Woodward. *Nihilism in Postmodernity*：*Lyotard*，*Baudrillard*，*Vattimo*. Colorado：The Davies Group，2009：188.

② 刘剑：《走向后人文主义——理查德·罗蒂的文学理论和文化批评》，北京：中国社会科学出版社，2018 年，第 64 页。

观真实总比41%的客观真实好。如果不这么做，就会陷入模棱
两可，就要承认胜利者不仅有权获得战利品，而且有权控制
真相。"①

　　第一，本书认为巴恩斯关注历史建构性的问题，即历史是
被干预的真实，同时人们认识历史的手段也值得怀疑；个人与
集体层面的怀旧情节也为一种乌托邦式的建构。巴恩斯通过修
正具有随机性与相对性特点的记忆——具体而言，通过叙事与
遗忘，来重塑个人伦理身份、履行集体伦理责任，以达成与人
类认识层面局限的和解。这也体现了后人文主义视角下，人类
无法获得绝对真实的去真实化现状。在后现代主义之后的商业
时代，人们缺乏反省、变得浮躁，让沉静没有了生存的余地。
人们无法从欲望的泛滥中寻找到安慰与心灵的满足。当大众文
化日益带来失望之时，人们开始怀旧，想念简单美好的往昔。
在碎片化、一片狼藉的世界里，渴望寻求超越。② 过多地追忆
往事，以前的隔阂和冲突就不会消失，旧时的伤口也不能愈合。
在这样的情况下，往事不仅依然是现实的主宰，在一定程度上
也操控了未来。摆脱过去痛苦的能力，正是许多情况下我们所
理解的宽恕的关键。怨恨和寻求报复会毁了人，可以使他们变
为他们所憎恨之人的影像。为了不掉入过去的伤害和非正义陷
阱中，个人必须学会放弃寻求复仇，否则就不会有新的开始，

---

　　①　[英]朱利安·巴恩斯：《10½章世界史》，林本椿、宋东升译，
南京：译林出版社，2010年，第227-228页。

　　②　Todd F. Davis & Kenneth Womack. *Postmodern Humanism in
Contemporary Literature and Culture：Reconciling the Void*. London：Palgrave
Macmillan，2006：163.

关系就不会得到改善。①

　　第二，巴恩斯关注人类边界的局限与和解问题。首先关注的是主流与边缘的强制边界，如物种边界、性别边界以及种族边界的僵化二元对立问题。针对上述局限，巴恩斯通过合二为一的一元论世界观与碎片化"小叙事"解构了传统二元对立和宏大叙事，又通过视角越界与文类混杂等文学手段消解了绝对单一的视角中心，促进文本内外多元平行世界共存而达成和解。这也体现了后人文主义视角下，人类去中心化的现实。正是因为后人文主义强调人是有限度的动物与存在，所以，它对于尊重他者伦理有着特殊的提示意义。巴恩斯在后现代虚无主义甚嚣尘上的背景下，重塑文学手段的伦理意义，让文学也成为时代的新救赎。

　　第三，巴恩斯关注人作为有限存在者在生存层面的局限与和解。首先，巴恩斯关注以衰老为代表的人类脆弱性与人类末世危机的显像；其次，他关注作为最终限度的死亡与其必然性、未知性所带来的生存恐惧以及对来世与救赎的有效性质疑；最后，他关注不可知论的宗教观、美与崇高的超越性，并以此作为与生存危机、死亡恐惧、救赎焦虑达到和解的方法。

　　在后人文主义语境下，人的自由、普遍性和价值受到怀疑和挑战，成为一种话语和历史的建构。作为绝对尺度的人开始向相对转变。马克思主义认为人的主体是社会生产关系的总和，而弗洛伊德的无意识理论认为人的主体受欲望与本能驱使。拉

---

　　①　[英]安德鲁·瑞格比：《暴力之后的正义与和解》，刘成译，南京：译林出版社，2003年，第2、3、13、15页。

康的"混沌"、利奥塔的"非人"、德里达的"人之终结"、德勒兹的"无器官的身体"则都是后人文写作的代表。后人文主义的局限与和解研究归根结底是关于人性本质的质疑，以及对人的主体性的重新认识。总体来说，巴恩斯没有完全抛弃人文主义的理想，而是在超越性的绝对缺失与现实的相对性存在之间，致力于提倡通过和解的中间道路解决人类的困惑与焦虑，在有限的框架内，与人类作为非统一、多元化存在的现实和解。

参 考 文 献

一、中文文献

1. 白雪花，杨金才. 论巴恩斯《生命的层级》中爱的本质[J]. 湖南科技大学学报(社科版)，2015(5)：40-44.

2. 蔡静. 朱利安·巴恩斯的小说《福楼拜的鹦鹉》的读者反应理论解读[D]. 南京：南京大学，2012.

3. 陈博. 解构与伦理——朱利安·巴恩斯作品的碎片化书写研究[D]. 南京：南京大学，2017.

4. 陈博. 论《终结的感觉》中的记忆叙事伦理[J]. 当代外国文学，2018(1)：96.

5. 陈嘉明. 现代性与后现代性十五讲[M]. 北京：北京大学出版社，2006.

6. 陈军. "跨文类写作"现象批判[J]. 江苏社会科学，2008(3)：162-167.

7. 陈军. 解构主义漩涡中的文类——德里达文类思想探析[J]. 天津社会科学，2019(2)：112-119.

8. 陈世丹. 西方文论关键词：后人文主义[J]. 社会科学文

摘，2019(9)：112-114.

9. 陈世丹. 后人文主义：反思人在世界中的地位[J]. 新华文摘，2021(7)：37-38.

10. 陈永国. 游牧思想——吉尔德·勒兹 弗利克斯·瓜塔里读本[M]. 长春：吉林人民出版社，2011.

11. 邓晓芒. 中西文化视域中真善美的哲思[M]. 哈尔滨：黑龙江人民出版社，2003.

12. 杜鹏. 记忆、历史与"向死而生"——论《终结的感觉》的死亡叙事[J]. 河南科技大学学报(社会科学版)，2013(6)：63-67.

13. 段德智. 死亡哲学[M]. 武汉：湖北人民出版社，1991.

14. 方向红. 时间与存在：胡塞尔与海德格尔现象学的基本问题[M]. 北京：商务印书馆，2014.

15. 伏飞雄. 保罗·利科的叙述哲学——利科对时间问题的"叙述阐释"[M]. 苏州：苏州大学出版社，2011.

16. 何朝辉. "对已知的颠覆"：朱利安·巴恩斯小说中的后现代历史书写[D]. 厦门：厦门大学，2013.

17. 何朝辉. 并非"历史的终结"——论朱利安·巴恩斯《豪猪》中的历史书写[J]. 韶关学院学报·社会科学，2015(9)：55-59.

18. 何朝辉. 朱利安·巴恩斯在中国的研究述评[J]. 文化学刊，2021(3)：44-49.

19. 贺宥姗. 时空编织——论《福楼拜的鹦鹉》中的主体探寻[D]. 北京：北京第二外国语大学，2018.

20. 侯志勇. "懦弱的英雄"——简评朱利安·巴恩斯新作《时代的喧嚣》[J]. 外国文学动态研究, 2016(4): 65-71.

21. 胡全生. 后现代主义小说的文类混用[J]. 江西社会科学, 2014(10): 90-96.

22. 胡晓兵. 深层生态学及其后现代主义思想[J]. 东北大学学报(社会科学版), 2003(5): 317-319.

23. 黄莉莉. 自传中的死亡书写与自我确立——评朱利安·巴恩斯的《无可畏惧》[J]. 现代传记研究, 秋季第11辑, 2018: 138-140.

24. 黄莉莉. 关于"真相"的质疑与信念——论朱利安·巴恩斯的历史观[J]. 广东外语外贸大学学报, 2020(1): 120-127.

25. 黄莉莉. 朱利安·巴恩斯的历史书写研究[M]. 武汉: 武汉大学出版社, 2020.

26. 贾玄玄. 论朱利安·巴恩斯长篇小说中的生存焦虑[D]. 南京: 南京师范大学, 2019.

27. 姜丽. 人的脆弱性、依赖性与"正义的慷慨"——麦金太尔正义思想的新维度[J]. 道德与文明, 2018(5): 88-95.

28. 姜文振. "后人类"时代的伦理困境与人文之思[J]. 河北师范大学学报(哲学社会科学版), 2021(2): 76-84.

29. 蒋怡. 西方学界的"后人文主义"理论探析[J]. 外国文学, 2014(6): 110-119.

30. 金洁. 后人文主义之后——21世纪西方人文精神的新走向[J]. 河南科技大学学报(社会科学版), 2019(3): 49-54.

31. 靳凤林. 死, 而后生: 死亡现象学视阈中的生存伦理[M].北京：人民出版社，2005.

32.蓝可染.《福楼拜的鹦鹉》中的虚构叙事[D].广州：暨南大学，2009.

33.蓝江.走出人类世：人文主义的终结和后人类的降临[J].内蒙古社会科学，2021(1)：35-43.

34.雷武峰.在过去与未来之间：《10½章世界史》中的历史话语[J].外国文学研究，2020(4)：117-125.

35.李洪青.朱利安·巴恩斯小说中的"历史哲学论纲"[J].外语研究，2018(3)：92-98.

36.李敬巍，时真妹.从解构到重构——生态后现代主义批评的双重维度[J].外语与外语教学，2011(1)：92-95.

37.李婧旋.论朱利安·巴恩斯《英格兰，英格兰》中的历史记忆展演[J].河南社会科学，2018(10)：104-107.

38.李婧旋，胡强."朱利安·巴恩斯《10½章世界史》中历史记忆的伦理关怀"[J].湘潭大学学报(哲学社科版)，2019(2)：136-140.

39.李婧旋，胡强.论朱利安·巴恩斯小说中的媒介记忆[J].湘潭大学学报(哲学社会科学版)，2021(3)：122-126.

40.李钧.存在主义文论[M].济南：山东教育出版社，1999.

41.李俐兴.后人文主义：超人还是非人？[J].理论界，2017(12)：18-27.

42.李尼.临终关怀制度构建：挑战与线路图[J].华南农业大学学报(社会科学版)，2020(1)：135.

43. 李尼，王爱菊. 后现代主义文学的一个艺术特征——基于巴恩斯作品中"记忆即身份"主题的分析[J]. 学术论坛，2020（6）：89.

44. 李颖. 论《10½章世界历史》对现代文明的反思[J]. 当代外国文学，2012（1）：76-83.

45. 李颖. 论《亚瑟与乔治》中的东方主义[J]. 湖南科技大学学报（社会科学版），2016（2）：43-48.

46. 李颖. 论朱利安·巴恩斯的法国情结与英格兰性反思[J]. 湖南科技大学学报（社会科学版），2020（4）：45-51.

47. 李颖. 论朱利安·巴恩斯小说的身份主题[M]. 南京：南京大学出版社，2020.

48. 李朝晖. 朱利安·巴恩斯小说中的历史书写[D]. 北京：北京外国语大学，2017.

49. 刘爱琴. 英国当代编史元小说[M]. 济南：山东人民出版社，2015.

50. 刘成科. 虚妄与觉醒——巴恩斯小说《终结的感觉》中的自我解构[J]. 学术界，2014（1）：231-237.

51. 刘坤. 老年化、理论研究、重访后现代主义——琳达·哈琴教授访谈录[J]. 当代外国文学，2016（1）：168.

52. 刘丽霞. 后现代语境中的西方朱利安·巴恩斯研究述评[J]. 外国文学动态研究，2017（3）：16-27.

53. 刘剑. 走向后人文主义——理查德·罗蒂的文学理论和文化批评[M]. 北京：中国社会科学出版社，2018.

54. 刘剑. 在左右之间：理查德·罗蒂的后人文主义文化批

评[J].文化与诗学,2017(2):155-173.

55.刘倩.时间、记忆和真相——《终结的感觉》时间问题研究[D],西安:陕西师范大学,2015.

56.刘尚明.绝对价值观念如何可能？[M].北京:人民出版社,2014.

57.刘蔚.警钟为英格兰人而鸣——巴恩斯《英格兰,英格兰》的文化解读[D].南京:南京师范大学,2011.

58.刘文荣.当代英国小说史[M].上海:文汇出版社,2010.

59.刘悦笛.后人类境遇的中国儒家应战——走向"儒家后人文主义"的启示[J].文艺争鸣,2017(6):11-19.

60.刘智欢,杨金才.论《终结的感觉》中的记忆书写特征[J].湖南科技大学学报(社会科学版),2016(6):48-52.

61.龙迪勇.记忆的空间性及其对虚构叙事的影响[J].江西社会科学,2009(9):50-52.

62.卢巧玲.生态价值观:从传统走向后现代[J].社会科学家,2006(4):81-84.

63.罗媛."追寻真实——解读朱利安·巴恩斯的《福楼拜的鹦鹉》[J].当代外国文学,2006(3):115-121.

64.罗媛.历史反思与身份追寻——论《英格兰,英格兰》的主题意蕴[J].当代外国文学,2010(1):105-114.

65.马大康.现代、后现代视域中的文学虚构研究[M].北京:中国社会科学出版社,2014.

66.马大康,叶世祥,孙鹏程.文学时间研究[M].北京:中国社会科学出版社, 2008.

67. 毛卫强. 小说范式与道德批判：评朱利安·巴恩斯的《结局的意义》[J]. 外国文学研究, 2012(6)：119-126.

68. 毛卫强. 生存危机中的自我与他者——朱利安·巴恩斯小说研究[M]. 苏州：苏州大学出版社, 2015.

69. 米建国. 记忆与忘记：一个知识论的探究[J]. 哲学分析, 2020(3)：7-20.

70. 南帆. 文学类型：巩固与瓦解[J]. 中国社会科学, 2009(4)：162-173.

71. 倪蕴佳. 巴恩斯小说历史观研究[D]. 青岛：青岛大学, 2010.

72. 聂宝玉. 不可靠叙述和多主线叙事——朱利安·巴恩斯小说《终结感》叙事策略探析[J]. 北京第二外国语学院学报, 2013(10)：54-58.

73. 潘知常. 审美救赎：作为终极关怀的审美与艺术[J]. 文艺争鸣, 2017(9)：86.

74. 戚涛. 怀旧[J]. 外国文学, 2020(2)：88.

75. 阮炜. 巴恩斯和他的《福楼拜的鹦鹉》[J]. 外国文学评论, 1997(2)：51-58.

76. 宋来根. 迷失的主体——《10½章世界史》的一种解读[D]. 武汉：华中师范大学, 2013.

77. 谭敏. 一个尼采式英雄的悲剧——《干扰》的悲剧英雄形象分析[J]. 北京第二外国语学院学报, 2016(3)：110-142.

78. 谭敏.《地下铁》的叙事机制[J]. 电影文学, 2016(15)：

100-102.

79. 谭敏. 悖论中的真实——编史元小说《亚瑟与乔治》的主题探析[J]. 宁波大学学报(人文科学版), 2016(5): 37-43.

80. 汤奇云. 论小叙事的诞生[J]. 深圳大学学报(人文社会科学版), 2018(1): 154.

81. 汤轶丽. "我的英雄是一个懦夫"——巴恩斯《时代的噪音》中的伦理选择[J]. 当代外国文学, 2017(3): 119-126.

82. 汤轶丽. 过去与当下的自我协商: 成长小说与巴恩斯《伦敦郊区》和《唯一的故事》的人物叙述[J]. 文学跨学科研究, 2018(4): 590-611.

83. 汤轶丽. 嫉妒的伦理阐释: 论朱利安·巴恩斯《她过去的爱情》中的脑文本与伦理选择[J]. 文学跨学科研究, 2020(2): 89-101.

84. 汤轶丽. "二我"的分裂与合一: 朱利安·巴恩斯小说的人物叙述研究[J]. 浙江外国语学院学报, 2020(4): 80-87.

85. 王爱菊. 洛克论理性和信仰——兼论中国儒家的宗教观[J]. 武汉大学学报(人文科学版), 2012(6): 51.

86. 王爱菊. 理性与启示: 英国自然神论研究[M]. 北京: 人民出版社, 2012.

87. 王峰. 后人类状况与文学理论新变[J]. 文艺争鸣, 2019(9): 84-92.

88. 王峰. 后人类生态主义: 生态主义的新变[J]. 河南大学学报(社会科学版), 2020(3): 39-45.

89. 王晓华. 后现代话语谱系中的生态批评[J]. 文艺理论研

究，2007（1）：108-114.

90．汪民安．身体、空间与后现代性［M］．南京：江苏人民出版社，2015.

91．王宁．后现代生态语境下的环境伦理学建构［J］．理论与现代化，2008（6）：63-66.

92．王宁．"后理论时代"的理论风云：走向后人文主义［J］．文艺理论研究，2013（6）：4-11.

93．王佩琼．死亡：存在问题的终极解——海德格尔"存在"问题求解之研究［J］．哲学分析，2012（2）：69.

94．王桃花，罗海燕．强权·创伤·记忆：论《时间的噪音》中的后现代叙事［J］．山东外语教学，2020（4）：73-81.

95．王桃花，罗海燕．英国后现代主义小说论［M］．北京：中国人民大学出版社，2019.

96．王卫新，隋晓荻．英国文学批评史［M］．上海：上海外语教育出版社，2012.

97．王一平．《英格兰，英格兰》的另类主题——论"怀特岛"英格兰的民族国家构建［J］．外国文学评论，2014（2）：78-89.

98．王一平．朱利安·巴恩斯小说的当代"英国性"建构与书写模式［J］．国外文学，2015（1）：74-80.

99．王一平．朱利安·巴恩斯小说与新历史主义——兼论曼布克奖获奖小说《终结的感觉》［J］．外语与外语教学，2015（1）：92-96.

100．王一平．作为"他者"的"自我"——"他者"观照下朱利安·巴恩斯小说的"英国性"书写[J]. 国外文学, 2018(2)：119-126.

101. 王兆. 论朱利安·巴恩斯小说中的批判后人文主义思想[D]. 湖南：湘潭大学, 2020.

102. 吴国盛. 时间的观念[M]. 北京：商务印书馆, 2019.

103. 肖辰罡.《10½章世界史》中的契约母题和文学律法[J]. 外国文学研究, 2020(5)：77-88.

104. 肖辰罡. 朱利安·巴恩斯小说中的"毛发"书写[J]. 外国文学动态研究, 2022(2)：139-148.

105. 肖建华. 在后人类时代重思人文主义美学——以海德格尔的后人文主义美学观为例[J]. 当代文坛, 2019(1)：171.

106. 肖锦龙. 文化洗牌与文化重建：英国当代先锋小说的后现代性[M]. 北京：人民出版社, 2018.

107. 萧莎. 间谍小说：一种通俗文类的兴起[J]. 外国文学动态研究, 2017(2)：85-93.

108. 许文茹. 论朱利安·巴恩斯《终结的感觉》中的记忆、历史与生存焦虑[J]. 山东社会科学, 2016(11)：170-174.

109. 徐雅芬. 西方生态伦理学研究的回溯与展望[J]. 国外社会科学, 2009(3)：4-11.

110. 杨建国. 后人类理论：从批判理论迈向主体性诗学[J]. 文化研究, 2021(45)：242-255.

111. 杨金才, 王育平. 诘问历史, 探寻真实：从《10½章世界史》看后现代主义小说中真实性的隐遁[J]. 深圳大学学报(社会科学版), 2006(1)：91.

112. 杨国静. 伦理［M］. 北京：外语教学与研究出版社, 2020.

113. 杨自平. 先秦儒学与老年学［J］. 深圳大学学报（人文社会科学版）, 2014(6)：46-53.

114. 姚文放. 从形式到政治：文类理论的后现代新变［J］. 清华大学学报（哲学社会科学版）, 2015(1)：102-111.

115. 叶舒宪. 后现代的神话观——兼评《神话简史》［J］. 中国比较文学, 2007(1)：52.

116. 殷企平. 质疑"进步"话语：三部英国小说简析［J］. 浙江师范大学学报（社会科学版）, 2006(2)：12-19.

117. 曾艳兵. 西方后现代主义文学研究［M］. 北京：中国社会科学出版社, 2006.

118. 翟世镜, 任一鸣. 当代英国小说史［M］. 上海：上海译文出版社, 2008.

119. 张和龙. 鹦鹉、梅杜萨之筏与画像师的画——朱利安·巴恩斯的后现代小说艺术［J］. 外国文学, 2009(4)：3-10.

120. 张进. 通向一种物性诗学（笔谈）［J］. 兰州学刊, 2016(5)：48-69.

121. 张莉, 郭英剑. 直面死亡、消解虚无——解读《没什么好怕的》中的死亡观［J］. 当代外国文学, 2010(3)：81-83.

122. 张连桥. "恍然大悟"：论小说《终结的感觉》中的伦理反思［J］. 当代外国文学, 2015(3)：70-76.

123. 张伟伟, 杨光. 二战后英国宗教的世俗化［J］. 深圳大学学报（人文社会科学版）, 2008(2)：18.

124. 张秀丽. 记忆·历史·真实——论《终结的意义》的历史书写[J] 英美文学研究论丛, 22 春, 2015：113-125.

125. 张岩冰. 女性主义文论[M]. 济南：山东教育出版社, 2001.

126. 赵璧. 真实与虚构、隐秘与公开之间——从《福楼拜的鹦鹉》与《作者, 作者》看传记写作[D]. 上海：复旦大学, 2009.

127. 赵凤岐, 桉苗. 论绝对与相对[M]. 南京：江苏人民出版社, 1982.

128. 赵静蓉. 怀旧——永恒的文化乡愁[M]. 北京：商务印书馆, 2009.

129. 赵胜杰. 边缘叙事策略及其表征的历史——朱利安·巴恩斯《十又二分之一章世界史》之新解[J]. 外国语文, 2015 (3)：57-62.

130. 赵胜杰.《英格兰, 英格兰》的寓言叙事与虚幻的英国性[J]. 英美文学研究论丛, 24 春, 2016：153-166.

131. 赵胜杰.《福楼拜的鹦鹉》的自反叙事策略[J]. 当代外国文学, 2018(3)：83-89.

132. 赵胜杰.《亚瑟与乔治》的叙事艺术[J]. 外文研究, 2018(3)：61-66.

133. 赵胜杰. 朱利安·巴恩斯短篇小说的历史叙事分析[J]. 山西高等学校社会科学学报, 2019(11)：93-97.

134. 赵胜杰. 朱利安·巴恩斯短篇小说的衰老与死亡叙事分析[J]. 山西高等学校社会科学学报, 2020(6)：71-75.

135. 赵胜杰.《10½章世界史》的非自然叙事美学[J]. 广东

外语外贸大学学报，2020（2）：59-67.

136. 赵胜杰. 朱利安·巴恩斯新历史小说叙事艺术［M］. 北京：中国社会科学出版社，2021.

137. 赵汀阳. 没有答案：多种可能世界［M］. 南京：江苏风景文艺出版社，2020.

138. 赵一凡. 西方文论关键词［M］. 北京：外语教学与研究出版社，2006.

139. 赵勇. 从"非此即彼"到"亦此亦彼"——刘剑与罗蒂的对话与潜对话［J］. 当代文坛，2018（3）：32-27.

140. 周明鹃. 论《长恨歌》的怀旧情节［J］. 中国文学研究，2003（2）：90.

二、中译本文献

1. ［美］阿图·葛文德. 最好的告别：关于衰老与死亡你必须知道的常识［M］. 彭小华，译. 杭州：浙江人民出版社，2015.

2. ［美］爱德华·W·萨义德. 东方学［M］. 王宇根，译. 上海：上海三联书店，1999.

3. ［英］埃德蒙·伯克. 关于我们崇高与美观念之根源的哲学探讨［M］. 郭飞，译. 郑州：大象出版社，2012.

4. ［法］艾玛纽埃尔·勒维纳斯. 上帝·死亡和时间［M］. 余中先，译. 北京：生活·读书·新知三联书店，1997.

5. ［美］安德烈亚斯·胡伊森. 大分野之后：现代主义、大众文化、后现代主义［M］. 周韵，译. 南京：南京大学出版社，2010.

6. ［英］安德鲁·瑞格比. 暴力之后的正义与和解［M］. 刘成，译. 南京：译林出版社，2003.

7. ［美］本尼迪克特·安德森. 想象的共同体：民族主义的起源与散布［M］. 吴叡人，译. 上海：上海世纪出版社，2005.

8. ［荷］彼得·莱门斯，许煜. 末日，现在！：彼得·斯洛特戴克与贝尔纳·斯蒂格勒论人类纪［J］. 邬云晨，译，新美术，2017（2）：35-48.

9. ［俄］别尔嘉耶夫. 论人的使命：神与人的生存辩证法［M］. 张百春，译. 上海：上海人民出版社，2007.

10. ［法］柏格森. 材料与记忆［M］. 肖聿，译. 南京：译林出版社，2011.

11. ［德］恩斯特·卡西尔. 语言与神话［M］. 于晓，等译. 北京：生活·读书·新知三联书店，1988.

12. ［美］弗朗西斯·福山. 我们的后人类主义未来：生物技术革命的后果［M］. 黄立志，译. 桂林：广西师范大学，2017.

13. ［美］海登·怀特. 元史学：19 世纪欧洲的历史想象［M］. 陈新，译. 南京：译林出版社，2013.

14. ［美］海登·怀特. 叙事的虚构性：有关历史、文学和理论的论文（1957—2007）［M］. 马丽莉，等译. 南京：南京大学出版社，2019.

15. ［英］赫伯特. 论真理［M］. 周玄毅，译. 武汉：武汉大学出版社，2006.

16. ［英］基斯·特斯特. 后现代性下的生命与多重时间［M］. 李康，译. 北京：北京大学出版社，2010.

17. ［法］吉尔·德勒兹. 斯宾诺莎与表现问题［M］. 龚重林，译. 北京：商务印书馆，2013.

18. ［日］加藤谛三. 与内心的冲突和解［M］. 赵净净，译. 北京：中国友谊出版公司，2019.

19. ［美］拉·巴·培里. 现代哲学倾向——评自然主义、唯心主义、实用主义和实在论，兼论詹姆士的哲学［M］. 付统先，译. 北京：商务印书馆，1962.

20. ［英］理查德·道金斯. 自私的基因［M］. 卢允中，张岱云，陈复加，等译. 北京：中信出版社，2012.

21. ［加］理查德·J·莱恩. 导读鲍德里亚（第 2 版）［M］. 柏恬，董晓蕾，译. 重庆：重庆出版社，2016.

22. ［法］路易-樊尚·托马. 死亡［M］. 潘惠芳，译. 北京：商务印书馆，2001.

23. ［美］罗纳德·M·德沃金. 没有上帝的宗教［M］. 於中兴，译. 北京：中国民主法制出版社，2015.

24. ［意］罗西·布拉伊多蒂. 后人类［M］. 宋根成，译. 郑州：河南大学出版社，2016.

25. ［法］米歇尔·福柯. 词与物——人文科学考古学［M］. 莫伟民，译. 上海：上海三联书店，2002.

26. ［法］米歇尔·福柯. 福柯文选Ⅰ：声名狼藉者的生活［M］. 汪民安，编. 北京：北京大学出版社，2015.

27. ［法］米歇尔·福柯. 福柯文选Ⅲ：自我技术［M］. 汪民安，编. 北京：北京大学出版社，2016.

28. ［德］尼采. 不合时宜的沉思［M］. 李秋零，译. 上海：华东师范大学出版社, 2007.

29. [俄]普列汉诺夫. 论一元论历史观的发展问题[M]. 王荫庭, 译. 北京: 商务印书馆, 2012.

30. [英]齐格蒙特·鲍曼. 后现代伦理学[M]. 张成岗, 译. 南京: 江苏人民出版社, 2003.

31. [英]齐格蒙特·鲍曼. 怀旧的乌托邦[M]. 姚伟, 等译. 北京: 中国人民大学出版社, 2018.

32. [奥]让·埃默里. 变老的哲学: 反抗与放弃[M]. 杨小刚, 译. 厦门: 鹭江出版社, 2018.

33. [法]让·弗朗索瓦·利奥塔. 后现代状况[M]. 岛子, 译. 长沙: 湖南美术出版社, 1996.

34. [法]让·保罗·萨特. 存在与虚无[M]. 陈宣良, 等译. 北京: 生活·读书·新知三联书店, 1997.

35. [荷]斯宾诺莎. 伦理学[M]. 陈丽霞, 译. 北京: 光明日报出版社, 2010.

36. [美]威廉·佩珀雷尔·蒙塔古. 认识的途径[M]. 吴士栋, 译. 北京: 商务印书馆, 2012.

37. [德]沃尔夫冈·韦尔施. 我们的后现代的现代[M]. 洪天富, 译. 北京: 商务印书馆, 2004.

38. [古罗马]西塞罗. 老年·友谊·义务[M]. 高地, 张峰, 译. 上海: 上海三联书店, 1989.

39. [日]西田几多郎. 善的研究[M]. 代丽, 译. 北京: 光明日报出版社, 2009.

40. [英]休谟. 人性论[M]. 关文运, 译. 北京: 商务印书馆, 1996.

41. ［英］约瑟夫·祁雅理. 二十世纪法国思潮［M］. 吴永泉, 译. 北京: 商务印书馆, 1987.

42. ［美］詹姆斯·费伦 & 彼得·J·拉比诺维茨. 当代叙事理论指南［M］. 申丹等, 译. 北京: 北京大学出版社, 2007.

43. ［美］朱迪斯·巴特勒. 性别麻烦: 女性主义与身份的颠覆［M］. 宋素凤, 译. 上海: 上海三联书店, 2009.

44. ［英］朱利安·巴恩斯. 亚瑟与乔治［M］. 蒯乐昊, 张蕾芳, 译. 北京: 人民文学出版社, 2007.

45. ［英］朱利安·巴恩斯. 10½章世界史［M］. 林本椿, 宋东升, 译. 南京: 译林出版社, 2010.

46. ［英］朱利安·巴恩斯. 脉搏［M］. 郭国良, 译. 南京: 译林出版社, 2015.

47. ［英］朱利安·巴恩斯. 英格兰, 英格兰［M］. 马红旗, 译. 南京: 译林出版社, 2015.

48. ［英］朱利安·巴恩斯. 福楼拜的鹦鹉［M］. 但汉松, 译. 南京: 译林出版社, 2016.

49. ［英］朱利安·巴恩斯. 凝视太阳［M］. 丁林棚, 译. 北京: 外语教学与研究出版社, 2018.

50. ［英］朱利安·巴恩斯. 她过去的爱情［M］. 郭国良, 译. 上海: 文汇出版社, 2018.

51. ［英］朱利安·巴恩斯. 爱, 以及其他［M］. 郭国良, 译. 上海: 文汇出版社, 2018.

52. ［英］朱利安·巴恩斯. 时间的噪音［M］. 严蓓雯, 译. 南京：译林出版社，2018.

53. ［英］朱利安·巴恩斯. 没什么好怕的［M］. 郭国良，译. 南京：译林出版社，2019.

54. ［英］朱利安·巴恩斯. 生命的层级［M］. 郭国良，译. 南京：译林出版社，2019.

55. ［英］朱利安·巴恩斯. 伦敦郊区［M］. 轶群，安妮，译. 北京：外语教学与研究出版社，2020.

56. ［英］朱利安·巴恩斯. 尚待商榷的爱情［M］. 陆汉臻，译. 上海：文汇出版社，2020.

57. ［英］朱利安·巴恩斯. 另眼看艺术［M］. 陈星，译. 南京：译林出版社，2018.

58. ［英］朱利安·巴恩斯. 柠檬桌子［M］. 郭国良，译. 南京：江苏凤凰文艺出版社，2020.

三、英文文献

1. Acheson, James & Ross, Sarah C. E., eds. The Contemporary British Novel Since 1980 ［M］. New York：Palgrave Macmillan, 2007.

2. Andrews, Gavin & Duff, Cameron. Understanding the vital emergence and expression of aging：How matter comes to matter in gerontology's posthumanist turn［J］. Journal of Aging Studies, 2019, （49）：46-55.

3. ARARGüC, M. Fikret. Idle Simulacra in Julian Barnes's *England, England*［J］. Journal of British Literature and Culture,

2005, (12): 3-20.

4. Auster, Michelle Denise. "England, My England": Re-imagining Englishness in Modernist and Contemporary Novels [D]. New York: Stony Brook University, 2005.

5. Barnes, Julian. The Porcupine [M]. London: Jonathan Cape, 1992.

6. Barnes, Julian. Letters from London [M]. New York: Vintage International, 1995.

7. Barnes, Julian. Cross Channel [M]. London: Jonathan Cape, 1996.

8. Barnes, Julian. Something to Declare: Essays on France and French Culture[M]. New York: Vintage International, 2002.

9. Barnes, Julian. Through the Window: Seventeen Essays and a Short Story[M]. New York: Vintage International, 2012.

10. Barnes, Julian. The Only Story [M]. London: Jonathan Cape, 2018.

11. Barnes, Julian. The Man in the Red Coat[M]. London: Knopf, 2019.

12. Bell, Alice & Alber, Ontological Metalepsis and Unnatural Narratology[J]. Journal of Narrative Theory, 2012, 1 (2): 166-192.

13. Bentley, Nick, eds. British Fiction of the 1990s [M]. London: Routledge, 2005.

14. Bentley, Nick. Re-writing Englishness: Imagining the

Nation in Julian Barnes's *England*, *England* and Zadie Smith's *White Teeth*[J]. Textual Practice, 2007(3): 483-504.

15. Bentley, Nick. Contemporary British Fiction [M]. Edinburgh: Edinburgh University Press, 2008.

16. Bently, Nick & Hubble, Nick et al., eds. The 2000s: A Decade of Contemporary British Fiction[M]. London: Bloomsbury, 2015.

17. Berberich, Christine. England? Whose England? (Re) constructing English Identities in Julian Barnes and W. G. Sebald[J]. National Identities, 2008(2): 167-184.

18. Bhabha, Homi, K. The Location of Culture[M]. London: Routledge, 1994.

19. Boccardi, Mariadele. The Contemporary British Historical Novel[M]. London: Palgrave Macmillan, 2009.

20. Bradbury, Malcolm. The Modern British Novel [M]. London: Penguin, 1993.

21. Bradford, Richard. The Novel Now: Contemporary British Fiction[M]. New York: Blackwell, 2007.

22. Bradley, Arthur & Tate, Andrew. The New Atheist Novel: Fiction, Philosophy, and Polemic after 9/11 [M]. London: Continuum, 2010.

23. Bryson, Michael. The Humanist (Re)Turn : Reclaiming the Self in Literature[M]. New York: Routledge, 2020.

24. Buxton, Jack. Julian Barnes's Theses in History [J].

Contemporary Literature, 2000(1): 87.

25. Childs, Peter. Julian Barnes[M]. Manchester: Manchester University Press, 2011.

26. Childs, Peter. Contemporary Novelists British Fiction Since 1970 (2nd edition)[M]. New York: Palgrave Macmillan, 2005.

27. Cohn, Dorrit & Gleich, Lewis. S.. Metalepsis and Mise en Abyme[J]. Narrative, 2012(1): 105-114.

28. Cotter, Jennifer & Defazio, Kimverly, et al., eds. Human, All Too (Post) Human: The Humanities after Humanism [M]. Maryland: Lexington Books, 2016.

29. Daigle, Christine & McDonald Terrance H., eds. From Deleuze and Guattari to Posthumanism: Philosophy of Immanence [M]. London: Bloomsbury Academic, 2022.

30. Davies, Alistair & Sinfield, Alan eds. British Culture of the Postwar: An Introduction to Literature and Society 1945-1999[M]. London: Routledge, 2000.

31. Davis, Todd F. & Womack, Kenneth. Postmodern Humanism in Contemporary Literature and Culture: Reconciling the Void[M]. London: Palgrave Macmillan, 2006.

32. DeFalco, Amelia. Uncanny Subjects: Aging in Contemporary Narrative[M]. Columbus: The Ohio State University Press, 2010.

33. Deflory, Estefania Lopez. Beginnings, Middles, and Ends: A Kermodian Reading of Julian Barnes's Nothing to be Frightened of

and The Sense of an Ending[J]. English, 2016(249): 158-173.

34. Deretic, Irina & Sorgner, Stefan Lorenz eds. From Humanism to Meta-, Post-and Transhumanism[M]. Frankfurt: Peter Lang, 2016.

35. Dix, Hywel. Postmodern Fiction and the Break-Up of Britain[M]. London: Continuum, 2010.

36. Dodson, Ed. The Partial Postcoloniality of Julian Barnes's Arthur & George[J]. Journal of Modern Literature, 2018(2): 112-128.

37. Duff, Kim. Contemporary British Literature and Urban Space: After Thatcher[M]. New York: Palgrave Macmillan, 2014.

38. English, James F.. A Concise Companion to Contemporary British Fiction[M]. New York: Blackwell, 2006.

39. Easthope, Antony. Englishness and National Culture[M]. London: Routledge, 1999.

40. Falcus, Sarah. Unsettling Ageing in Three Novels by Pat Barker[J]. Ageing & Society, 2012(32): 1382-1398.

41. Farrant, Marc. Literary Endgames: The Post-Literary, Postcritique, and the Death of/in Contemporary Literature [J]. Critique: Studies in Contemporary Fiction, 2019: 1-13.

42. Ferrando, Francesca. Philosophical Posthumanism [M]. London: Bloomsbury Academic, 2019.

43. Finney, Brian. A Worm's Eye View of History: Julian Barnes's A History of the World in 10½ Chapters[J]. PLL, 2003:

50-70.

44. Finney, Brian. English Fiction Since 1984: Narrating a Nation[M]. New York: Palgrave Macmillan, 2006.

45. Foster, Jonathan K.. Memory: A Very Short Introduction [M]. Oxford: Oxford University Press, 2009.

46. Ganteau, Jean-Michel. The Ethics and Aesthetics of Vulnerability in Contemporary British Fiction[M]. London: Routledge, 2015.

47. Gasche, Rodolphe. Of Minimal Things: Studies on the Notion of Relation[M]. Stanford: Stanford University Press, 1999.

48. Gąsiorek, Andrzej. Post-War British Fiction: Realism and After[M]. London: Edward Arnold, 1995.

49. Gibson, Jeffrey K. The Parodic Historical Novel: Critiquing the Representation of Past Events [D]. New York: University at Albany, State University of New York, 2004.

50. Groes, Sebastian & Childs, Peter. Julian Barnes: Contemporary Critical Perspectives[M]. New York: Continuum, 2011.

51. Gudmundsdóttir, Gunnthórunn. Borderlines: Autobiography and Fiction in Postmodern Life Writing[M]. Amsterdam: Rodopi, 2003.

52. Guignery, Vanessa. The Fiction of Julian Barnes[M]. New York: Palgrave Macmillan, 2006.

53. Guignery, Vanessa. Julian Barnes from the Margins: Exploring the Writer's Archives [M]. London: Bloomsbury Academic,

2020.

54. Gullete, Margaret Morganroth. Ending Ageism, or How Not to Shoot Old People [M]. New Jersey: Rutgers University Press, 2017.

55. Hanebeck, Julian. Understanding Metalepsis: The Hermeneutics of Narrative Transgression [M]. Berlin: Walter de Gruyter, 2017.

56. Hawthorn, Jeremy. Studying the Novel (7th edition) [M]. London: Bloomsbury, 2017.

57. Henstra, Sarah. Writing at a Loss: Nation and Nuclearism in the Twentieth-Century English Novel [D]. Toronto: University of Toronto, 2002.

58. Herbrechter, Stefan. Posthumanism: A Critical Analysis [M]. London: Bloomsbury, 2013.

59. Higdon, David Leon. " Unconfessed Confessions ": the Narrators of Graham Swift and Julian Barnes [A]// J. Acheson ed. The British and Irish Novel Since 1960 [M]. New York: Palgrave Macmillan, 1991.

60. Holmes, Frederick M.. Julian Barnes [M]. US: Palgrave Macmillan, 2009.

61. Holmes, Frederick M.. Divided Narratives, Unreliable Narrators, and The Sense of an Ending: Julian Barnes, Frank Kermode, and Ford Madox Ford [J]. PLL, 2015: 27-50.

62. Horton, Emily & Tew, Philip et al., eds. The 1980s: A

Decade of Contemporary British Fiction[M]. London: Bloomsbury, 2015.

63. Hubble Nick & Tew Philip. Aging, Narrative, and Identity: New Qualitative Social Research [M]. London: Palgrave Macmillan, 2013.

64. Hubble, Nick & Tew, Philip et al. eds. The 1990s: A Decade of Contemporary British Fiction[M]. London: Bloomsbury, 2015.

65. Hudson, Liam. The Limits of Man and His Predicament [C]. The Limits of Human Nature. New York: E. P. Dutton & Co., Inc, 1973.

66. Hutcheon, Linda. A Poetics of Postmodernism: History, Theory, Fiction[M]. London: Routledge, 1988.

67. Hutcheon, Linda. Narcissistic Narrative: The Metafictional Paradox[M]. Waterloo: Wilfried Laurier University Press, 1980.

68. Jagannathan, Dhananjay. On Making Sense of Oneself: Reflections on Julian Barnes's *The Sense of an Ending* [J]. Philosophy and Literature, 2015(1a): A106-A121.

69. Johnston, A. J. & Wiegandt, K., eds. The Return of the Historical Novel? Thinking About Fiction and History After Historiographic Metafiction[M]. Hamburg: UWH, 2017.

70. Katongole, Emmanuel & Rice, Chris. Reconciling All Things: A Christian Vision for Justice, Peace and Healing[M]. New York: IVP Publishing, 2008.

71. Keen, Suzanne. Romances of the Archive in Contemporary British Fiction[M]. Toronto: University of Toronto, 2001.

72. Kim, Jong-Seok. "Getting History Wrong": The Heritage/ Enterprise Couplet in Julian Barnes's *England*, *England* [J]. Critique, 2017(5): 587-599.

73. Kim, Youngjoo. Revisiting the Great Place: The Country House, Landscape and Englishness in Twentieth-Century British Fiction[D]. Texas: Texas A & M University, 2002.

74. Koestler, Arthur. The Limits of Man and His Predicament [C]. The Limits of Human Nature[M]. New York: E. P. Dutton & Co., Inc, 1973.

75. Kotte, Christina. Ethical Dimensions in British Historiographic Metafiction: Julian Barnes, Graham Swift, Penelope Lively[M]. Trier: WVT, 2001.

76. Kriebernegg, Ulla. " Time to go. Fast not Slow ": Geronticide and the Burden Narrative of Old Age in Margaret Atwood's "Torching the Dusties" [J]. European Journal of English Studies, 2018, 22(1): 46-58.

77. Kroll, Allison Elizabeth Adler. National Faith: Heritage Culture and English Identity from Tennyson to Byatt[D]. California: University of California, Los Angeles, 2004.

78. Kulvete, Samuel C. Law, History and Literature as Narrative in The Sense of an Ending [D]. North Carolina: East Carolina University, 2014.

79. Lázaro, Alberto. The Techniques of Committed Fiction: In Defence of Julian Barnes's *The Porcupine*[J]. Atlantis, 2000(1): 121-131.

80. Law, Stephen. Humanism: A Very Short Introduction[M]. Oxford: Oxford University Press, 2011.

81. Lea, Daniel. "Parenthesis" and the Unreliable Author in Julian Barnes's *A History of the World in* 10½ *Chapters*[J]. ZAA, 2007(4): 379-393.

82. Lee, Alison. Realism and Power: Postmodern British Fiction[M]. New York: Routledge, 1990.

83. Liu, Lixia. Truth in Between: Postmodern Humanism in the Fiction of Julian Barnes[D]. Sydney: Macquarie University, 2018.

84. Lodge, David. The Novelist at the Crossroads[J]. Critical Quarterly, 1969(11): 105-132.

85. Loh, Lucienne. Comparative Postcolonial Ruralities and English Heritage: Julian Barnes's *England*, *England* and Kiran Desai's *The Inheritance of Loss*[J]. The Journal of Commonwealth Literature, 2016(2): 302-315.

86. MacCormack, Patricia. Posthuman Ethics: Embodiment and Cultural Theory[M]. London: Ashgate, 2012.

87. Margalit, Avishai. The Ethics of Memory[M]. Cambridge: Harvard University Press, 2004.

88. Martin, James E. Inventing Towards Truth: Theories of

History and the Novels of Julian Barnes[D]. Arkansas: University of Arkansas, 2001.

89. McHale, Brian. Postmodernist Fiction [M]. London: Routledge, 1987.

90. Miracky, James J.. Replicating a Dinosaur: Authenticity Run Amok in the "Theme Parking" of Michael Crichton's Jurassic Park and Julian Barnes's England, England[J]. Critique: Studies in Contemporary Fiction, 2004(2): 163-171.

91. Moseley, Merritt. Understanding Julian Barnes[M]. South Carolina: University of South Carolina Press, 1997.

92. Nayar, Pramod, K.. Posthumanism [M]. Cambridge: Polity Press, 2014.

93. Nicol, Brian. The Cambridge Introduction to Postmodern Fiction[M]. Cambridge: Cambridge University Press, 2009.

94. Nitsch, Judi. Like Nowhere Else: Tourism and the Remaking of Place in Julian Barnes's *England, England*[J]. Journal of the Midwest Modern Language Association, 2015(1): 45-65.

95. Nünning, Ansgar. Crossing Borders and Blurring Genres: Towards a Typology and Poetics of Postmodernist Historical Fiction in England since the 1960s[J]. European Journal of English Studies, 1997(2): 217-238.

96. Nünning, Vera. The Invention of Cultural Traditions: The Construction and Deconstruction of Englishness and Authenticity in Julian Barnes's England, England[J]. Anglia, 2001(119): 58-76.

97. Onega, Susana & Ganteau, Jean-Michel eds. Contemporary Trauma Narratives: Liminality and the Ethics of Form [M]. New York: Routledge, 2014.

98. Pateman, Matthew. Julian Barnes [M]. London: Northcote House Publishers Ltd, 2002.

99. Piqueras, Maricel Oro. The Multiple Faces of Aging into Wisdom in Julian Barnes's *The Lemon Table* [J]. The Gerontologist, 2019(xx): 1-8.

100. Poidevin, Robin Le. Agnosticism: A Very Short Introduction [M]. Oxford: Oxford University Press, 2010.

101. Pollard, Eileen & Schoene, Berthold eds. British Literature in Transition, 1980-2000: Accelerated Times [M]. Cambridge: Cambridge University Press, 2019.

102. Przybyla, Daria. (Post) structural notions of language and history in the novels of Julian Barnes [D]. Poland: University of Silesia, 2005.

103. Pristash, Christine D. Englishness: Traditional and Alternative Conception of English National Identity in Novels by Julian Barnes, Angela Carter, John Fowles, and Jeanette Winterson [D]. Pennsylvania: Indiana University of Pennsylvania, 2011.

104. Randall, Stevenson. 1960-2000: The Last of England [M]? Oxford: Oxford University Press, 2007.

105. Ranisch, Robert & Sorgner, Stefan Lorenz, eds. Post-and Transhumanism: An Introduction [M]. Frankfurt am Main: Peter

Lang GmbH, 2014.

106. Rennison, Nick. Contemporary British Novelists [M]. Oxford: Routledge, 2005.

107. Roden, David. Posthuman Life: Philosophy at the Edge of the Human[M]. London: Routledge, 2015.

108. Rubinson, Gregory J. History's Genres: Julian Barnes's "A History of the World in 10 ½ Chapters[J]". Modern Language Studies, 2000(2): 159-179.

109. Rubinson, Gregory J. The Fiction of Rushdie, Barnes, Winterson and Carter: Breaking Cultural and Literary Boundaries in the Work of Four Postmodernists [M]. London: McFarland & Company Inc., 2005.

110. Rushdie, Salman. Imaginary Homelands: Essays and Criticism 1981—1991 [M]. London: Granta & Penguin Books, 1991.

111. Sesto, Bruce. Language, History, and Metanarrative in the Fiction of Julian Barnes[M]. New York: Peter Lang, 2001.

112. Shaffer, Brian W.. A Companion to The British and Irish Novel: 1945—2000[M]. London: Blackwell, 2005.

113. Sibisan, Aura. Julian Barnes—A cosmopolitan author [J]. Bulletin of the Transilvania University of Braşov, Series Ⅳ: Philology and Cultural Studies, 2015, 8(2).

114. Sinfield, Alan. Literature, Politics, and Culture in Postwar Britain[M]. Berkeley: University of California Press, 1989.

115. Stevenson, Randall. 1960-2000: The Last of England [M]? Oxford: Oxford University Press, 2007.

116. Stott, Cornelia. "The Sound of Truth": Constructed and Reconstructed Lives in English Novels since Julian Barnes's Flaubert's Parrot[M]. Hamburg: Tectum, 2005.

117. Su, John J. Ethics and Nostalgia in the Contemporary Novel[M]. Cambridge: Cambridge University Press, 2005.

118. Tate, Andrew. Apocalyptic Fiction [M]. London: Bloomsbury Academic, 2017.

119. Tew, Philip. The Contemporary British Novel (2nd edition) [M]. New York: Continuum, 2007.

120. Thomsen, Mads Rosendahl & Wamberg, Jacob eds. The Bloomsbury Handbook of Posthumanism[M]. London: Bloomsbury Academic, 2020.

121. Trimm, Ryan. Heritage and the Legacy of the Past in Contemporary Britain[M]. New York: Routledge, 2018.

122. Tory, Eszter & Vesztergom, Janina eds. Stunned into Uncertainty: Essays on Julian Barnes Fiction[M]. Budapest: Eötvös Loránd University, 2014.

123. Wallen, James Ramsey. The Evils of Banality: Shallowness, Self-Realization, and Closure in Julian Barnes's *The Sense of an Ending* and Oscar Wilde's *De Profundis*[J]. Critique: Studies in Contemporary Fiction, 2017(4): 325-339.

124. Weese, Katherine. Detection, Colonialism, Postcolonia-

lism: *The Sense of an Ending* in Julian Barnes's *Arthur and George* [J]. Journal of Narrative Theory, 2015(2): 322.

125. Wilson, Keith. "Why aren't the books enough?" Authorial Pursuit in Julian Barnes's *Flaubert's Parrot* and *A History of the World in 10 ½ Chapters*[J]. Critique, 2006(4): 362-374.

126. Wolfe, Cary. What is Posthumanism[M]? Minneapolis: University of Minnesota Press, 2010.

127. Woodward, Ashley. Nihilism in Postmodernity: Lyotard, Baudrillard, Vattimo[M]. Colorado: The Davies Group, 2009.

128. Yang, Cheng-Hao. From the Actual to the Possible: Cosmopolitan Articulation of Englishness in Julian Barnes's *Arthur & George*[J]. Wenshan Review of Literature and Culture, 2013(2): 159-190.

129. Young, Robert M.. The Limits of Man and His Predicament[C]. The Limits of Human Nature[M]. New York: E. P. Dutton & Co., Inc., 1973.

后　记

我出生在武汉。1990 年的春天。

我曾想如果让你头脑风暴人生中重要的事物，名词——爱情、尊严、亲情、自由、地位、名誉、朋友、美食、外貌、国家、族群、居所、故乡……接着按照重要性排序。往往，尊严排在前列。原因？它不与生俱来，也不唾手可得。弗朗西斯·福山曾说，人的许多活动都是为了满足自然的需要，尽管如此，仍有相当多的时间用于追逐精神上的目标。人不仅寻求物质舒适，还需要得到尊敬和认可，他们相信他们值得被尊敬，因为他们拥有某种价值或尊严。人类自由只有在人能够超越他的自然性和动物存在并能为自己创造一个新的自我时才会出现。自我创造这一过程的象征性起点就是为纯粹的名誉而拼死战斗。

每个领域都不缺乏战斗着的人。国家为荣誉而团结，女性为平等而呼喊，少数族裔希望消除歧视，作家体验生活改变世界，学者博古通今引领思想。高贵是人赋予自己的一种精神状态，或者一种自足的生存状态，略接近于自尊的概念，但又与人的尊严的概念有细微不同。自尊主要与两件事情有关。一是孟子所谓的浩然之气。浩然之气可以有多种解读，其基本含义就是不把自己当成可以交易的物品。二是康德所说的自律，就是能够以普遍理性为自己立法的自觉性。所以年轻人为了有尊严地活着，简而言之，就是必须带着灵魂自律。曾经的拼命和刻苦努力，深夜挑灯时的锐意创新，都将成为未来的良心与骨气。英文谚语说得好：Always straddle, never settle. 翻译过来就是，有志青年永远在路上。但就像这本书关注的中间道路一样，有时物极必反。这世上并没有唯一正确的道路，也不需要千军万马同过独木桥。快乐、独立、勤于思考的人永远在路上。

　　四年时间对于心浮气躁的我来说真长也太短。一路走来，成长收获颇多，需要感谢和感慨的人和事也存于心中。首先，要郑重感谢我治学严谨、身正为率的导师王爱菊教授。虽然在学术要求上毫不放松，但王老师对于我，以及他人，总是十分宽容，想必她对学术界各类天赋异禀而略显不规整的奇人已屡见不鲜。希望我时常懵懂无知的言行举止，没有让她的血压升高、容颜折损，但事实多半可能是事与愿违，王老师的长吁短叹可能是隐而未报了。在我的心中，王老师不仅治学严谨，生活上也是楷模般的女性榜样。她总能高效处理多头事务，几年相处下来，无论公开还是私下，都极少见她发脾气，与同门们都保持着亦师亦友的关系。衷心感谢导师对我学术上的信任以及生活上的帮助，让我能非常自由而不功利地学习。读博沉浸在书本与学问中的这几年，让我感觉到与其说学术在内容上有高低之分，不如说在方法上存在解读差异。徜徉在广袤知识海洋与精深学问研究中，沉浸在倾听与平等交谈的氛围中，深切感受到学习研究真是人生来之不易的快乐与平静。

　　而这珍贵的时光背后饱含众多亲人的负重前行与无私付出。一路点滴走来，家人的陪伴与付出自不待言。例如，我的父亲本是个文人，为了我的缘故却时常要向世俗低头折腰；我的母亲本也乐得清闲自在，为了我主动担起生活大小琐碎。学院四楼的院系图书室是我从本科起就特别喜爱的僻静书香之地，彼时就立志，未来自己一定要有一间这样的房间。图书室虽小，其间却也藏着许多故事，见证了一代代学子求知若渴的蓬勃生气。翌日翻看架上书籍，找到钟爱的女诗人西尔维亚·普拉斯的自传《钟形罩》，走到流通处填写借书卡，赫然发现往上三行，一个熟悉的名字，原来是父亲 1986 年略显做作的楷体签名，不禁感叹现今略耽于享乐的他还曾有如此少年维特式的烦恼。曾经也称得上学霸的母亲，从只有一条土坡的老家中学考入武汉的好医校。我无从知道她少女时期的故事，但印象中母亲总是充满烟火气、亲切温柔甚至还略带傻气，看着她就想到了好吃的饭菜、年幼时帮我穿衣的样子、牵起的手和催促我起床上学的声音。

　　时光停滞的这四年，我沉浸在书本的世界，远离了工作、烦琐日常的叨扰。漫漫求学路上，我也曾经历过质疑与徘徊。初入黉门的欣喜过后，与旧时好友聚餐，她们看到我稀疏的毛发，一阵心疼唏嘘。虽然相互陪伴玩乐的时间变少了，但她们依然对我非常关心与支持，线上给我打气，鼓励我在学术上勇攀高峰，并默契地约定好等归来之时再大宴四方。谈到亲人的付出，也少不了我的爱人对我喜忧参半的支持。感谢他在忙碌的工作之余，曾经无奈充当过我的压力阀，总的来说展示出了

丈夫的包容与担当，给予了我追寻自我的自由与空间。虽然有
意见相抵、观念不同的时候，通过研究巴恩斯，我也常常自省。
人们在面对规范性体制时，总将问题的根源归结于某个具体的
对象，但可能矛盾在于体制本身的缺憾，比如巴恩斯就这么看
婚姻。人是有局限的动物，那么他所设计的产物必然也不是完
美的。在我们痛恨他者，将自己的痛苦焦虑归咎于对方，恨不
得置之死地而后快时，是否考虑到了自身的局限性？在研究了
和解的相关内容后，我经常努力劝说自己对他人保持宽广的胸
怀和态度。如果来世存在，现世所执着的结果是否成其为最终
的审判？为了一个并不是终结的结果，挣扎度日，如芒在背，
群蚁噬心，从此与快乐平静背道而驰，是否是明智正确的选择？
这答案恐怕得看个人或集体对价值观念的选择，即什么是短暂
人生的意义，什么是存在的目的，什么是奋斗的目标。无论做
何选择，绝对的价值和目标是否存在可斟酌的可能？这即是和
解的意义。同时，自我与他者都是不断变化成长着的存在，面
对当下的局限与理想的追求之差距，除了采取放弃理想的极端
逃避方式，还有很多具体的努力策略，这也就是康德所说的希
望与自由。人们永远在路上，但不会放弃彼岸。也正是这样西
西弗式的追寻构成了人生的意义，在不确定的漫长旅程中获得
短暂的心灵栖息，这是作家巴恩斯用想象力创造的护栏，也是
文学存在的一种意义。

　　越接近终点，就越容易回忆起开始。入学的激动心情，导
师、同门热情的欢迎，珞珈山上散发着芳香灵气的一草一木，
清晨窗明几净的教室外传来零星鸟叫，让习惯了纷扰嘈杂的人

心不禁升腾起感动和敬畏，一呼一吸皆为历史的沉淀。时间再往前倒回至博士复试的清晨七点时分，时隔多年未踏足枫园的我，独自一人驶在枫园安静的林荫路上，突然从叶缝中漏出一束聚集但不刺眼的阳光照射在我的前挡风玻璃上，自然界调皮而善意的美丽祝福，让人惊喜又感动。这类似的升华感上一次出现还是更早前，在英国怀特岛白垩崖边，当我望向看不到边的英吉利海峡，阴天下一片浩渺氤氲，蓦地发现，就在离我不远处的水域上赫然一小块圆形区域，被厚厚云层中透出的一股光直射照亮。也许在科学家们看来，这些都是再正常不过的自然现象，但多愁善感的人们总会根据自己的心绪对这些美而崇高的现象进行感知解读，就像袁宏道的"性灵说"认为自然界的万物都是有灵的，流动的能量可以互相转化。

最后，也感谢挫折。我始终相信没有经历过痛苦的道路是乏味的，没有见识过风雨的花朵是稚嫩的。生活中的种种困难和意外让人拖慢进度、影响效率，但长远来看，相信对于人生与心智的成长应该是有所裨益的。在生存的压力下，消费主义和自恋狂欢所代表的个人主义成为一种时代特征和消极自保的手段，但长远来看，人们终究要面对日益膨胀的野心与人之局限的对抗，这就需要个人和集体层面的信任感修补，每个人都不应该活成一座孤岛。

但写作确实是一个人的修行，也是对自信心的考验。熬过了孤独、内耗和欲望啮噬，终会走出自我的渊薮，迎来涅槃新生。在此过程中，我想郑重感谢从开题到答辩的每个重大关头都给予我悉心指导与鼓励的任晓晋老师和姚兰老师、胡晓红老师、张国庆老师、朱宾忠老师，还有我本科的英国文学课程任课教师龙江老师。每当看到诸位老师我都备感安心，因为从本科开始起就聆听诸位大师在课堂上对英美文学独到的见解，彼时就已萌生了对外国文学的强烈好奇与热情。还要感谢参与我博士论文开题与答辩环节的罗良功老师、甘文平老师、涂险峰老师和汪树东老师，感谢各位大师前辈对本文提出的宝贵建议，这也时时鞭策我需要更加努力。

同时，也庆幸在博士学习期间有缘遇见一路同行的段燕、周彦渝两位师姐，成绩斐然，为人也谦和有趣。怀念与两位师姐，还有文学方向的马岳玲学姐和其他同学一起聚餐听讲座的日子。还有我们在读群里的学术小伙伴们要继续共同努力将研讨会进行到底。

十五年珞珈梦已渐近尾声，别的人生征程才刚刚开始。《珞珈筑记》里的老照片记录了一代代珞珈学子对这片土地深沉的热爱。愿化作这湖畔花鸟鱼虫一尘埃，盼山间草木清风来。